中國新聞史研究輯刊

七 編

主編 方 漢 奇

副主編 王潤澤、程曼麗

第 4 冊

學術與時代：燕京大學新聞學系畢業論文研究

鄧紹根、吳瑕 著

花木蘭文化事業有限公司

國家圖書館出版品預行編目資料

學術與時代：燕京大學新聞學系畢業論文研究／鄧紹根、吳瑕
著 -- 初版 -- 新北市：花木蘭文化事業有限公司，2023〔民
112〕
目 2+204 面；19×26 公分
（中國新聞史研究輯刊 七編；第 4 冊）
ISBN 978-626-344-345-7（精裝）
1.CST：燕京大學 2.CST：新聞學 3.CST：畢業論文
890.9208   112010177

ISBN-978-626-344-345-7

9 786263 443457

中國新聞史研究輯刊
七 編 第 四 冊
                              ISBN：978-626-344-345-7

學術與時代：燕京大學新聞學系畢業論文研究

作　　者　鄧紹根、吳瑕
主　　編　方漢奇
副 主 編　王潤澤、程曼麗
總 編 輯　杜潔祥
副總編輯　楊嘉樂
編輯主任　許郁翎
編　　輯　張雅淋、潘玟靜　美術編輯　陳逸婷
出　　版　花木蘭文化事業有限公司
發 行 人　高小娟
聯絡地址　235 新北市中和區中安街七二號十三樓
　　　　　電話：02-2923-1455／傳真：02-2923-1452
網　　址　http://www.huamulan.tw 信箱 service@huamulans.com
印　　刷　普羅文化出版廣告事業
初　　版　2023 年 9 月
定　　價　七編 6 冊（精裝）新台幣 15,000 元

學術與時代：燕京大學新聞學系畢業論文研究

鄧紹根、吳瑕　著

作者簡介

　　鄧紹根，中國人民大學新聞學院教授，博士生導師、閩江學者講座教授、中國新聞史學會秘書長、國家社科基金重大項目《新中國 70 年新聞傳播史研究，1949～2019》首席專家、馬工程教材《中國新聞傳播史》課題組專家、《新聞春秋》執行主編；學術著述先後獲得廣東省哲學人文社會科學優秀成果獎、第七屆吳玉章人文社會科學成果獎、教育部教第八屆高等學校科學研究優秀成果獎、第八屆全國新聞傳播學優秀論文獎。

　　吳瑕，羊城晚報羊城派編輯部編輯，暨南大學新聞與傳播學院畢業。

提　　要

　　燕京大學是中國著名的教會大學之一。1919 年創立後，在校長司徒雷登的管理下，秉承「因真理，得自由，以服務」的校訓，不斷進取，短短數年，一躍躋身成為全中國第一流的綜合大學。在中國新聞教育百餘年發展史上，燕京大學新聞學系佔有突出的地位，是中國最早與外國交換教授和研究生的新聞院系；由於體制完備，設施齊全，被認為是當時「遠東方面最新式而設備最完全的新聞學校」。1952 年，全國高等院校院系調整，燕京大學新聞學系併入北京大學中文系新聞專業而停辦。燕京大學對學生的畢業論文有明確規定。根據筆者多年的整理研究，燕京大學新聞學系有名可考的畢業生人數為 343 人，目前實際保存下來的學士畢業論文僅為 164 人的163 本畢業論文；但它們具有重要的歷史文獻價值、學術價值和藝術價值，充分反映出在時代潮流的推動下，燕京大學新聞學系畢業生能及時感應社會脈搏，思考時代問題，闡發時代之思想，書寫了學術與時代交光互影的歷史。本書以民國時期燕京大學新聞學系現存畢業論文這一新史料作為研究對象，以期在全面深入的研究中，從民國時期大學生畢業論文的書寫格式、文章體例、書寫水平、論文的選題及內容等方面挖掘出重要的學術價值，深化燕大新聞教育和民國新聞史的學術研究。

燕京大學校門

燕京大學未名湖和校舍景象

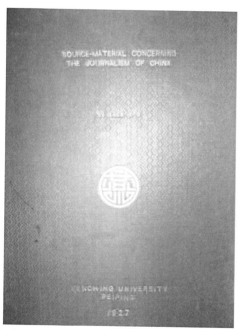

燕京大學新聞學系畢業生李連科及畢業論文封面

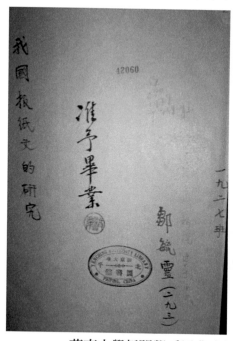

燕京大學新聞學系畢業生鄒毓靈、黃錦棠畢業論文封面

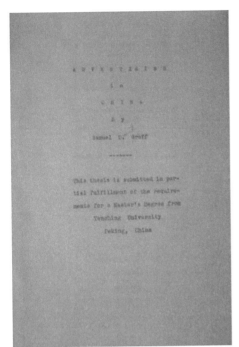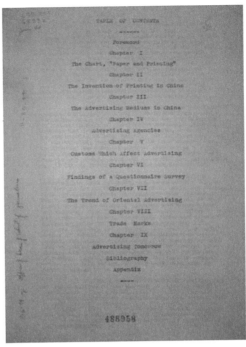

1931 年 6 月，燕京大學新聞學系畢業生葛魯甫碩士學位論文
《AdvertisinginChina》封面和目錄

1932 年，合影中後排中間高個為美國人葛魯甫（S.D.Groff）

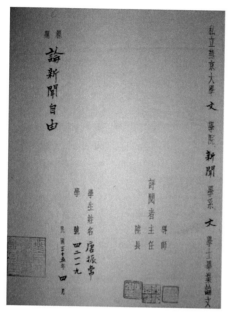

1946 年，燕京大學新聞學系文學士唐振常畢業論文和畢業照

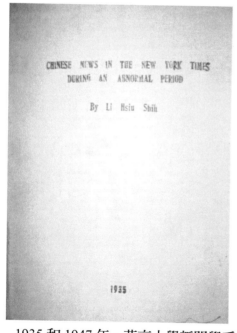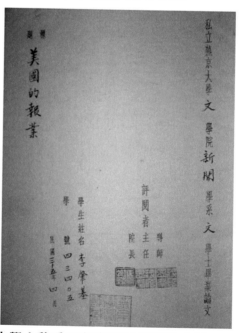

1935 和 1947 年，燕京大學新聞學系文學士黎秀石和李肇基畢業論文封面

目

次

第一章 緒 論

　　19 世紀上半葉，西方資本主義伴隨著船堅炮利開始入侵中國，同時也帶
來了西方先進的社會政治信息和物質生產技術，客觀上催生了中國近代新聞
事業的萌芽。最先進行文化輸入的基督教新教傳教士開始在中國辦報，拉開了
中國近代報業的序幕。在外國報人的影響下，國人開始自主辦報，開啟了中國
近代新聞事業的嶄新篇章。在此期間，新聞教育和新聞學研究逐漸引起了有識
之士的重視，國人開始建立自己的新聞研究學會和出版新聞學著作，開新聞學
研究之風。1918 年，北京大學新聞研究會正式成立，我國新聞教育事業由此
發端。20 世紀 20 年代，北京、上海一些高校開始設立新聞學科，新聞教育在
我國正式起步。

　　在近代新聞傳播事業的發展和新聞教育興起的浪潮中，燕京大學新聞學
系應運而生。燕京大學（ *Yenching University* ）是近代中國最著名的教會大學之
一，是 1919 年由北京匯文大學、通州華北協和大學。北京華北女子協和大學
這三所美、英基督教教會大學聯合在北京開辦的大學。美國人司徒雷登擔任首
任校長，曾於 1928 年與美國哈佛大學合作成立哈佛—燕京學社，在國內外聲
名大噪。燕京大學在成立不到 10 年的時間內成為民國時期最頂尖的高等學府
之一。燕京大學在校長司徒雷登的管理下，秉承「因真理，得自由，以服務」
的校訓，銳意改革，不斷進取，短短數年，一躍躋身成為全中國第一流的綜合
大學。她不僅擁有美輪美奐的「世界上最美麗的校園」，成為中西文化融合的
完美典範，而且擁有國際化辦學的視野，良好的管理體制，一流的師資隊伍，
紮實的基礎教育，為後世留下了寶貴經驗，在國際上享有盛譽。她培養的人才

在眾多領域可稱得起「群星燦爛」。據研究統計：「燕京大學的系科設置突出培養有用人才，倡導素質教育，雖然辦學只有 33 年，註冊學生僅 9988 人，但卻培養了中國科學院院士 42 人、中國工程院院士 11 人（4 人兼兩院院士）、學科奠基人 88 人（34 人兼項）、臺灣「中央研究院」院士兩人、發明家 7 人，共 112 人。占註冊學生總數的 1.1%以上，也就是說，不到 100 個燕京學生中就出一個學術名人。」〔註1〕

　　在中國新聞教育 90 餘年的發展史上，燕京大學新聞學系佔有突出的地位。司徒雷登校長在上任之初就提出要組建燕大新聞學系，但因經費等種種原因而擱置，後經過努力終於在 1924 年 8 月創辦了燕京大學新聞學系，隸屬於文學院。1927～1928 年又因經費問題暫時停辦，直到 1929 年經費問題得到解決，才得以恢復新聞學系。1929 年 9 月，新聞學系恢復重建。在師生的共同努力下，由於體制完備，設施齊全，它被認為是當時「遠東方面最新式而設備最完全的新聞學校。」〔註2〕同時，它也是燕京大學人文科學方面「最好的系」，曾創下多項第一：1929 年，燕京大學新聞學系是中國最早與外國交換教授和研究生的教育機構；〔註3〕1931 年，燕京大學新聞學系是中國最早培養出新聞傳播學碩士（葛魯甫）的新聞系科；燕大新聞學系先後在北京、成都兩地辦學，擁有聶士芬、白瑞華、黃憲昭、劉豁軒、梁士純、張友漁、張琴南、孫瑞芹、蔣蔭恩、陳翰伯、周遊和埃德加‧斯諾等著名教授、講師。燕大新聞學系的畢業生活躍在海內外的新聞戰線上，為燕大添光加彩，贏得榮譽。1945 年春，採訪舊金山會議（制定《聯合國憲章》的歷史性盛會）的中國記者：盧祺新、宋德和、湯德臣三人都是燕大新聞學系畢業生；同年 9 月，登上東京灣密蘇里號巡洋艦現場報導日本投降簽字儀式的三位中國記者：朱啟平、黎秀石、曾恩波都是燕大新聞學系畢業生。〔註4〕新聞學系是燕京大學最大的一個系，為新中國建立之初培養了最多的新聞學教育研究人才。在中國新聞界和外交界頗有建樹的沈劍虹、蕭幹、陳翰伯、蔣蔭恩、龔澎、陳龍、錢辛波、李延寧、余

〔註1〕 張哲蓀：《燕京大學建校九十週年回溯》，《文史精要》，2009 年第 10 期，第 39 頁。
〔註2〕 趙敏恒：《外人在華的新聞事業》，中國太平洋國際學會 1932 年版，第 418 頁。
〔註3〕 方漢奇，李矗主編，中國新聞學之最〔M〕，北京：新華出版社，2005：355～356。
〔註4〕 蕭東發、鄧紹根：《新聞學在北大》（增訂本），北京大學出版社 2011 年版，第 158 頁。

夢燕、李肇基、唐振常等人，皆為燕大新聞學系的畢業生。1952 年，全國高等院校院系調整，燕京大學新聞學系併入北京大學中文系新聞專業而停辦，共存在 26 年。1958 年，又併入中國人民大學新聞系，成為中國創辦時間最長的新聞院系之一。〔註 5〕燕京大學新聞學系極大地開拓了中國新聞教育和研究事業，在中國新聞教育史上享有盛譽，是民國時期中國新聞教育和研究的重鎮。燕大新聞學系的畢業生成功的重要原因之一就是在校勤奮學習新聞理論，積極參與新聞實踐，在「做中學」中打下了紮實的新聞功底，鍛鍊出良好新聞技能，培養出過硬的理論聯繫實踐、解決實際問題的科研能力和水平。這從他們的學士畢業論文就能充分展示出來。

第一節　燕大新聞學系畢業論文保存狀況和研究意義

「為養成學生自作高深研究與實地調查之能力起見」，燕京大學對學生的畢業論文有明確規定。每人學生在畢業時都需要嚴格按照要求認真撰寫畢業論文，才能獲得學士學位。燕京大學新聞學的教育水平和教學質量最直接的體現就是學生的畢業論文，這是檢驗學生在校學習成果的重要形式之一，也是大多數青年學生學術才華的第一次顯露，對大學生未來的發展和對學校的影響都是廣泛而深遠的。按照燕京大學當時的規定，大學本科學生在修滿規定的學分後，必須完成一篇畢業論文，經指導教師審核，院（文學院）系（新聞學系）領導覆核簽字蓋章通過後，方能畢業，因而留下來了一批燕京大學新聞學系本科學生的畢業論文。但由於歷史的久遠、時局的動盪、多次的遷轉，又經歷了學校停辦、人員調動和疏於管理等情況，這批畢業論文頗有流失，目前燕京大學新聞學系學士畢業論文留存下來的數量僅為一半。

目前，燕京大學新聞學系現存的本科畢業論文收藏在中國人民大學圖書館和新聞學院資料室，以及北京大學圖書館特藏部三處。其中，收藏在中國人大圖書館和新聞學院資料室的燕大新聞學系畢業論文共有 161 人（丁好德與張群基合寫了畢業論文《公意測試》）160 篇，約占應存全部燕大新聞學系學生畢業論文的 46%，都收錄在 2014 年出版的《中國人民大學圖書館藏燕京大學新聞系畢業論文匯編》（全三十四冊）中，這批珍稀文獻資料的集結出版為廣大研究者提供了極大便利。較為遺憾的是，北大圖書館特藏部所藏的 9 本燕

〔註 5〕方漢奇等：《中國新聞學之最》，新華出版社 2005 年版，第 356 頁。

大新聞學系畢業論文尚未整理出版（這 9 本中有兩本與人大圖書館所藏重複，因此有 7 本可以說是孤本），北大圖書館特藏部官網也尚在完善中，無法查閱。筆者又有幸借閱到 3 本其早年在北京大學圖書館複印出來的論文，因此筆者可用來作為研究文本的論文共計 164 人 163 篇。

燕京大學新聞學系畢業論文保存不易，目前僅有不到一半的論文得以流傳下來，筆者的寫作初衷就是希望不至於讓這些珍貴的資料成為廢料，希望這批論文能盡快走進研究者的視野，以達到拋磚引玉之效。筆者以民國時期燕京大學新聞學系現存 163 篇畢業論文作為研究對象，以期為民國新聞學研究和新聞教育添磚加瓦，為當代大學生畢業論文寫作提供借鑒，並能為當下新聞教育改革帶來啟示和影響，助推中國新聞教育改革進一步深化。

這批留存下來的燕京大學新聞學系的本科畢業論文，和清華大學保存的陳寅恪當年指導的本科學生的畢業論文，屬於同一時代的同一個級別的學習成果，是研究我國高等教育歷史和教學研究發展狀況的一批活化石和參照物。筆者認為，將它們作為碩士畢業論文的研究對象進行深入而全面的研究，具有重要的研究意義和現實意義：

一是豐富和補充中國新聞教育史的研究內容。燕京大學新聞學系是民國時期新聞學教育和學術研究重鎮，作為民國時期新聞教育的代表院系之一，燕大新聞學系在中國新聞教育史上擁有舉足輕重的地位，燕大新聞學系的畢業論文直接展示了民國時期燕京大學新聞教育和新聞學研究的成果和水平，代表了那一時期高校新聞教育的教育理念和成果，為中國新聞教育發展史在民國時期的流變提供研究素材，豐富中國新聞教育的「庫存」，充實中國新聞教育的精神內涵和思想。同時，燕京大學新聞學系的創辦和發展離不開美國密蘇里新聞學院的影響，是中美新聞教育溝通交流的重要環節，甚至對中美關係發展具有重要的支撐作用，反映出中國新聞教育史發端階段的重要影響因素，也豐富了中美新聞教育互通往來的研究內容，具有重要的史料價值和學術價值。

二是增添燕京大學新聞學系的研究成果。目前在學術研究上還沒有出現基於學士學位論文的視角對燕京大學新聞學系進行整體研究的研究成果，此項研究成果能填補學界在燕京大學新聞學系研究方面的一些空白。同時，現存的 160 餘篇畢業論文涉及到新聞理論、戰時新聞事業、新聞教育、報紙和期刊的個案研究、編輯工作、報紙評論工作、報業經營和管理、外國新聞事業、廣播事業、海外華文報刊等新聞研究的方方面面，且多能理論聯繫實際，言之有

物，體現出學術研究的創新性、前沿性和規範性，具有較高的研究價值和社會意義，對它們進行深入研究能豐富和補充民國時期燕大新聞教育的研究成果，為民國新聞史研究做出一定貢獻。

　　三是充實名家研究的重要內容。這體現在兩個方面，一方面，在屬於新聞史研究、個別報刊與個別報人研究等方面的論文中，摘引了不少通過直接採訪當事人獲得的「口述歷史」材料。有些論文則保存了不少當時作者有意收集到的數據和資料。這些「口述歷史」材料和原始的文獻資料，有的已經失存，有的則人文俱杳，這些資料的留存具有很大的參考價值，對它們進行深入研究能充實相關的名家研究；另一方面，在這批論文中，不少作者後來在社會上擁有很高的知名度。其中，有的是名記者，如曾參加 1945 年 9 月 2 日在東京灣密蘇里號軍艦上舉行的日本投降簽字儀式報導的《大公報》記者黎秀石（其論文題目 Chinese news in the New York Times during an abnormal period）；曾任英文《大陸報》《中國郵報》記者、臺灣「新聞局長」和臺灣「駐美大使」的沈劍虹（其論文題目 An international publicity program for China）；歷任《大公報》編輯、記者，《人民日報》總編輯，曾以「池北偶」的筆名發表過大量評論文的譚文瑞（他的論文題目是《新聞真確性之研究》）；曾任上海、重慶《新民報》記者、副總編輯，中國社會科學院新聞研究所副所長的錢辛波（他的論文題目是《三年來英美在我國宣傳之比較》，當時的名字是錢家瑞）；曾任臺北《中國郵報》主編，並擔任過世界女記者及作家協會會長的余夢燕（她的論文題目是《重慶報紙新聞版之研究》）。有的是著名學者、作家和翻譯家，如曾任《大公報》文藝副刊主編、長駐歐洲特派記者，後來擔任中央文史館館長的蕭幹（他的論文題目是《書評研究》）；曾任《燕京新聞》主編，《大公報》《文匯報》記者，後專攻歷史，成為著名歷史學家的唐振常（他的論文題目是《論新聞自由》）。有的則成為著名的新聞教育家，如曾任《大公報》桂林版主編，燕大新聞學系主任，北大中文系新聞專業和人大新聞系教授、副主任的蔣蔭恩（他的論文題目是《中國畫報的研究》）等。這些論文是他們的少作，是他們學術研究和重要思想發展的起步之地，是研究他們的個人學術思想和成就不可繞開的原始素材，具有重要的學術價值。

　　四是繼承中國新聞教育的優良傳統，為當前我國新聞教育改革提供借鑒，為大學生畢業論文提供良好的學習參照。目前我國的新聞教育存在發展過猛、難以處理好「學」與「術」的關係、知識結構單一、缺乏對外傳播能力、忽視

新聞倫理和道德的培養、忽視對新聞理想的樹立、缺乏深厚的學術研究能力等問題。本文通過對燕大新聞學系畢業論文作者、導師、學系、學校、新聞教育理念和教育思想的探究，發掘中國新聞教育的優良傳統，對當今中國新聞教育具有一定的啟示意義。同時，中國當代大學生的畢業論文寫作存在問題意識不強、對研究問題的系統思考不足、創新思維薄弱等問題。瞭解新中國成立前舊大學本科學生畢業論文的寫作情況，為當代大學生的畢業論文寫作，從體例、規格、模式到學術質量上提出要求，取其精華，去其糟粕，提供一定的參考和借鑒。因此，繼承燕京大學新聞學系在新聞教育和學術研究方面的優良傳統，對當前中國新聞教育改革和新聞學研究具有重要的現實意義。

五是作為手稿具有一定的收藏意義。現存的 163 篇原件中，130 餘篇中文論文全部是手寫稿。從時間上來看，這些畢業論文寫於 1927～1951 年間，距離我們已有 67～91 年的歷史。這些畢業論文無論是否有複本存在，都是彌足珍貴的。這些手寫稿多用毛筆書寫，字體絕大多數為恭楷，書寫流暢，字跡工整，而且保存較為完整，具有很高的收藏價值，可以成為「新善本」的一種形式。

第二節　文獻綜述

民國時期畢業論文的研究是隨著國家對民國文獻的重視、保護、整理和研究開始的。民國文獻記錄了我國從 1911 年到 1949 年之間 38 年的特殊歷史，這段時期是我國社會發生深刻變革的歷史時期，期間經歷了辛亥革命、五四運動、北伐戰爭、抗日戰爭和解放戰爭等重大歷史事件，這一時期產生的文獻無不烙印上深刻的時代印記，對研究當時的政治、經濟、文化、外交等具有非常重要的價值，被學術界稱為「新善本」〔註6〕。

近些年來，隨著國家文化部《古籍定級標準》（2006 年）的出臺和全國性古籍調查工作的展開，圖書館界對歷史文化典籍的收藏、保護、管理意識明顯增強。人們在重視「古籍善本」的同時，有關「搶救新善本」、「搶救保護民國文獻」的呼聲也高漲起來。

民國時期文獻的價值逐步得到重視。從上世紀五六十年代開始，民國文獻陸續被影印出版，但尚未形成規模。八九十年代後，民國文獻得到出版機構的

〔註6〕趙長海，新善本研究〔J〕，圖書館建設，2004，（03）：110～113。

重視，形成一定的出版規模，並在 2000 年後進入鼎盛時期，民國文獻出版的規模逐漸增大，體系逐漸完善，內容愈加豐富。〔註7〕但從整體上看，民國時期文獻的保護仍面臨嚴峻形勢。為此，2011 年 5 月，在西安召開的「民國時期文獻保護工作座談會」上，國家圖書館館長周和平指出，加強民國時期文獻的搶救工作已刻不容緩，並提出立即實施「民國時期文獻保護計劃」，建立《民國時期文獻總目》，在全國開展民國時期文獻普查工作。〔註8〕此項目已於 2012 年正式啟動，由國家圖書館牽頭，聯合國內外文獻存藏單位，開展民國文獻普查、徵集、整理出版等各項工作，切實有效地搶救和保護民國文獻。

　　除相對常見的圖書、報紙、期刊、檔案、公報、書目索引、回憶錄等文獻類型外，民國時期的大學生畢業論文也是民國文獻的一種類型，在《民國文獻整理和研究發展報告（2016）》中被歸入「論文集」類。〔註9〕儘管目前整理出版的民國時期畢業論文匯編僅占民國文獻中很小的一部分，但這類文獻對研究民國時期的高校教育、研究各個學科的發展脈絡和教育水平、填補名人名家著作研究空白等方面具有重要價值。

　　中國人民大學圖書館積極響應國家圖書館的號召，開始組織民國文獻的保護和整理工作，並與中國人民大學新聞學院、北京大學圖書館合作，將燕京大學新聞學系現存畢業論文集結起來，於 2014 年 12 月影印出版了《中國人民大學圖書館藏燕京大學新聞系畢業論文匯編》（全 34 冊），〔註10〕為研究者提供了極大便利。

一、關於燕京大學新聞教育的研究現狀

　　燕京大學本科畢業論文是燕京大學新聞教育的重要成果，也是燕京大學新聞學系教育水平的重要衡量標識之一，因此，要想對燕京大學畢業論文有全面深入的研究，離不開對燕京大學新聞教育的研究。

　　燕京大學新聞學系，從 1924 年創辦到 1952 年併入北大之前，除去中間

〔註7〕劉民鋼，蔡迎春主編，民國文獻整理與研究發展報告（2015）〔R〕，北京：國家圖書館出版社，2015：84～87。

〔註8〕應妮，中國大陸圖書館界籲實施「民國時期文獻保護計劃」〔OL〕中國新聞網，2011-5-17〔2017-11-7〕http://www.chinanews.com/cul/2011/05-17/3044695.shtml。

〔註9〕劉民鋼，蔡迎春主編，民國文獻整理與研究發展報告（2016）〔R〕，北京：國家圖書館出版社，2016：10～11。

〔註10〕劉民鋼，蔡迎春主編，民國文獻整理與研究發展報告（2015）〔R〕，北京：國家圖書館出版社，2015：117～118。

停辦的壹年（1928～1929），實際存世 27 年。燕京大學新聞學系在中國新聞教育史、中國新聞學研究、中國新聞傳播事業研究上佔有舉足輕重的地位，因此在其存續發展的過程中，就受到了極大關注。

在 1924～1952 年間，燕京大學新聞教育的成就愈發凸顯，獲得一些新聞學者的關注，尤其是燕大新聞系本系教員，他們為將燕大新聞教育的重要成果總結和展示出來，進行了階段性的研究，並取得初步成果。1932 年，良友公司發行了由燕京大學新聞學系編寫的《新聞學研究》雜誌，匯總了兩屆燕大新聞學討論週學者論文和燕大新聞學系學生的論文習作，初步展示和肯定了燕大新聞教育的階段性成果，認為燕大新聞教育適應了社會發展的需要；〔註 11〕1946 年，劉豁軒整理和編寫的《燕大的報學教育》詳細梳理了1924～1940 年這 14 年間燕大新聞學系在施教方針、課程設置、師資力量、學生實習等方面的情況，並結合當時的狀況論述了中國新聞教育在教育理念、教員、教材等方面面臨的問題；〔註 12〕燕大新聞學系 1949 屆畢業生曹百龍在他的畢業論文《美國新聞教育》第七章中，將燕大新聞學系與美國新聞學校進行比較，從起源、組織形式、目的、畢業條件、課程、註冊人數、畢業生數目、教師數目、實習及圖書館設備等九個方面來對比，簡要介紹了當時燕大新聞教育的基本情況。〔註 13〕

從 1952 年燕京大學新聞學系正式結束到 1978 年十一屆三中全會期間，關於燕京大學新聞教育的研究停滯不前。1959 年，羅列在《十年來的我國新聞教育》中談到 1952 年全國高等院系調整時，新聞系和新聞院校的情況：「在我們接管各個高等學校的時候，對各個大學的新聞系和新聞專科學校採取了既嚴肅又靈活的方針。除封閉了個別的以反動派系為靠山的新聞學校以外，對一般大學的新聞系和新聞學校，都採取積極幫助改造的態度，對絕大多數的教員和學生，也按不同情況加以適當的安排。當時屬於這類性質的新聞系校，有上海的復旦大學新聞系、聖約翰大學新聞系、民治新聞專科學校、蘇州的社會教育學院新聞系、北京的燕京大學新聞系。」此次新聞系校的調整，「在北京的原燕京大學新聞系，這個時候也交由調整後的新的北京大學接辦，改為新聞

〔註11〕燕京大學新聞學系，新聞學研究〔J〕，北平：燕京大學新聞學系，1932。
〔註12〕劉豁軒，燕大的報學教育〔M〕，報學論叢，益世報社，1946。
〔註13〕曹百龍，美國新聞教育〔G〕//方漢奇、王潤澤主編，中國人民大學圖書館藏燕京大學新聞系畢業論文匯編（第三十冊），北京：國家圖書館出版社，2014：457～464。

專業（最後叫編輯專業），屬中國語言文學系的建制。」〔註14〕1958年，新聞系又轉入中國人民大學。此時的新聞教育主要集中在對舊新聞教育的改造上，無產階級新聞教育成為主流，對燕大新聞教育的研究幾乎沒有。

改革開放以後，尤其是近些年來，轉型期的新聞教育改革何去何從的問題引起學界熱烈討論，不少研究者將目光轉向新聞教育的源頭——民國新聞教育，以期為當下新聞教育改革提供借鑒。而燕京大學新聞教育在民國新聞教育中擁有舉足輕重的地位，極具代表性。這期間，關於燕京大學新聞教育的研究取得較大進展，相關研究專著和學術論文成果頗豐。

在專著中開列篇章介紹燕京大學新聞教育的有：李建新的《中國新聞教育史論》（2003）一書在3.3、4.4部分介紹了燕京大學新聞學系初創階段和發展階段的內容，以此為代表來說明中國新聞教育初創時期和初步發展時期的基本情況，總結出這一時期中國新聞教育的特點；〔註15〕蕭東發主編、鄧紹根等增訂的《新聞學在北大（增訂本）》（2011）一書在第二章「燕京大學的新聞教育」中，闡述了燕京大學新聞學系的發展歷程，對燕京大學新聞教育發展的歷史特點、存在的問題、歷史地位和貢獻等作出評價，肯定了燕京大學「對中國新聞教育事業的開拓，新聞人才的培養卓有建樹」的歷史功績，〔註16〕是目前為止梳理燕京大學新聞學教育較為全面、完整的著作；陳遠的《燕京大學（1919～1952）》（2013）一書在第六章「學術上的崛起（二）」簡要講述了新聞學系創建、停辦、復建和發展的過程，並以學生回憶錄為材料介紹了燕大新聞學系的著名師生的在校情況；〔註17〕岱峻的《風過華西壩：戰時教會五大學紀》一書的第五章「燕大新聞：亞洲第一大系」主要敘述了燕大新聞系與《大公報》——「遠東新聞第一大報與遠東新聞第一大系」「你中有我，我中有你」的緊密聯繫，以及燕大在成都復課的情況，主要以校友回憶錄串聯相關情況。〔註18〕

〔註14〕羅列，十年來的我國新聞教育〔J〕，新聞戰線，1959，（18）：18～20。

〔註15〕李建新，中國新聞教育史論〔M〕，北京：新華出版社，2003：52～55＋97～103。

〔註16〕蕭東發主編、鄧紹根等增訂，新聞學在北大〔M〕，北京：北京大學出版社，2011：105～216。

〔註17〕陳遠，燕京大學（1019～1952）〔M〕，杭州：浙江人民出版社，2013：112～119。

〔註18〕岱峻，風過華西壩——戰時教會五大學紀〔M〕，南京：江蘇文藝出版社，2013：149～165。

學術論文研究方面，在中國知網上搜索關鍵詞「燕京大學新聞教育」，有80 餘篇搜索結果，圍繞燕京大學新聞教育的歷史、教育理念、教育思想、教學實踐、人才培養特色、課程設置、密蘇里新聞模式的本土化、著名新聞教育家、著名畢業生、新聞教育成果、對當代新聞教育的影響等方面進行研究。這些研究成果中，較為重要的有：

在關於燕京大學新聞學系發展歷史的研究中，筆者在《燕京大學新聞學系最早畢業生考》（2009）一文中經過詳細考證，認為燕京大學最早的畢業生是1927 年畢業的李連科和鄒毓靈兩人，填補燕大新聞學系畢業生的歷史研究空白；〔註19〕肖珊的《燕京大學「新聞學討論週」考述》（2013）詳細梳理了燕京大學「新聞學討論週」的存在和發展歷史，論述了六屆新聞學討論週的主要內容和影響，填補了燕京大學新聞學系課外學術交流的歷史研究空白。〔註20〕

燕京大學新聞學系從創辦之初就與美國密蘇里新聞學院有著密不可分的聯繫，在研究燕京大學新聞教育模式方面，筆者的《中美新聞教育交流的歷史友誼——密蘇里新聞學院支持燕大新聞學系建設的過程和措施探析》（2012）一文詳細闡述了密蘇里新聞學院對燕大新聞學系建設的幫助和影響。從 1924年密蘇里新聞學院畢業生聶士芬前往燕京大學協助司徒雷登創辦新聞學系，到1928 至 1934 年通過承認燕大學分、募集資金、交換研究生、互派師資、提供圖書資料等五項措施，給予燕大新聞學系「學術和行政上的指導」，極大地支持和幫助了燕大新聞學系崛起發展，燕大新聞學系由此成為民國新聞教育和學術研究的重鎮；〔註21〕復旦大學國際關係與公共事務學院林牧茵的博士學位論文《移植與流變——密蘇里大學新聞教育模式在中國（1921～1952）》（2012）著眼於密蘇里新聞模式在中國新聞教育中的影響，從開始的橫向移植，到後來的縱向發展，最後形成了中國特色新聞教育模式，燕京大學新聞學教育就是這種流變的結果，因此燕京大學新聞教育理念和教育思想帶有密蘇里新聞模式的印記；〔註22〕肖朗、費迎曉的《中美高等教育交流與中國大學新

〔註19〕鄧紹根，燕京大學新聞學系最早畢業生考〔J〕，國際新聞界，2009，（02）：120～123。

〔註20〕肖珊，燕京大學「新聞學討論週」考述〔J〕，新聞知識，2013，（12）：75～76＋53。

〔註21〕鄧紹根，中美新聞教育交流的歷史友誼——密蘇里新聞學院支持燕大新聞學系建設的過程和措施探析〔J〕，國際新聞界，2012，34（06）：57～65。

〔註22〕林牧茵，移植與流變——密蘇里大學新聞教育模式在中國（1921～1952）〔D〕，復旦大學，2012。

聞學教育——以沃爾特·威廉和燕京大學新聞學系為考察中心》（2013）考察
了美國新聞創始人沃爾特·威廉姆斯五次來華講學、扶植燕大新聞學系建設及
其門生移植「密蘇里模式」，這些舉措直接有力地推動了燕大新聞學系乃至近
代中國大學新聞學的建立和發展。〔註23〕此外，武志勇、李由的《密蘇里大學
新聞學院的教育理念與教學模式》（2009）〔註24〕也對燕大新聞教育的教學內
容有所涉及。

　　在關於燕京大學的新聞教育理念和教育思想的研究中，陳家順的《中國近
代新聞教育思想本土化的範例——燕京大學新聞教育述評》（2008）對燕大新
聞教育特色進行梳理，總結出專業教育與通識教育相結合、理論與實踐並重、
注重新聞道德教育、結合英語優勢辦出特色、擴大對外交流、充分利用多方資
源等幾大特點；〔註25〕齊輝、王翠榮的《燕京大學新聞教育的理念與實踐》
（2010）〔註26〕、《試論民國初年中國新聞人才的培養特色——以燕京大學新
聞系為中心》（2010）〔註27〕揭示了燕京大學新聞教育理念與特色，梳理出專
業教育與通識教育相結合、重視實踐訓練的職業化培養模式、培養領袖人才的
精英教育理念、開放多元的辦學環境等四個教育理念；河北大學王運輝的碩士
學位論文《燕京大學辦學理念及其實踐研究》（2010）指出，燕京大學新聞教
育的使命除訓練新聞人才外，還要進行新聞事業的研究、進行新聞報紙的改良
實驗、培養中國報界領袖人才等，並認為燕大新聞教育模式注重課堂教學和新
聞實踐並重；〔註28〕筆者的《論哥倫比亞大學新聞學院與民國新聞界的交流合
作及其影響》（2014）在對哥倫比亞大學新聞學院與民國新聞界的交流合作的
論述中，提及燕大新聞學系在其中受益良多，燕大新聞學系首任系主任白瑞
華、著名畢業生余夢燕等均是雙方交流互動的重要人物，中美交流對燕大新聞

〔註23〕 肖朗，費迎曉，中美高等教育交流與中國大學新聞學教育——以沃爾特·威廉
　　　　和燕京大學新聞學系為考察中心〔J〕，蘇州大學學報（教育科學版），2013，
　　　　1（01）：77～85＋127。
〔註24〕 武志勇，李由，密蘇里大學新聞學院的教育理念與教學模式〔J〕，新聞大學，
　　　　2009，（04）：12～21。
〔註25〕 陳家順，中國近代新聞教育思想本土化的範例——燕京大學新聞教育述評〔
　　　　J〕，河北師範大學學報（教育科學版），2008，（07）：42～45。
〔註26〕 齊輝，王翠榮，燕京大學新聞教育的理念與實踐〔J〕，教育評論，2010，（01）：
　　　　139～142。
〔註27〕 齊輝，王翠榮，試論民國初年中國新聞人才的培養特色——以燕京大學新聞
　　　　系為中心〔J〕，國際新聞界，2010，（01）：82～86。
〔註28〕 王運輝，燕京大學辦學理念及其實踐研究〔D〕，河北大學，2010。

教育模式的建立和發展起到了重要的推動作用。〔註29〕此外，徐培汀的《中國早期的新聞教育》（1981），〔註30〕湖南師範大學傳播學鄧麗琴的碩士學位論文《民國新聞教育思想研究》（2014）〔註31〕、王敏的《「廣人文，重實務」：民國新聞教育的實踐性考察》（2015）〔註32〕、李建新的《民國時期新聞教育思想的多元呈現》（2016）〔註33〕等文章也對燕大新聞教育理念和教育思想稍有涉及。

　　在關於燕京大學新聞學課程設置和人才培養的研究中，暨南大學新聞與傳播學院羅映純的博士學位論文《近代中國新聞職業化的建構——以民國新聞教育為考察中心》從中國新聞職業化建構的角度，聯繫燕京大學與《大公報》的「供需」關係來探討燕大新聞教育的人才培養要求；〔註34〕肖朗、費迎曉的《燕京大學新聞學系人才培養目標及改革實踐》（2007）考察了燕大新聞學系人才培養目標的設定和課程設置改革的實踐，揭示燕大新聞教育在人才培養方面取得的成功經驗；〔註35〕肖愛麗的《〈報人世界〉與〈報學〉的理論取向研究》（2016）對燕京大學新聞學系實踐教學的重要活動——創辦《報人世界》和《報學》期刊進行研究，並且著眼於兩份期刊的理論取向，總結出其關注西方報學研究、關注報業發展趨勢、重視宣傳分析、看重職業保障的特點，並對處於抗戰烽火中的《報學》忽略對戰時新聞的探討提出批評；〔註36〕高明勇的《言論史上的「評論課」——以燕京大學新聞學系為例（1924～1952 年）》（2016）專門對燕大新聞評論課進行研究，從教學目標、師資配備、課程設置、教材編寫、實習安排等方面探討了燕大新聞評論教育，以期為當代新聞評論教學提供借鑒。〔註37〕此外，李春雷的《20 世紀二三十年代中國新聞學學科的

〔註29〕鄧紹根，論哥倫比亞大學新聞學院與民國新聞界的交流合作及其影響〔J〕，新聞與傳播研究，2014，21（12）：80～89＋121。

〔註30〕徐培汀，中國早期的新聞教育〔J〕，新聞大學，1981，（01）：118～120。

〔註31〕鄧麗琴，民國新聞教育思想研究〔D〕，湖南師範大學，2014。

〔註32〕王敏，「廣人文，重實務」：民國新聞教育的實踐性考察〔J〕，新聞春秋，2015，（04）：38～44。

〔註33〕李建新，民國時期新聞教育思想的多元呈現〔J〕，學術交流，2016，（05）：195～199。

〔註34〕羅映純，近代中國新聞職業化的建構〔D〕，暨南大學，2015。

〔註35〕肖朗，費迎曉，燕京大學新聞學系人才培養目標及改革實踐〔J〕，高等教育研究，2007，（06）：92～97。

〔註36〕肖愛麗，《報人世界》與《報學》的理論取向研究〔J〕，新聞研究導刊，2016，7（20）：110。

〔註37〕高明勇，言論史上的「評論課」——以燕京大學新聞學系為例（1924～1952年）〔J〕，青年記者2016，（30）：100～103。

建立》（2007），陝西師範大學新聞與傳播學王媛的碩士學位論文《民國時期新聞學課程設置的研究（1912～1949）》（2013），王媛的《民國時期新聞學課程設置的研究（1912～1949）》（2013）〔註38〕等文章也對燕大新聞教育的課程設置和人才培養有所涉及。

在關於燕京大學新聞學系著名教育者和優秀畢業生的研究中，武慧芳的《劉豁軒新聞思想研究》（2008）探討了燕大新聞學系主任劉豁軒的新聞思想，文中對劉豁軒作為職業報人和新聞教育者兩個身份的新聞思想進行研究，在對劉豁軒的新聞教育思想研究方面，總結出新聞教育中國化、新聞教育技術化轉向學術化、重視新聞教育的社會實習三個方面的特點，認為劉豁軒的新聞思想在當時的歷史條件下「已經是有所創見和指導的了」〔註39〕；胡玲的《劉豁軒新聞教育思想研究》（2015）同樣對劉豁軒的新聞思想進行研究，在新聞教育學術化、理論與實踐並重方面與武慧芳的結論一致，胡玲還提出劉豁軒新聞教育的目標是「造就領導的、適合高尚職業環境之報人」〔註40〕；上海大學傳播學王萍的碩士學位論文《蔣蔭恩的新聞教育理念與實踐研究》（2013）對既是燕大新聞學系畢業生、又是燕大著名新聞教育家的蔣蔭恩進行詳細研究，將蔣蔭恩的教育理念概括為五個方面：新聞教育的本質是知識教育和精神教育、新聞事業機關和新聞教育機關互惠合作、均衡權利與義務、新聞教育貴在理論和實習兼重、大學新聞教育者不是帶徒弟的師父、「媒介素養」的潛移默化和新聞英語教學，認為蔣蔭恩的新聞教育理念具有重要的啟示和參考價值，是中國新聞史上一筆寶貴的財富。〔註41〕

總體來看，關於燕京大學新聞教育的研究成果內容豐富，從燕京大學新聞學系的辦學歷程、教育理念、人才培養方案、課程設置、社會實踐、新聞活動、與國外交流等方面，多角度、多渠道地研究燕京大學新聞學系，極大地豐富了燕京大學新聞學系的研究內容，但這些研究成果的系統性不夠，碎片化嚴重，研究不夠全面、深入、細緻，多是對燕京大學新聞教育進行一般性的介紹或處於研究內容的從屬地位，涉及的研究點還不夠多，尤其缺少從學士學位論文——這一最能直接展示燕大新聞學系教育成果的學術論文的角度來進行的研究。

〔註38〕王媛，民國時期新聞學課程設置的研究（1912～1949）〔D〕，陝西師範大學，2013。

〔註39〕武慧芳，劉豁軒新聞思想研究〔D〕，天津師範大學，2008。

〔註40〕胡玲，劉豁軒新聞教育思想研究〔J〕，青年記者，2015，（10）：90～91。

〔註41〕王萍，蔣蔭恩的新聞教育理念與實踐研究〔D〕，上海大學，2013。

二、館藏民國時期畢業論文的研究現狀

　　燕京大學新聞學系畢業論文具有重要的文獻價值，除此之外，已出版的民國時期新聞系畢業論文有：1930 年，由上海復旦大學新聞學會出版復旦大學新聞學系畢業生陶良鶴的畢業論文《最新應用新聞學》，1931 年 1 月，出版學生杜紹文（又名杜超彬）的畢業論文《新聞政策》、郭貞一（女，又名郭箴一）的畢業論文《上海報紙改革論》，由復旦大學新聞學會作為「新聞學叢書」公開出版。〔註 42〕這幾篇民國時期復旦大學新聞系畢業論文在寫作完成後就得到了及時出版，且是以研究專著的形式面世的，長期以來也得到了研究者們的重視。民國著名新聞教育家、復旦大學新聞系主任謝六逸在為陶良鶴的《最新應用新聞學》所作的序中這樣說到：「雖然不是什麼煌煌大著，但能簡而扼要，我們不妨看做 Journalism 的理論建設的發端。」〔註 43〕杜紹文是民國時期著名報人、新聞教育工作者、新聞學者，〔註 44〕復旦新聞六君子之一，他的畢業論文《新聞政策》被其系主任謝六逸評價道：「『新聞政策』在國內向來沒有聽著人提起過，杜紹文君的這本著作，可說是『破天荒』了。」〔註 45〕在對杜紹文的新聞生涯和新聞思想的研究中，這本著作始終佔據重要的位置。郭箴一是民國時期著名女學者，她的畢業論文《上海報紙改革論》具有學術史上的創新性價值，被認為是我國現代媒介批評史上的第一部專著，〔註 46〕在對郭箴一的個人生涯和學術貢獻的研究上，這本著作也是極具代表性的研究素材。

　　除民國高校新聞系這一專門學科的畢業論文外，目前公開的、具有一定規模的民國畢業論文文獻收藏還包括：北京大學圖書館還藏有燕京大學畢業論文 2798 冊，其中有 2600 餘冊完整本進行了數字化儲存，錄入了燕京大學學位論文特色庫中，〔註 47〕清華大學圖書館藏清華大學民國時期畢業論文 831 篇（1925～1949 年）；〔註 48〕遼寧省圖書館藏東北大學民國畢業論文 525 篇（1930

〔註 42〕復旦大學新聞學院大事記，復旦大學新聞學院官網・歷史沿革，2017-11-8，http://gov.eastday.com/node2/fdxwxy/gywm/node916/index.html。

〔註 43〕陶良鶴，最新應用新聞學・謝序〔M〕，復旦大學新聞學會，1930：2。

〔註 44〕李秀雲，試析杜紹文的新聞學理論建構〔J〕，新聞春秋，2016，（02）：26～31。

〔註 45〕杜紹文，新聞政策・謝序〔M〕，復旦大學新聞學會，1931：1。

〔註 46〕胡正強，郭箴一與媒介批評史研究〔J〕，新聞前哨，2009，（10）：82～83。

〔註 47〕張麗靜，燕京大學學位論文的印本收藏與特色庫建設〔J〕，圖書館建設，2011，（06）：39～40＋56。

〔註 48〕尹昕，蔣耘中，袁欣，劉聰明，清華大學圖書館收藏的民國畢業論文的整理與研究〔J〕，大學圖書館學報，2015，33（06）：93～100。

～1946 年），﹝註49﹞並已於 2015 年 4 月，由中華書局集結出版《遼寧省圖書館藏民國時期東北大學畢業論文全集》，共 120 冊；﹝註50﹞廈門大學圖書館藏廈門大學民國畢業論文 1153 篇（1931～1952 年），福建師範大學圖書館藏福建私立協和大學、華南女子學院畢業論文共 1202 篇（1931～1949 年），﹝註51﹞吉林省圖書館藏上海滬江大學畢業論文 42 篇（1930～1949 年）。﹝註52﹞

　　民國畢業論文在反映當時政治、經濟、社會變革方面所具有的史料價值已開始被學界所認識，尤其是近些年來，全國各大高校圖書館陸續開展了館藏民國高校畢業論文的整理和研究工作。目前，專門針對民國時期畢業論文進行研究的有：《淺談民國時期大學生畢業論文的史料價值——從吉林省圖書館館藏「上海私立滬江大學畢業生論文」談起》（李俊恒，蘇程，《山東圖書館季刊》2008 第 1 期）；《簡析早期東北大學學生的畢業論文》（婁明輝，《瀋陽故宮博物院院刊》2010 年第 9 輯）；《燕京大學學位論文的印本收藏與特色庫建設》（張麗靜，《圖書館建設》2011 年第 6 期）；《地方志與風俗的區域研究——對早期燕京大學社會學系兩篇畢業論文的分析》（趙旭東，齊釗，《民俗研究》2012 年第 1 期）；《福建師範大學圖書館民國文獻館藏概況及主要特色》（龍丹，鄭輝，《大學圖書館情報學刊》2012 年第 7 期）；《民國時期大學生畢業論文的整理與研究——以遼寧省圖書館為例》（孫晶，《圖書館學刊》2014 第 6 期）；《清華大學圖書館收藏的民國畢業論文的整理與研究》（尹昕，蔣耘中，袁欣，劉聰明，《大學圖書館學報》2015 第 6 期）；《1942～1943 年北京師範大學體育系畢業論文研究》（龍宋軍，孫葆麗，《體育文化導刊》2016 年第 4 期）；《館藏民國時期本科畢業論文手稿的統計分析》（龍丹，《內蒙古科技與經濟》2016 年第 17 期）；《館藏民國時期華南女子學院本科畢業論文手稿整理與統計分析》（龍丹，《內蒙古科技與經濟》2017 年第 11 期）。

　　從這些論文來看，目前對民國時期畢業論文的研究尚處於起步階段，多數

﹝註49﹞孫晶，民國時期大學生畢業論文的整理與研究——以遼寧省圖書館為例〔J〕，圖書館學刊，2014，36（06）：38～41。

﹝註50﹞劉民鋼，蔡迎春主編，民國文獻整理與研究發展報告（2016）〔R〕，北京：國家圖書館出版社，2016：7。

﹝註51﹞龍丹，館藏民國時期本科畢業論文手稿的統計分析〔J〕，內蒙古科技與經濟2016，（17）：141～143。

﹝註52﹞李俊恒，蘇程，淺談民國時期大學生畢業論文的史料價值——從吉林省圖書館館藏「上海私立滬江大學畢業生論文」談起〔J〕，山東圖書館季刊，2008，（01）：78～79＋88。

為資料整理和分類統計，僅對民國畢業論文的史料價值和文獻價值有所認識，對這些畢業論文的學術運用尚處於準備階段，真正的學術研究尚未深入，缺乏全面性，沒有系統性研究成果出現。

三、民國時期燕京大學新聞系本科畢業論文的研究現狀

　　燕京大學新聞系從 1924 年開始招生，到 1952 年併入北大，歷經 28 個春秋，除去中間停辦的壹年（1928～1929），實際存世 27 年，據不完全統計，先後至少畢業了 343 名學生，〔註53〕理論上至少應有 343 篇畢業論文留存。但這些畢業論文由於燕京大學的多次遷轉，又經歷了學校停辦、人員調動和疏於管理等情況，直到 1978 年人大復校才結束遷徙。幾十年的動盪遷徙致使這批畢業論文流失過半，目前僅剩 160 餘篇收藏於中國人民大學圖書館、新聞學院資料室和北京大學圖書館三處，占到總篇數的 49%。而在此期間，這批畢業論文一直被「束之高閣」，其文獻價值和學術價值尚未被學界關注。

　　改革開放後，中國新聞傳播史的研究蓬勃發展，一些厚積之作相繼問世，主要集中於通史、斷代史、專史、地方史、圖史、重點報刊史、廣播電視史、外國新聞史等集大成之作的研究，〔註54〕這些研究採用的主要是前人專著、報紙、期刊、檔案、回憶錄、文集或演講集等文獻資料，這批民國時期的大學生畢業論文仍未受到重視。

　　直到 2011 年前後，中國人民大學圖書館開始組織對這批畢業論文的整理與集結出版工作，個別學術專著開始出現，如北京大學新聞學研究會叢書之一、由蕭東發主編、鄧紹根等增訂的《新聞學在北大》一書，用「第二章」整個章節來研究和闡述燕京大學的新聞教育，利用現存的關於燕京大學新聞系的文獻資料，詳細梳理和介紹了燕京大學新聞教育所經歷的初創、崛起、發展、苦撐、振興、結束等各個階段的情況，並整理和總結了各個階段新聞學系畢業生情況及他們的畢業論文信息，〔註55〕是目前為止研究燕京大學新聞學系畢業生中呈現出較為完整信息的專著。此外，專門的學術論文開始出現，如 2012 年筆者發表的《燕京大學新聞學系廣播學術研究探析——學士學位論文的視

〔註53〕蕭東發主編，鄧紹根等增訂，新聞學在北大〔M〕，北京：北京大學出版社，2011：199～210。

〔註54〕程曼麗，中國新聞史研究 60 年回眸〔N〕，社會科學報，2009-10-08（005）。

〔註55〕蕭東發主編，鄧紹根等增訂，新聞學在北大〔M〕，北京：北京大學出版社，2011：105～216。

角》，這篇論文根據僅存的 4 篇燕京大學新聞學系廣播研究的畢業論文進行深入研究，從寫作原因、研究特點和意義等方面，闡述了這些畢業論文的重要學術價值，認為這些論文對豐富民國至建國前後廣播學術研究內容的具有重要作用；〔註56〕劉方儀的《中國化新聞教育的濫觴——從 20 世紀 20 年代燕大新聞系談起》（2004）認為，在內憂外患的環境中誕生的我國的新聞教育，從一開始就被賦予了強烈的社會服務性，燕大新聞強調「中國化」和「理論與實踐相結合」的課程設置，為我國新聞教育的發展奠定了基礎。學生的畢業論文可以作為觀察「關注中國新聞事業界發展」、「理論與實際相結合」辦學理念的視角之一，並以 1930～1936 年的學生畢業論文為例進行簡要說明，最後談及畢業生對中國新聞界的卓越貢獻，肯定了燕大新聞教育扎根中國社會、服務中國社會的辦學宗旨。〔註57〕

然而，除此之外，僅有少量學術論文和專著提到燕京大學新聞學系畢業論文，如復旦大學國際關係與公共事務學院林牧茵的博士學位論文《移植與流變——密蘇里大學新聞教育模式在中國（1921～1952）》寫道：「1927 年，鄒毓靈、李連科成為燕大新聞系最早的兩位畢業生。他們的畢業論文至今仍然保留在人民大學圖書館內。鄒毓靈的論文題為《我國報紙文的研究》，李連科的論文題為《Sourve-material concerning the journalism of China》。1928 年，新聞系學生黃錦棠畢業，論文題為《The historical development of the Chinese government gazette》」。〔註58〕曹立新所著《在統制與自由之間——戰時重慶新聞史研究（1937～1945）》（2012 年）在「以往研究綜述」部分明確提及燕京大學新聞系學生的畢業論文，並將這些高校學生的畢業論文與新聞業界人士的研究著作，如任畢明的《戰時新聞學》、張友鸞的《戰時新聞紙》等相繼論及，認為這些作品同樣是研究戰時新聞學的重要研究成果。他提到：「在舉辦『新聞事業與國難』學術討論週後，燕京大學新聞系歷屆學生中有不少選擇了相關問題作為畢業論文選題。中國人民大學圖書館現藏的燕京大學新聞系畢業論文中，就有張振淮的《中日事變期中同盟通訊社之對華宣傳》、王繼樸的《九一八以

〔註56〕鄧紹根，燕京大學新聞學系廣播學術研究探析——學士學位論文的視角〔J〕，現代傳播（中國傳媒大學學報），2012，34（11）：43～47。

〔註57〕劉方儀，中國化新聞教育的濫觴——從 20 世紀 20 年代燕大新聞系談起〔J〕，北京社會科學，2004，（02）：153～159。

〔註58〕林牧茵，移植與流變——密蘇里大學新聞教育模式在中國（1921～1952）〔D〕，復旦大學，2012：94。

後中國報紙之文藝副刊》、劉益璽的《中國戰時新聞檢查制度研究》、丁龍寶的
《戰時抱孩子副刊研究》、李忠澍的《戰前與戰時報紙廣告比較》、陳瓊惠的《中
國戰時宣傳》、余夢燕的《重慶報紙新聞版之分析》、余理明的《中國戰時報業
之特色》、張學孔的《戰時中國新聞政策》等，研究內容涉及戰時新聞宣傳、
新聞檢查、新聞機構、新聞業務（包括副刊、廣告）等方面。」〔註59〕

　　由於燕京大學畢業論文的整理與集結出版工作繁雜而細緻，《中國人民大
學圖書館藏燕京大學新聞系畢業論文匯編》於 2014 年 12 月才正式出版面世，
然而對這套文獻資料的利用和研究尚需一個過程，目前尚未有專門的研究成
果出現。

　　綜上所述，一方面，燕京大學新聞學系現存畢業論文屬於民國文獻的一部
分，現階段對民國時期畢業論文的研究尚處於收集、整理和初步研究階段，缺
少對其進行全面、系統、深入的研究；另一方面，燕京大學新聞學系現存畢業
論文是燕京大學新聞教育的重要組成部分，目前對於燕京大學新聞教育的研
究取得一定成果，燕大新聞教育的發展史、教育理念、人才培養、課程設置、
社會實踐等方面均有較為豐富的研究成果出現，但這些研究成果不夠深入，僅
是浮於淺層的介紹或梳理，缺乏學理性、思想性和學術性，且涉及的研究面不
全，缺少對學生畢業論文的整體研究。因此，本文選擇將燕京大學新聞學系現
存的畢業論文作為研究對象，對其進行深入、系統的研究，以期填補燕京大學
新聞教育的空白，全面客觀地展示民國時期大學生畢業論文的學術水平與社
會價值，豐富民國時期新聞教育的研究內容。

第三節　研究方法和創新之處

　　本文將從《中國人民大學圖書館藏燕京大學新聞系畢業論文匯編》（全三
十四冊）等文獻資料入手，吸收近百年來關於燕京大學新聞學系與民國時期新
聞教育的研究成果，借鑒知識社會學的研究理論，從論文作者到學術史到社會
影響再到時代脈絡的把握上，一步步拓展研究格局和研究思路。通過整理分析
燕京大學新聞學系畢業論文，完成對其在寫作背景、選題研究、作者、學術與
文獻價值、歷史作用與現實意義等方面的研究，進一步探討燕京大學新聞學系

〔註59〕曹立新，在統制與自由之間：戰時重慶新聞史研究（1937～1945）〔M〕，桂林：
　　　　廣西師範大學出版社，2012：8～9。

乃至整個民國時期新聞教育的成果與歷史作用，總結出燕京大學新聞學系開創的優良傳統及對當前新聞教育的啟示，力求獲得系統、全面、深入的整體研究成果。因此，本文主要運用了以下研究方法：

1. 文獻分析法：主要整理和分析《中國人民大學圖書館藏燕京大學新聞系畢業論文匯編》（全三十四冊）及筆者收集到畢業論文複印本，共計 163 篇畢業論文，並收集、整理和分析與燕京大學新聞教育乃至民國時期新聞教育、新聞學研究相關的書籍、著作、學術論文、音視頻資料等。

2. 內容分析法：現存的 163 篇燕京大學新聞學系畢業論文中，中文手寫稿 136 篇，英文稿 27 篇，擁有龐大的文字內容，需要借助內容分析法進行分類整理和研究，對其現存論文數的時序變化、選題、題材、體例、研究方法、字數篇幅等進行細緻的數據統計和分析，繪製一系列圖表，從而使研究更為順暢、有條理，並能夠從中得出燕大新聞學系學子在新聞學研究上的學術特點和趨勢。

3. 案例研究法：現存的 163 篇燕京大學新聞學系畢業論文中不乏極為優秀的學術論文，可以單獨進行更為細緻的研究，作為某一方面的代表性案例來研究。

本文的創新之處歸納起來主要有三點：啟用了新史料、提供了新視角、呈現了新內容。

1. 新史料：史學研究的基礎就是對史料挖掘和利用，新史料的挖掘和補充是史學研究創新的重要方面。民國時期畢業論文作為民國時期文獻的一種類型，近年來隨著民國文獻保護計劃在全國範圍的開展逐漸進入研究者視野，可以說是進行相關研究的「新史料」，有填補相關研究空白的重要價值。從 2010 年開始，方漢奇教授、王潤澤教授組織人員，將散落在中國人民大學圖書館和中國人民大學新聞學院資料室的燕京大學新聞學系現存畢業論文進行收集、整理、清點、影印工作，直到 2014 年 12 月才將完整的 160 篇畢業論文正式集結出版，匯成了全三十四冊《中國人民大學圖書館藏燕京大學新聞系畢業論文匯編》。這套書成為研究燕京大學新聞教育的重要史料，但從其出版到現在尚未引起廣泛的關注，目前僅有少數研究者注意到這批新史料的出現，可以說這批史料正處於未開發狀態，因此對這批畢業論文進行整體研究具有重要意義和創新價值。

2. 新視角：本文在總結前人關於燕京大學新聞教育方面的研究發現，前

人研究中存在研究碎片化、涉及面不廣、思想性不足等問題，因此本文將從學士學位論文的視角對燕京大學新聞學教育進行研究，能為燕大新聞教育的研究提供新穎的觀察角度，填補燕京大學新聞學系畢業論文研究方面的空白，完善燕京大學新聞教育歷史研究，豐富民國時期新聞教育的研究內容和研究成果。

　　3. 新內容：以燕京大學新聞學系現存畢業論文為依託，文章對燕京大學新聞教育的各方面進行了分析研究，畢業論文的內容大部分是此前研究未曾論及的部分，比如畢業論文的格式規範、選題視角、研究方法、師生互動關係等，對當前新聞學生的論文寫作具有借鑒意義，對中國新聞教育改革具有重要的啟示和現實意義。

第二章　燕大新聞學系發展歷程及畢業論文現存狀況

　　燕京大學是中國著名的教會大學之一，1919 年創立後，在校長司徒雷登的管理下，秉承「因真理，得自由，以服務」的校訓，銳意改革，不斷進取，短短數年，一躍躋身成為全中國第一流的綜合大學。在中國新聞教育百餘年發展史上，燕京大學新聞學系佔有突出的地位，是中國最早與外國交換教授和研究生的新聞院系；由於體制完備，設施齊全，被認為是當時「遠東方面最新式而設備最完全的新聞學校」。1952 年，全國高等院校院系調整，燕京大學新聞學系併入北京大學中文系新聞專業而停辦。燕京大學新聞學系極大地開拓了中國新聞教育和研究事業，成為中國新聞教育和研究的重鎮。燕大新聞學系的畢業生成功的重要原因之一就是在校勤奮學習新聞理論，積極參與新聞實踐，在「做中學」中打下了紮實的新聞功底，鍛鍊出良好新聞技能，培養出過硬的理論聯繫實踐、解決實際問題的科研能力和水平。這從他們的學士畢業論文就能充分展示出來。

第一節　燕大新聞學系發展的時代背景

　　20 世紀初葉的中國，正處在變革的發端上，中國現代教育變革在那時已經初露端倪。本民族的文化傳統，自身的教育實驗和改革實踐，再加上外來教育文化的衝擊，形成了對封建傳統文化和封建教育的顛覆性改造。

　　燕京大學新聞教育創辦與發展離不開中國近代新聞事業的蓬勃發展，也

離不開中國近代教育體制的建立和發展。中國近代新聞事業的產生與發展為燕京大學新聞教育的開展創造了條件，中國近代新聞教育的出現為燕京大學新聞教育的發展打下了良好的基礎，國外新聞教育尤其是密蘇里大學新聞教育為燕京大學新聞教育的發展提供了強有力的幫助，「密蘇里新聞模式」奠定了燕京大學新聞教育各方面的基礎，產生了極大的影響。

一、中國近代新聞事業的產生與發展

　　中國有著悠久的新聞傳播歷史，「中國是世界上最先有報紙和最先有印刷報紙的國家，有將近 1300 年的封建社會辦報的歷史」〔註1〕，中國古代的新聞傳播事業在封建專制制度和自給自足的小農經濟基礎上，呈現出新聞控制嚴苛、新聞種類單一、傳播範圍狹小的封建中央集權特色。唐中期開始出現的報紙僅作為政治信息的傳播媒介流傳在封建官僚和士大夫知識分子階層中；宋以後出現的民辦報紙——「小報」也主要是登載時事政治信息，是對官辦邸報的補充；清政府對內一直採取高壓禁錮措施，對外奉行閉關鎖國政策，在客觀上阻礙和制約了新聞事業在我國的產生和發展。

　　19 世紀上半葉，西方列強侵入中國，用炮火打開了封建中國的大門，自給自足的自然經濟格局被打破，客觀上帶來了資本主義的萌芽，提供了近代新聞事業發展的經濟土壤。同時，西方民主、自由思想傳入中國，國人的近代化思想開始覺醒，對知識、信息有著強烈的渴望。此外，交通、印刷、造紙等機器的發明和應用日新月異，國人對信息、知識、交換思想的需求借由各種機器得以實現。作為舶來品的近代報紙讓國人看到了信息傳播和知識交換的途徑，國人開始自主辦報，揭開了中國近代新聞事業的嶄新篇章。

　　1911 年辛亥革命成功，中國歷史進入民國時期。這是中國歷史上一個特殊而重要的嬗變時期，不論是在政治結構、經濟類型、思想文化、社會風尚、人們的價值觀念各方面均獲得了不同程度的變更。這些政治、經濟、文化、社會等方面的巨大變革，為中國近代新聞傳播事業的發展提供了肥沃土壤。民國成立之初的《臨時約法》規定：「人民有言論刊行著作之自由」。各地迎來了國人辦報的高潮，報刊形式向近代西方報紙靠近，報刊評論開始受到重視；1919年「五四」運動爆發，再次迎來了國人辦報的又一高潮，新聞事業也從一種傳

〔註1〕方漢奇主編，中國新聞事業通史（第 1 卷）〔M〕，北京：中國人民大學出版社，1999：2。

統的模式向現代的模式轉化，現代報紙的四大板塊開始定型，採訪、寫作、編輯、發行等一整套程序基本形成，新聞事業已成為現代社會不可或缺的構成機制。

　　這個時期既是中國新聞事業的「黃金發展」時期，也是「無序」發展時期，現有的參照均是來自西方，中國本土新聞事業幾乎無「經典」可以遵循。另外，在「人權」、「自由」、「民主」等等新思想風潮的影響下，辦報成為一種開啟民智、宣揚主張、傳播思想的「神聖」事業，也成為政治鬥爭、商人生財致富的工具，因此百弊叢生，利害並陳。因此，當新聞事業發展到一定程度時，如何規範中國近代新聞事業的發展之路，如何使新聞事業真正為中國近代的繁榮昌盛貢獻力量成為有識之士的共鳴。近代中國新聞事業的無序發展對新聞理論、新聞業務、辦報經驗和新聞事業的管理等方面提出了更高的要求，對新聞專業人才的需求愈加緊迫，新聞人才的培養提上日程。

二、中國近代新聞教育的發端

　　由於歷史和文化環境的特殊性，我國新聞學的發展經歷了一個由「術」到「學」的轉變過程，「即由早期的報業活動家們非自覺、隨筆式、非系統地介紹新聞實踐經驗和新聞思想，發展到建立專門的研究機構和系統的新聞教育，新聞學從鮮為人知逐漸發展為一門可以和其他門類的社會科學分庭而立的學科。」〔註2〕

　　我國近代新聞事業雖起步較晚，但新聞教育的開展卻不落人後。美國是最早開展新聞教育的國家，世界上第一所新聞學院於 1908 年在美國密蘇里大學成立，隨後，哥倫比亞大學也於 1912 年創建新聞學院。同年，中華民國新成立的全國報界俱進會倡議設立「報業學堂」。1918 年，北大校長蔡元培發起成立新聞研究會，由徐寶璜、邵飄萍擔任導師，開始系統講授並研習新聞學，每週兩小時，為該校政治學系選修課程之一。此乃中國新聞教育的篳路藍縷之舉。1920 年，全國報界聯合會進一步倡導建立「新聞大學」，並通過「新聞大學組織大綱」，提出在國內選擇一些資質優異的大學設立報學科，由擇定的大學與該會共同籌備，固定的基金 30 萬元，存儲生息，作為經費。雖未付諸實施，但已較早發出建立專門新聞學科的先聲。

〔註2〕蕭東發主編，鄧紹根等增訂，新聞學在北大〔M〕，北京：北京大學出版社，
　　　2011：105。

　　五四運動以後，我國新聞教育出現一個發展高潮。在 20 世紀 20 年代，在北京、上海等較為發達的地區陸續成立的高校新聞系科就有 20 餘所。新聞系科在全國範圍內的陸續設立，標誌著中國新聞教育走上正軌。1921 年 9 月，上海聖約翰大學創立報學系，成為中國最早成立新聞學系的大學，學系聘請《密勒氏評論報》主筆彼得森（D.D.Patterson）為教授，仿照美國密蘇里大學新聞學院的模式開展教學工作。1923 年，徐寶璜創建北京平民大學報學系，當時的《京報》社長邵飄萍、新聞通訊社社長吳天生等都擔任該系的教授，開設課程近 50 門，新聞學方面的業務課程都比較齊全，在校學生百餘人，在當時最具規模。1928 年冬，上海民治新聞學院籌備組成立，開始招生，這是中國人開辦的第一所新聞專科學校，由顧執中任校長，閔剛侯任教務長，聘請《新聞報》副總編輯嚴獨鶴和戈公振等為學院教授。20 世紀 20 年代前後中國高校設立新聞系、所、專修班情況統計如下表所示：

表 1　20 世紀 20 年代前後中國高校設立新聞系、所、專修班情況統計表〔註3〕

時　間	地　點	名　稱	情況簡介
1918	北京	北京大學新聞學研究會	中國新聞教育發端，蔡元培任會長，徐寶璜、邵飄萍擔任導師
1920	上海	聖約翰大學報學系	中國第一個新聞專業，1924年獨立成系，後改為新聞系
1922	廈門	廈門大學報學科	孫貴定為主任，1923 年因反對校長風潮停辦
1923	北京	平民大學報學系	中國第一個大學新聞系，徐寶璜任主任，北京新聞通訊社社長吳天生、京報社長邵飄萍為教授
1924	北京	燕京大學新聞學系	白瑞登為首任系主任，詳見後文
1924	北京	國立法政大學新聞系	邵飄萍負責
1924	北京	國際勞動大學新聞系	
1924	北京	新聞大學	章秋白創辦

〔註3〕參考資料：劉豁軒，燕大的報學教育〔M〕，報學論叢，益世報社，1946；李建新，中國新聞教育史論〔M〕，北京：新華出版社，2003；李春雷，20 世紀二三十年代中國新聞學學科的建立〔J〕，河北大學學報（哲學社會科學版），2007，（01）：64～68 等。

1925	上海	南方大學新聞學系及新聞專修班	《申報》協理汪英賓任主任,《時報》編輯戈公振任教授。學生課外組織南大通訊社。一年後因學校發生風潮,遂即夭折
1926	上海	上海光華大學新聞學系	設「新聞學」與「廣告學」兩科
1926	上海	國民大學新聞學系及新聞專修班	戈公振任首任負責人,《商報》編輯潘公展、陳布雷、《時事新報》編輯潘公弼等為教授
1928	廣州	中國新聞專科學校	由廣州新聞記者聯合會主辦
1928	上海	上海民治新聞學院	由顧執中負責
1929	上海	復旦大學新聞學系	謝六逸為首任系主任
1929	上海	滬江大學報學科	初僅設報學課程。1931年秋,與《時事新報》聯合辦「報學訓練班」,由張竹平、汪英賓主持,後擴充為報學科,組織報學科指導委員會,委員有史量才、董顯光、潘公展等
1932	上海	國立上海商學院報學組	
1933	上海	江南大學報學科	
1933	北京	北平民國大學報學專科	在該校經濟系主任曾鐵忱的主持下設立,教員有林仲易、張友漁等
1935	南京	中央政治學校報學系	馬星野為主任

在近代中國新聞傳播事業的快速發展和新聞教育興起的浪潮中,司徒雷登校長深信新聞教育對中國將來的發展有重大作用,早在燕京大學創立之初就有成立報學系的打算。後歷經重重困難,終於在1924年正式在文學院創辦了新聞學系。

第二節　空間軸:燕大新聞學系畢業論文藏存概況

有感於時勢所需,司徒雷登校長於1924年創辦了燕京大學新聞學系,後在1952年全國院系調整中被併入北京大學中文系,成為北京大學中文系的新聞專業,實際存續26年。燕京大學新聞學系從1924年開始招生,到1952年併入北大,先後共畢業了約343名學生〔註4〕(由於當時學生存在轉系或中途

〔註4〕蕭東發主編,鄧紹根等增訂,新聞學在北大〔M〕,北京:北京大學出版社,2011:200~210。

退學工作等情況，且筆者能力有限，在參考多方資料後仍無法得出更為準確的數字，希望以後能得各方資料補充和指正）。

燕京大學成立後，「為養成學生自作高深研究與實地調查之能力起見」，對學生畢業論文有明確規定，「各學系有令學生呈交合格之論文，方准畢業者」〔註5〕。按照燕京大學校方當時的規定，大學本科學生在修滿規定的學分後，必須完成一篇畢業論文的寫作，且論文必須為學生本人歷年研究工作之論著（除特別原因外，翻譯不得作為畢業論文），必須按校歷所規定之時間呈交系主任和院長。經指導教師審核，院（文學院）系（新聞系）領導覆核簽字蓋章通過後，方能畢業。

據《燕京大學修學規程（1949～1950）》規定，畢業論文「應交兩份，其正本由大學圖書館收藏，其副本由該生主修學系收藏。副本可在圖書館用藍圖紙曬印。惟學系不需要副本者，可以免交」〔註6〕。據1945年畢業生曹德謙先生證實，新聞學系畢業生需提交正、副兩本畢業論文，正本由燕京大學圖書館收藏，副本由新聞學系圖書室收藏。劉豁軒在《燕大的報學教育》中歷數報學系圖書室書籍種類時提到，圖書室收藏有「報學系畢業生論文 50本」〔註7〕。因此，27年內留存下來了一批燕京大學新聞學系本科學生的畢業論文。根據粗略統計的數據，應當有343套正副本畢業論文收藏在燕京大學圖書館和新聞學系圖書室中。

1952年全國院系調整時，這一批畢業論文隨燕京大學新聞學系資料室收藏的圖書資料，存入北京大學中文系新聞專業的資料室。1958年，北大中文系新聞學專業併入中國人民大學新聞系，兩個單位的資料室合併，這一批畢業論文又入存到人大新聞系的資料室。「文革」中，人大停辦，學生離校，全體教工下放江西余江的「五七幹校」勞動，這一批畢業論文和人大新聞系資料室的全部圖書資料，在一段時間內，無人管理，被隨意棄置，有的被併入人大的校圖書館，有的則仍在系資料室裏存放。1972年，北大中文系恢復新聞專業，招收工農兵學員，人大新聞系的教師整個建制地從「五七幹校」調入北大，這一批論文，又隨人大新聞系資料室的全部收藏，轉歸北大中文系新聞專業資料

〔註5〕燕京大學，燕京大學文理科男校學生須知〔M〕，北京：燕京大學編印，1925：25。

〔註6〕燕京大學，燕京大學修學規程（1949～1950）〔M〕，北京：燕京大學編印，1950：13。

〔註7〕劉豁軒，燕大的報學教育〔M〕，報學論叢，益世報社，1946：114。

室保存。1978 年人大復校，北大中文系新聞專業回歸人大新聞系，這一批論文，又隨全體教師學生和資料室一道回到人大新聞系（現稱新聞學院）資料室，直到現在。由於多次遷轉，又經歷了學校停辦、人員調動和疏於管理等情況，這批畢業論文和整個資料室的庋藏，頗有流失。這批畢業論文在燕大、人大之間流轉的示意圖如圖 1 所示：

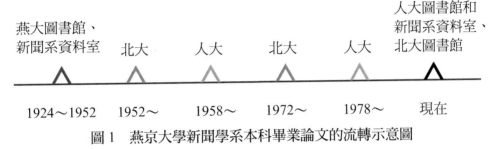

圖 1　燕京大學新聞學系本科畢業論文的流轉示意圖

　　據蕭東發、鄧紹根教授在《新聞學在北大》中的不完全統計，目前中國人民大學圖書館收藏有 149 本（中文 122 本，英文 27 本），新聞學院資料室收藏有 68 本（中文 50 本，英文 18 本），北大圖書館收藏 9 本，這三處共計有 226 本。其中，新聞學院資料室有 2 本英文論文重合，人大圖書館與新聞學院資料室有 41 本中文、18 本英文論文重合，人大圖書館與北大圖書館有 2 本書重合。因此，除去正副本重複的部分，共計 167 人 163 本書。這其中有四本合寫或合訂的論文：1948 年，丁好德、張群基合寫論文《公意測驗》；1949 年，鄧致造的論文《如何瞭解新聞》與曹百龍的論文《美國新聞教育》合訂為一本；1948 年凌道新（ *Ling Tao-Hsin* ）的英文論文《 *Press photography* 》與盧念高（ *Lu Nien Kao* ）的英文論文《 *Newspaper Policy of the Chinese Communist-Five Tranlations from Editorials of the Liberation Daily News* 》合訂為一本；1949 年，申德詒的論文《中央社對歷次學運報導之正確性》與王存鑾的論文《廣播事業研究》合訂為一本。

　　《中國人民大學圖書館藏燕京大學新聞系畢業論文匯編》中將人大圖書館和新聞學院資料室所藏 161 人 160 篇畢業論文影印出版，未將北大圖書館所藏 9 本（其中有 2 本與人大圖書館重合）收入其中。目前北大圖書館將燕京大學學位論文均收入特色館藏部，北大圖書館網站上可查詢到燕大學位論文均為其他學系的論文，暫未有新聞學系的畢業論文可查。由於北大圖書館特藏部查詢困難，筆者能力有限，因此在本文中僅以人大圖書館影印出版的 160 篇

畢業論文及 3 本北大圖書館所藏畢業論文的複印本（1931 年畢業生王成瑚的
《中日新聞事業之比較研究》、吳椿的《中國之政治與新聞事業》和 1936 年畢
業生王珏的《日本在華之新聞事業》）為研究文本，其中中文論文 136 篇，英
文論文 27 篇，完成時間自 1927 年到 1951 年，約占應存全部燕大新聞學系學
生畢業論文的 47%，基本涵蓋了燕大新聞學系從創辦到結束的各個階段。按照
現有資料統計出歷年的畢業生人數，並根據現存畢業論文所顯示的作者畢業
年份統計出歷年留存的畢業論文篇數。

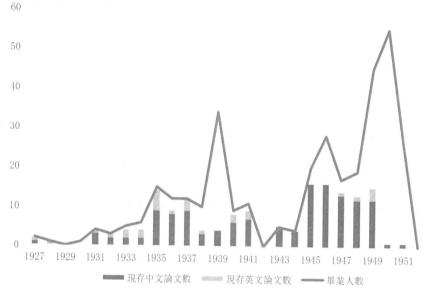

圖 2　燕京大學新聞學系歷年畢業人數與現存畢業論文數統計圖

　　從圖 2 中可以看到，現存年代最早的畢業論文是 1927 年的 2 篇，數量最
多是 1935、1937、1945～1949 年，均有十餘篇論文留存。其中，1927、1928、
1931、1932、1937、1943 和 1944 年這 7 個年份擁有完整的畢業論文篇數，其
餘年份的畢業論文均有缺失。從中、英文論文比重來看，歷年幾乎都是中文論
文多於英文論文，只有 1928 年留存的唯一一篇論文屬於英文論文，且越往後
英文論文越少，1943～1945、1949～1951 年均無英文論文留存。這個現象與
燕京大學作為一個教會大學逐漸本土化的趨勢相吻合。

　　此外，有三個年份的畢業人數和論文數均為 0：1929 年，燕大新聞學系因
經費問題暫停辦學，無畢業生；1942 年，太平洋戰爭爆發，北京校區被迫停
辦，成都校區剛剛啟動，這一年暫無畢業生；1952 年，全國院系調整時，燕大
新聞學系在校的幾個年級的學生，全部轉為北京大學的學生，後來以北大學生

的名義畢業。

　　在現存的 160 餘篇畢業論文中，保留了不少知名人士的論文，如著名新聞工作者黎秀石、譚文瑞、錢辛波（燕大就讀時曾名錢家瑞）、余夢燕，著名作家、翻譯家蕭幹，著名外交家沈劍虹，著名歷史學家唐振常，著名教育家蔣蔭恩等。這些名家論文在這批現存論文中顯得尤為珍貴，是研究名家名作的重要素材寶庫，也是那個時代大學生寫作能力和學術水平的重要體現。這些名家論文的相關信息如表 2 所示。

表 2　燕京大學新聞學系著名畢業生及其畢業論文情況列表

時　　間	作　者	論文題目	個人成就
1932.5	沈劍虹	*A International Publicity Program for China*	著名政治家、外交官，曾任英文《大陸報》《中國郵報》記者、「臺灣新聞主管部門」局長和「駐美大使」
1935.5	蕭幹	書評研究	著名新聞工作者、文學家、翻譯家，曾任《大公報》文藝副刊主編、長駐歐洲特派記者，後擔任中央文史館館長
1935.5	黎秀石	*Chinese News in the New York Times During an Abnormal* Period	著名記者，曾發表過二戰時日本投降簽字儀式的報導，先後在《大公報》重慶、上海、天津、香港四館任職
1935.5	蔣蔭恩	中國畫報的研究	著名新聞教育家，曾任《大公報》桂林版主編，燕大新聞學系主任，北大中文系新聞專業和人大新聞系教授、系副主任
1940.5	曾恩波	*German and British Propaganda in the Present World War*	著名記者，也是二戰時日本投降簽字儀式的中國特派記者之一，曾先後任「中央通訊社」駐紐約、東京、西歐、香港等分社特派記者。從事新聞記者工作達 48 年
1943.6	余夢燕	重慶報紙新聞版之分析	國際知名女性新聞從業者，創辦臺灣第一家英文日報《中國郵報》，曾擔任世界女記者及作家協會會長
1945.6	譚文瑞	新聞真確性之研究	歷任《大公報》編輯、記者，《人民日報》總編輯，曾以「池北偶」的筆名發表過大量評論文
1945.6	錢家瑞	三年來英美在外國宣傳之比較	曾任上海、重慶《新民報》記者、副總編輯，中國社會科學院新聞研究所副所長
1946.4	唐振常	論新聞自由	著名歷史學家，曾任《燕京新聞》主編，《大公報》《文匯報》記者，後專攻歷史

第三節　時間軸：燕大新聞學系各階段現存畢業論文概況

　　燕京大學新聞學系存世的 26 年，緊跟中國近代社會的發展進程，根據時局變化和新聞學系的實際狀況，大致可以將新聞學系存續的 26 年分為四個階段：1924～1928 年為初創階段，這一時期條件艱難，設備簡陋，師資力量薄弱，僅有 3 名畢業生，3 篇畢業論文留存；1929～1936 年為崛起興盛階段，這一時期新聞學系各類條件得以完善，師資力量雄厚，有約 46 名畢業生，38 篇畢業論文留存；1937～1945 年為曲折發展階段，經歷了北平淪陷和成都復校兩個時期，雖時局緊迫，條件艱辛，但新聞學系仍能堅持辦學，有約 105 名畢業生，62 篇畢業論文留存；1946～1952 年為振興與結束階段，歷經抗戰勝利、解放戰爭和新中國建立等事件，新聞學系獲得新生，但隨後因院系調整而結束，這一時期有近 200 名畢業生，但僅有 61 篇畢業論文留存。下面對各個階段畢業論文的情況進行論述。

一、初創階段的畢業論文（1924～1928）

　　1919 年是近代中國的一個轉折點，五四運動高潮迭起之際，司徒雷登前往北京籌備建校。當時的北京街頭氣氛熱烈，司徒雷登看到沿途各地的學生運動，他認為，在被西方各國稱為睡獅的古老國度裏，這些年輕人的群情激昂，也許就是一種新生的希望。同時，他看到了報紙在學生運動、中國社會中的重要作用，他深信報學教育對中國將來的發展有重大的關係。1918 年，司徒雷登在商討北京匯文大學、華北協和女子大學和通州協和大學三校合併後未來大學的企劃時，提出了大學不僅應有文學院、神學院及醫預，還應努力建立教育學院、商學系、新聞學院、農業及林業系。他上任不久就想組建燕大新聞學系，但反對者眾，且難以獲得美國託事部的大力支持。司徒雷登在自己的回憶錄中寫道：「燕京託事部的理事們曾授權給我們增設新聞學系，但有言在先，他們沒有為它提供經費的義務。」〔註8〕

　　儘管經費無著落，但司徒雷登並沒有放棄建立新聞學系。1922 年，燕大首度計劃把新聞學系列入學科建設日程。同年，中華基督教高等教育會對建立新聞學系的問題加以討論，結果認為，新聞教育是中國大學教育內急切需要之

〔註8〕　司徒雷登著，程宗家譯，在華五十年——司徒雷登回憶錄〔M〕，北京：北京出版社，1982：65。

一，遂建議燕京大學籌辦新聞系。在得到教會高層支持後，司徒雷登與美國密蘇里大學聯繫，希望得到密蘇里大學新聞學院的支持與幫助。密蘇里大學當局反應積極，向燕大提出聘用密蘇里大學新聞學院畢業生聶士芬（Vernon Nash）前去協助燕大建立新聞學系。

1924 年，美籍教授白瑞登（R.S.Britton，亦稱白來安）和聶士芬攜全家來到北京共同籌辦燕大新聞學系。經過緊張的籌備，新聞學系在燕大舊址盔甲廠宣告成立。白瑞登教授任系主任，聶士芬為教師。當時的新聞學系建制、設施均不完備，僅在文學院開設了三門用英語講授的新聞學課程：新聞報導（News Reporting）、報紙研究（Newspaper Survey）和報史（Newspaper History），由三四年紀的學生選修，並計劃在四年內修完 16 門專業課：報學原理、比較新聞、報紙採訪、編輯、社論、特寫、通訊、英文寫作、報業管理、廣告、發行、印刷與出版等。同年燕大招生簡章上也出現了新聞學系（Department of Journalism）的名稱。

但因經費拮据，教學設施和教學力量不足，又缺少這一應用學科必需的中外文報紙、通訊社稿、圖書資料、實習園地等，因而教學質量難以保證。「這個時期，因為初次開辦，問題正多，而不久又停辦，所以對課程應當如何規定，普通教育和專門課程應當是怎樣一個比例等等問題，是無暇也是未能顧及的事。」

1926 年 5 月，燕大遷入尚未竣工的海淀新校址，百事待興，新聞學系課程勉強維持現狀。是年 10 月，白瑞登教授離校回美國籌款，聶士芬教授代理系主任。

1927 年，白瑞登教授因病辭職，獨留聶士芬一人支持。《燕京大學校長報告書》記載：「白來安先生原為本校新聞學系返美籌募基金，但旋因患病，迫不得已，提出辭職。聶士芬先生為繼續募款工作，最近始離校」〔註9〕。於是，燕大新聞學系暫告停辦。在這一時期，聶士芬懷抱熱切希望，力圖恢復燕大新聞學系，他返國後向各方奔走呼籲，積極為燕大新聞學系募集經費。

雖然燕大新聞學系在 1924～1927 年間，囿於經費師資等問題，沒有取得多大的進展，但也結出了果實。1927 年暫告停辦之際，燕大新聞學系培養出了兩位最早的畢業生：李連科和鄒毓靈，並留下他們的學術研究成果：李連科

〔註9〕 司徒雷登，燕京大學校長報告書（民國十六年六月）〔G〕，北京高等教育文獻資料選編（1861～1948），北京：首都師範大學出版社，2004：573。

的畢業論文《*Source-material concerning the journalism of China*（譯：中國新聞的資料來源）》和鄒毓靈的畢業論文《我國報紙文的研究》。

1928 年，雖然燕大新聞學系已經停辦，仍有學生黃錦棠畢業，他的畢業論文為《*The history development of the Chinese goverment gazette*（譯：中國政府公報之歷史發展）》。

燕大新聞學系初創階段畢業論文的基本情況見下表：

表 3　燕大新聞學系初創階段現存畢業論文（（1924～1928）[註10]

序號	姓　名	學號	論文題目	時　間	字數	頁數
1	Li Lien Ko 李連科	156	*Source-Material Concerning the Journalism of China*（中國新聞的資料來源）	1927.2.16	8500	27
2	鄒毓靈	293	我國報紙文的研究	1927	6300	26
3	Huang Chin-Tang 黃錦棠	／	*The Historical Development of the Chinese Govement Gazette*（中國政府公報之歷史發展）	1928	6000	21

這 3 篇畢業論文中，中文寫作的有 1 篇，英文寫作的有 2 篇。字數在 6000～9000 字之間，頁數不超過 30 頁；研究內容涉及中國新聞資料來源、報紙新聞文體和中國新聞史；研究方法主要是文獻分析法。

從論文外觀上看，李連科的畢業論文封面有「准予畢業」字樣和「滿畢」、「北平燕京大學圖書館」印章；文字為英文打印字；正文有部分中英文對照，中文為手寫字；鄒毓靈的畢業論文封面有「准予畢業」字樣和「滿畢」、「北平燕京大學圖書館」印章；黃錦棠的畢業論文缺少目錄頁，全文為英文手寫字。

從論文寫作規範上看，這一時期尚未對畢業論文的寫作規範有細緻的規定，比如，論文各章節的分界不夠清晰，參考文獻的格式不夠規範（如鄒的論文僅有作者及著作名，無出版單位、時間和頁碼；李的論文雖有出版單位，但無頁碼；黃的論文均無出版單位，有的有頁碼，有的無頁碼，有的有出版年份，有的無出版年份）。

〔註10〕方漢奇，王潤澤主編，中國人民大學圖書館藏燕京大學新聞系畢業論文匯編（第 1 冊、第 31 冊），北京：國家圖書館出版社，2014。

　　從論文內容上看，鄒的論文主要是對當時的新聞報紙存在的問題提出了一系列的批評和建議，她認為當時的新聞紙在結構上不注重標題和導語的作用，在語言上不夠通俗化，對副刊的使用不當，對報紙的定位認識不清，對記者、編輯等缺乏訓練和培養。鄒觀察入微，所提批評中肯有力，注重報紙的通俗化和平民化，不失為一篇有的放矢的好文章；李的論文主要是對新聞資料的一些列舉和介紹，看似並不屬於我們嚴格意義上所說的「學術論文」，但新聞資料是新聞研究的基石，當時新聞資料匱乏且極難查找和獲得，新聞資料的檢索一直是一項十分重要和必要的工作，李的論文是後續新聞資料檢索類論文的開拓者，他對市面上出現的各類中英文新聞著作、報紙等的梳理簡潔清晰，是一篇實用價值很高的論文；黃的論文是對中國從古至今的政府公報進行研究，從先秦的《禮記》、《春秋》，漢唐的邸報、進奏院狀談到清末的《政治官報》，各類古籍檔案信手拈來，可見作者古文功底之深，英文翻譯駕輕就熟，是一篇不可多得的探究中國政府公報歷史進程的論文。

二、崛起階段的畢業論文（1929～1936）

　　1927 年燕大新聞學系停辦後，在聶士芬的多方奔走下，得到美國密蘇里報學院的同情與援助，由美國報界募得美金 5 萬餘元，作為試辦 5 年的經費。

　　1929 年 9 月 27 日至 10 月 1 日，燕京大學慶祝海淀新校舍落成，同時慶祝燕大建校 10 週年，重新組建的燕大新聞學系同時成立，並正式設系，獲得這一學科發展的新起點。在新校舍中，大禮堂北端一組新房舍被用為新聞學系辦公室；南端是哈佛—燕京學社。重建後的燕大新聞學系仍然隸屬於文學院，被認為是當時最完善的一個新聞學系。

　　新聞學系恢復以後，與密蘇里大學新聞學院取得密切聯繫。1931～1933 年任燕大新聞學系主任的黃憲昭教授的傳略記載：「開辦燕大模式的新聞學系這個主意，早孕育於 1926 年。是年密蘇里大學新聞學院院長沃爾特·威廉姆斯來華旅遊，到廣州訪問該院校友黃憲昭。黃於 1912 年畢業於該院，是該院第一個獲得新聞學學位的中國畢業生，兩人都深感中國需要一代既能掌握中、英文，又能瞭解中國情況的中國記者從事對外宣傳工作。威廉姆斯回國後為此籌款，並於 1930 年派聶士芬代表密蘇里新聞學院與燕京大學校長司徒雷登達成

協議，成立密蘇里—燕京新聞學院」〔註11〕，聶士芬與黃憲昭教授一起，再度回到燕園，投入正式組建燕大新聞學系的工作。

在燕大與密蘇里新聞學院緊密往來期間，兩校開展了互相交換研究生和教授的項目：1929 年新聞學系派助理盧祺新赴密蘇里深造，密蘇里派葛魯甫（Samuel D.Groff）來燕大進行研究和學習，並承擔部分廣告學方面的教學內容；1932 年，密蘇里新聞學院教授馬丁·富（Frank L.Martin）來燕大新聞學系講學，聶士芬赴密蘇里授課；1933 年，燕大赴美研究生為湯德臣，密蘇里來校研究生為白雅各（J.D White）〔註12〕。

1934 年夏，5 年試辦期滿，以前募集的款項已經用盡。當時美國還在經濟蕭條時期，繼續募捐甚感困難，新聞學系遭逢第二次危機。所幸學校當局對新聞教育有堅固的信念，決定續辦一年，到 1935 年夏季仍不能得到外援時再行停辦。在此危難之際，梁士純繼任新聞學系主任一職。為維持報學系的存在，梁士純採取了一種新的政策，即轉向國內報界及熱心新聞教育人士求援。一年之中，他奔走南北，苦心勸募，終於取得圓滿的結果。學校便在 1935 年 2 月的校務會議中，正式通過新聞學系為燕大之一部〔註13〕。長期困擾新聞學系的經費問題，至此算是有了一個較為徹底的解決。

這一時期的燕大新聞學系，由於與美國密蘇里大學密切合作，在辦學資金、師資建設以及課程設置等方面都得到了較多幫助，因此發展比較穩定，在教學、實踐、師資建設等方面迅速崛起，在當時國內的新聞教育領域成就突出，這些對畢業生畢業論文寫作有極大的影響。這一時期的男、女畢業人數及現存論文數如圖 3 所示。

從圖 3 可以看出，這一時期燕京大學新聞學系畢業生共計 45 人，其中，男生 41 人，女生 4 人，男女比例懸殊，這是當時實行男女同校的高等院校的普遍現象，具有時代特色。這一時期現存論文有 38 篇，約占初創階段畢業論文總數的 84%，屬於論文保存情況相對良好的時期。

〔註11〕黎秀石，三十年代初期的燕大新聞學系〔M〕//燕大文史資料編委會，燕大文史資料（第 7 輯），北京：北京大學出版社，1993：108。

〔註12〕劉豁軒，燕大的報學教育〔M〕，報學論叢，益世報社，1946：90。

〔註13〕劉豁軒，燕大的報學教育〔M〕，報學論叢，益世報社，1946：90。

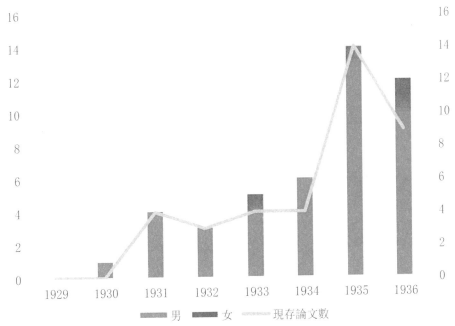

圖3　燕京大學新聞學系崛起階段（1929～1936）畢業人數與現存論文數統計圖〔註14〕

這一時期畢業生的畢業論文留存較多，每篇論文的基本情況如表4所示：

表4　燕大新聞學系崛起階段留存畢業論文（1929～1936）

序號	姓　名	學號	論文題目	時　間	字　數	頁數
1	T'ang Te-chen 湯德臣	28329	The Foreign Press in China（在華外國報紙）	1931.5.15	5 萬 1	154
2	吳椿	818	中國之政治與新聞事業	1931	1 萬 8	68
3	王成瑚	705	中日新聞事業之比較研究	1931	2 萬 8	116
4	周科徵	／	中國日報的索引法	1931.5〔註15〕	3 萬	143

〔註14〕劉豁軒，燕大的報學教育〔M〕，報學論叢，益世報社，1946：90。

〔註15〕湯德臣，燕大新聞系雜憶〔M〕//燕大文史資料（第七輯），北京：北大出版社，1993：106。湯德臣回憶提到：「燕大新聞系成立於1929年秋，當時主修新聞學一共五人，大四一人（趙恩源），大三四人（吳椿，王成瑚，周科徵，湯德臣）。1930年夏，趙恩源是新聞系第一屆畢業生。我們四個屬第二屆。」周科徵的畢業論文中並無畢業時間的記錄，但在《中國人民大學圖書館藏燕京大學新聞系畢業論文匯編（第二冊）》在目錄部分將其標記為「1933年5月」，目前尚未有第一手資料可確認正確時間。

5	高青孝	542	中國報館圖書室之設計	1932.5	2萬9	151
6	蘇良克	28091	報紙管理法	1932.5	2萬5	116
7	Shen Chien Hung 沈劍虹	30220	A International Publicity Program for China （為中國制定的國際宣傳計劃）	1932.5	2萬3	99
8	鄒毓秀	959	鄉村報紙之建設	1933.1	2萬8	121
9	李亦	532	中國小型報紙之研究	1933.5	5萬4	236
10	F.M.Fisher 費思	31207	Instances of the Effects of a Controlled News Policy in the Peiping Chronicle and an Inquiry Into Its Cause （新聞管控政策的影響在北平紀事中的體現和原因的探究）	1933.5	1萬3	90
11	Tang Pei-Chen 湯佩珍	29046	The History of the Foreign Press in Peiping and Tientsin （外國報刊在北京和天津之歷史）	1933.5	1萬2	54
12	劉志遠	30061	中國新聞報紙廣告之研究	1934.5	5萬3	280
13	Chao Min Chiu 趙敏求	30203	Types of Journalist Organizations （記者組織的類型）	1934.5	1萬7	75
14	Sung Te Ho 宋德和	30088	English Language Journals of Opinion in China （中國的英文輿論期刊）	1934.5	1萬7	99
15	張德生	30008	北京晨報過去與現在	1934.5	4萬4	169
16	嚴承瑮	31126	河南新聞事業	1935.5	2萬7	136
17	譚邦傑	32326	中國報紙體育版之研究	1935.5	5萬	194
18	蔣蔭恩	31023	中國畫報的研究	1935.5	3萬8	171
19	孫明信	29081	報人手冊	1935.5	2萬6	149
20	李相峰	31063	新聞紙編排的研究	1935.5	3萬4	140
21	區儲	W31019	中國婦女與新聞事業	1935.5	4萬3	155
22	蕭幹	33315	書評研究	1935.5	6萬	224
23	柯武韶	31054	中國新聞紙標題之研究	1935.5	6300	63
24	陳先澤	32304	報紙檢查法	1935.5	2萬9	108

25	Kuo Wei-hung 郭維鴻	31059	Education for the Profession of Journalism in China （中國新聞職業教育）	1935.5	2 萬 9	136
26	Au Yang Yi 歐陽頤	31088	Chinese Newspaper Circulation Methods （中國報紙發行方法）	1935.5	2 萬 4	118
27	Li Hsiu Shih 黎秀石	31064	Chinese News in the New York Times During an Abnormal Period （非正常時期美國紐約時報有關中國的新聞報導）	1935.5	1 萬 7	78
28	Li Heng Yu 李衡宇	31062	Chinese News in the London Times in 1933 （1933 年倫敦泰晤士報有關中國的新聞報導）	1935.4	1 萬	49
29	K'e Shih Tien 柯士添	32318	A Study of the Chinese Journalists Conditions of Work and Life in Peiping （中國記者在北平工作和生活情況研究）	1935.5	1 萬 1	51
30	儲益謙	28031	中國國內大規模之通訊社計劃	1936.5	1 萬 8	72
31	鄭茂根	31017	北平晨實兩報紙比較研究	1936.5	3 萬 1	144
32	高向杲	32066	中國新聞學文字索引	1936.5	5 萬	186
33	瞿超男	W32018	平津報紙上的音樂和戲劇材料	1936.5	2 萬 1	77
34	王珏	33337	日本在華之新聞事業	1936.5	2 萬 6	104
35	方紀	W32031	中文日報婦女頁的研究	1936.6	1 萬 9	80
36	吳明琨	32166	爪哇華僑的新聞事業	1936.6	1 萬 7	77
37	梁嘉惠	34313	教會的漢文報業	1936.8	2 萬	81
38	Xu T'ing Chang 古廷昌	32073	The Protestant Periodical Press in China （中國的新教期刊出版）	1936.6	1 萬 5	73

這一時期現存的畢業論文共 38 篇，其中中文 26 篇，英文 12 篇。字數在 6000～54000 字之間，頁數在 49～280 之間，與上一階段相比，篇幅均有增加，基本在一萬字以上；內容涉及新聞記者、通訊社、新聞資料和索引、外人在華新聞事業、新聞檢查與管控、新聞業務、新聞史、廣告、類型報紙、報紙經營和管理、地方新聞事業等研究，其中外人在華新聞事業成為選題熱點；研究方法主要有文獻分析法、文本分析法、比較研究、個案研究、專題研究和數據統計法等，並大量運用了圖表來說明自己的觀點。

這一時期，學生畢業論文封面增加了「評閱者」的部分，包括文學院院長新聞學系主任的簽名與蓋章。其中，作為文學院院長擔任評閱者的有：1931～1933、1936 年是周學章，1934 年是吳文藻，1935 年是黃子通；作為新聞學系主任擔任評閱者的有：1932～1933 年是黃憲昭，1934 年是聶士芬（Vernon Nash），1935～1936 年是梁士純。

從寫作規範上看，這一階段論文的章節有了較為清晰的分界，目錄逐漸規範，開始出現「致謝」相關的內容，但主要出現在前言、序言、緒論當中，並未單列出來；參考文獻與上一時期相比併沒有多大差別，基本只列作者和著作名，無出版單位、時間和頁碼等信息；在語言使用上，多數作者使用白話文寫作，但仍有少數使用文言文寫作，如 1931 年畢業生吳椿，也有半文半白的，體現了白話文運動對中國知識界的影響和白話文運動的成功。

根據畢業人數統計資料顯示，這一時期的畢業論文應有 45 篇，但趙恩源的《Journalism in China（中國新聞事業）》、高克毅的《中國雜誌與定期刊物》、馬建唐（馬紹強）的《社論的研究》、陳翰伯的《非常時日本事業》、李宜培的《近五年來我國日報之國外新聞欄》、張兆麟的《報紙雜誌中學生運動》等 6 篇（還有一篇論文的作者、論文題目均不詳）畢業論文未收錄在《中國人民大學圖書館藏燕京大學新聞系畢業論文彙編》中，也未在其他渠道出現詳細內容。

畢業生在論文的選題、研究、寫作和修改過程中受到了燕大新聞學系施教方針、課程設置和教學實踐等方面的影響，更是在教師的直接指導下完成，師資能力亦是重要的影響因素。下面筆者將對這一時期影響畢業生論文寫作的幾個方面進行簡要敘述：

1. 施教方針與課程設置

燕大新聞學系在 1929 年恢復之初，即提出「燕大新聞系之目的，是借鼓

勵許多受過良好教育，有理想的人從事新聞工作，以協助中國發展出高尚、富有服務精神及負責任的新聞事業。課程主要是讓學生得到初步的新聞訓練，以期他們能把新聞事業樹立成最具潛力的事業，成為促進公益及國際友好關係的砥柱」〔註16〕。此時燕大新聞教育的施教方針為：「本學系之目的在培養報界人才，授與廣博之專門知能。其他與報業有切近關係之學識，亦莫不因時施教，俾學生得分途發展，各盡所長。」

在這個「授與廣博之專門知能」的方針之下，主修的課程比初創階段有所增加，少至 13 門，多至 18 門。主修功課畢業學分的最低限度為 32 學分。關於普通課程的規定是：主修學生應當選定一個與報業有關係的系，在那一系裏至少要選修 20 學分以上的功課，這就是所謂副修。1929 年新聞學系所注重的副修課程為社會科學；1930 到 1934 年間，所規定的副修課程除社會科學外，增加了文字課程。

1934 年夏，燕大新聞學系 5 年試辦期滿，新任系主任梁士純轉向國內報界及熱心新聞教育的人士求援，此時的施教方針有所變化：「報學乃多方面之科學，與人生任何部分皆有關係，因此報學人才，不但應具有專門的學識與訓練，對於各種科學，皆宜有清晰之概念。是以該系課程一方面注重報學的專門學識，一方面更重視與報學有特殊關係之學科。」

2. 新聞教學實踐

為使學生瞭解和研究新聞實踐，有與國內報人接觸與探討的機會，黃憲昭仿照美國密蘇里大學的辦法，每年 4 月舉行一次新聞討論週，延請中外報界著名人士，到燕大新聞學系作各種新聞學演講。「……此種新聞教育訓練，必須依賴先進已成功者之助，而後始可為功，學生始可受其裨益。燕京大學新聞學討論週，為達上述目的，特邀請著名記者，以資彼此交換知識與意見。此其創辦討論週之本旨也」〔註17〕。

第一屆新聞討論週於 1931 年 4 月 1 日至 3 日舉行，系主任黃憲昭擔任秘書長和主持人。受邀的主講均是當時影響力頗大的報紙主筆、記者，如世界日報社成舍我、張恨水，天津《大公報》胡政之、張季鸞，上海《申報》戈公振，

〔註16〕盧祺新，葛魯甫，燕京新聞系〔M〕//燕大文史資料編委會，燕大文史資料（第3輯），北京：北京大學出版社，1990：29。

〔註17〕馬丁富，序〔M〕//燕大新聞學系，新聞學研究，北平：燕大新聞學系，1932：2。

上海《時報》徐凌霄，《北洋畫報》吳秋塵，北平《晨報》林仲易，上海《新聞報》沈頌芳，《華北日報》安懷音，《北平晚報》薩空了，英文《導報》李炳瑞。在座的還有本校學者及新聞學會幹事。4月1日和2日由報界先進們進行演講，3日則是新聞學系師生與演講者一起進行學術討論。

第二屆新聞學討論週於 1932 年 4 月 28 日至 30 日舉行。討論週由來自密蘇里新聞學院的交換講師馬丁·富致詞，受邀的演講者有成舍我、胡政之、徐凌霄、吳秋塵、林仲易、安懷音等。這屆討論週的主要議題是「中學刊物」，北平的知名中學，如求知、藝文、崇實、華北、匯文、四中及燕大附中等學校派出了 20 餘名代表參加。在討論週期間，還在燕京大學新聞學系的教室舉行報紙展覽會，共計展出英文報紙 200 餘種，中文日報 300 餘種，北平的中學刊物 30 餘種，燕京大學的出版物 30 餘種，燕京大學新聞系的出版物 8 種，還有民國時期的新聞紙珍品 10 餘種，各地通信社稿件 10 餘種。

第三屆新聞學討論週於 1933 年 4 月 28 日至 30 日舉行。演講者有成舍我、吳秋塵、許興凱及立法院副院長邵元沖，並邀請了北京平民大學新聞系的學生參加。此次討論會由新聞系學生組織，主要議題仍然是「中學刊物」問題。討論週期間，還舉行了小報展覽會，按中、英、美、法、德、日等國別進行分類，展出小報 300 餘種。這 300 餘種小報都是燕大新聞學系學生李亦花費一年的工夫搜集而來的。

第四屆新聞學討論週於 1934 年 4 月 28 日至 30 日舉行。演講者有曹谷冰、林仲易、安懷音等報界名流，燕京大學畢業生姜公偉、高青孝、黃慶樞也作了演講。

1935 年，隨著華北形勢的嚴峻，燕大新聞學系並沒有召開第五屆新聞學討論會，而改在 1936 年 5 月 7 日至 9 日舉行。此次討論會切合時局，將主題定為「新聞事業與國難」。討論會正式開始前舉行了新聞學系畢業生聚餐，隨後由梁士純致開場詞，司徒雷登、陸志韋、威廉夫人也先後致詞，報界先進羅隆基、王芸生、馬星野、潘光旦等陸續發表演講。

1937 年 5 月 6 日至 8 日，燕大新聞學系舉行第六屆新聞學討論會，並在隨後出版《新聞學討論會特刊》。此次討論會的主題是「今日中國報界的使命」，張琴南、陳博生、鮑威爾等先後發表演講，並有頒發畢業證書、宣布獎學金、聚餐、遊園等環節。

各界新聞討論會的議題和演講對與會學生在畢業論文選題上產生重要影

響，不少學生的畢業論文研究緣起就是從討論會而來。

3. 師資力量

燕大新聞學系在此時期的教學力量大大增強。新聞學系專任教職人員歷來不超過四五人，但自 1931 年開始，新聞學系大量聘請校內外專家，尤其是新聞界有聲望、有經驗的報業專家、著名報人和外國報刊及通訊社駐華記者來系兼課，講授專業課程或開講座、做專題演講，由此形成燕大新聞學系的教學傳統，並因教師隊伍知名度高，實力雄厚獲得聲譽。下面從系主任、專任教師、兼任教師等教員進行梳理：

（1）系主任

下表是燕大新聞學系歷屆系主任任期時間表：

表 5　燕大新聞學系歷屆系主任任期時間表[註18]

年　份	主任姓名
1924～1926	白瑞登
1926～1927	聶士芬
1929～1931	聶士芬
1931～1933	黃憲昭
1933～1934	聶士芬
1934～1937	梁士純
1937～1941	劉豁軒
1942～1951	蔣蔭恩

這一時期的系主任有聶士芬、黃憲昭和梁士純。他們的簽名和印章可以在這一時期學生畢業論文封面上看到。

（2）專任教師

來自密蘇里大學新聞學院的有：聶士芬、馬丁·富、威廉夫人（謝文蘭）、葛魯甫和白雅各五位。其中，馬丁·富主要講授報紙編輯、報人品德等課程，指導和改進學生實習報紙《平西報》的出版工作；威廉夫人 1935 年 1 月來燕大新聞學系任教，是密蘇里大學新聞學院第二位交換教授；葛魯甫是密蘇里大學新聞學院與燕大新聞學系交換的首位研究生，研究廣告和報業管理，講授廣

〔註18〕劉豁軒，燕大的報學教育〔M〕，報學論叢，益世報社，1946：91。

告學，獲新聞學碩士學位後留校任講師一年；白雅各是密蘇里大學新聞學院第二位交換研究生，研究廣告及報業管理，講授廣告學。

來自中國報界的有：黃憲昭、梁士純、劉豁軒、盧祺新、湯德臣、徐兆鏞、蘇良克、黃麗卿、蔣蔭恩等。除黃梁劉三人外，其餘人先後擔任新聞學系助教，負責系內事務、實習報紙編務及外出到報社實習的組織工作。盧、湯兩位都是燕大新聞學系畢業生，任助教一兩年後成為新聞學系與密蘇里大學新聞學院交換研究生，盧祺新在密蘇里大學新聞學院獲得碩士學位後曾回系講授新聞寫作與編輯。

（3）兼任或講座教師

來自中國報界的有：張友漁、成舍我、陳博生、孫瑞芹、管翼賢、許興凱、胡政之、曹谷冰等。張友漁在 1934～1937 年來系講授新聞評論、社論；成舍我在 30 年代前期在燕大新聞學系兼課，講授報業管理、編輯等課；陳博生在 1934 年後來燕大講授新聞寫作與編輯、新聞評論、社論；孫瑞芹曾在 1931～1934 年和 1939～1941 年兩度任教於燕大新聞學系，主講英文新聞寫作、英文新聞翻譯等課程；管翼賢在 30 年代前期來系兼課，講授採訪與寫作、新聞編輯。

來自外國報紙、通訊社駐華記者的有：羅文達（Rudolph Louwenthal）、埃德加·斯諾（Edgar Snow）、田培烈（H.J.Timperley）。羅文達 1934 年春到燕大新聞學系兼任講師，講授世界新聞史，研究北平出版的中外文報刊和中國的版權等，同時指導畢業論文；斯諾於 1933 年應邀到燕大新聞學系任教，講授新聞特寫、旅行通訊等課程；田培烈來系講授通信（主要講報刊、通訊社記者的通信工作）和指導習作。

大四學生的畢業論文正是在這些教師的指導下開展的，學生們的畢業論文選題、研究方法、研究內容、論文修改等都離不開這些教師的指導和幫助。

三、曲折發展階段的畢業論文（1937～1945）

1937 年至 1945 年是燕大新聞學系曲折發展的階段，這一時期，燕大經歷了北平淪陷的「孤島」時期，也歷經磨難得以在成都復校。這一時期的畢業人數和現存畢業論文數如圖 4 所示。

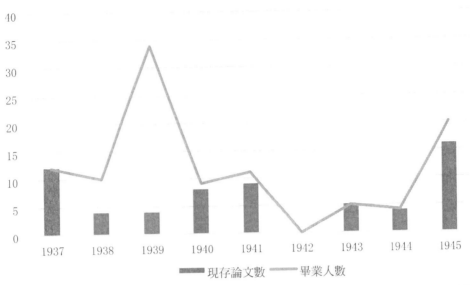

圖 4　燕大新聞學系曲折發展階段（1937～1945）的畢業人數及現存論文數統計圖

　　從圖 4 中可以看到，這一階段畢業人數有 105 人，現存畢業論文數有 62 篇，約占這一時期畢業論文總數的 59%，有 43 篇論文未能留存下來，也就是說，保存下來的畢業論文不到六成，保存情況不夠理想。這一時期畢業人數總體上看有較大幅度的上升，與時局有很大關係。

　　1937 年夏，華北局勢動盪不安，隨著戰爭的逼近，燕園不復往日的平靜。司徒雷登接到美國領事館的消息，日軍進軍華北，北平將要淪陷，清華大學、北京大學多家高校陸續南遷，司徒雷登遇到了他上任以來最為棘手的問題：是向南遷往相對安全的內地，還是留在即將淪陷的北平？在火燒眉毛的境況下，司徒雷登作出堅守淪陷區的決定。他認為廣大的華北青年需要教育，要繼續為抗日愛國培養實際有用的人才。

　　7 月 7 日，震驚中外的盧溝橋事變爆發。7 月 28 日，日軍佔領北平。燕大校園岌岌可危。司徒雷登校長在入侵者面前表現強硬，堅決不允許日本軍進入燕園。有賴司徒校長及學校重要人員苦心維護，新聞學系由劉豁軒繼任主任，得以繼續開辦下去。

　　1937 年 12 月，日本侵略者成立了所謂的思想團體──新民會，企圖控制淪陷區各級軍官、學校、工廠、農村和各社會團體，推行奴化教育和欺騙宣傳，他們要求各個學校都去參加成立慶祝會。燕京大學明確表示拒絕參加。在司徒

雷登的堅持下，日軍並不能像控制淪陷區其他大學一樣控制燕京大學，甚至連校園都不能踏入，燕園一時被人們稱為淪陷區的「孤島」。

由於保存了淪陷區的這片「孤島」，1938～1939年兩年，燕京大學的招生人數大大增加。抗日戰爭期間，燕園成為華北地區學生的樂土，不少優秀學生慕名而來。那時在學生中流傳著燕大新聞學系教授埃德加·斯諾所寫的《西行漫記》，雖然北京已經淪陷，但是在燕園裏，師生們依然擁有尋找抗日救國道路的自由，斯諾的《西行漫記》帶來了延安的消息，讓燕大師生們看到了一個全新的希望，燕園掀起了一股奔赴延安的熱潮。司徒雷登同意學生去，對外就說這些學生回家了，嚴格保守秘密。燕大曾經成立的自治機構——燕大生活輔導委員會在那個時期轉變為輸送學生去往抗日後方的抗日組織。

現存北平淪陷時期的畢業論文的基本情況如表6所示：

表6　北平淪陷時期的畢業論文（1937～1941）

序號	姓　名	學　號	論文題目	時　間	字　數	頁數
1	劉琴	W33062	中國報紙問題及文字之研究	1937.5	7萬1	258
2	湯健文	32138	新聞學文字書目引得	1937.5	5萬6	207
3	王若蘭	W33090	農民報紙的理論與實施	1937.5	2萬7	134
4	崔聯蔚	33198	報紙與社會服務	1937.5	2萬6	106
5	趙佩珊	33021	德意日三國新聞事業	1937.5	2萬7	108
6	麥儁曾	33152	中國報紙廣告	1937.5	2萬3	142
7	石家駒	33170	蘇聯的新聞事業	1937.5	2萬1	82
8	張大綱	35402	四時事雜誌的檢討	1937.5	1萬9	73
9	陸錫麟	33148	復刊十年來之大公報內容研究	1937.5	2萬1	95
10	梁允彝	33125	The Buddhist Periodical Press in China（中國的佛教期刊出版）	1937.6	4600	29
11	祁敏	W33013	A Study of Some Great Personalities in Journalism（若干偉大新聞人物之研究）	1937.5	1萬1	53
12	陳梓祥	33033	The English-Language Daily Press in China（在華英文日報）	1937.9	1萬2	55
13	王遵侗	W33097	中國報紙的家庭副刊	1938.5	2萬8	121

14	程紹經	34047	中國報紙經濟版新聞之研究	1938.5	4 萬	172
15	謝善才	34091	Press Photography in China（中國的新聞攝影）	1938.5	1 萬 3	94
16	楊曾慶	35441	六年來平津泰晤士報對華之言論	1938.11	2 萬 8	106
17	殷增芳	35331	中國廣播無線電事業	1939.5	4 萬 3	161
18	汪煥鼎	35278	大公報社論與中日問題	1939.5	2 萬 2	97
19	張師賢	35019	中國印刷史略	1939.5	5 萬 5	248
20	張振淮	35007	中日事變期中同盟通訊社之對華宣傳	1939.5	3 萬 1	160
21	胡啟寅	34104	中國報紙之法令	1940.1	4 萬 4	169
22	王觀琪	W35089	燕園社區現時讀報的分析	1940.1	1 萬 6	148
23	劉漢緒	33137	羅隆基之言論	1940.1	5 萬	187
24	李錫智	36129	新民報社論的研究	1940.5	3 萬	107
25	宋磊	33182	一九三八年英文北京時事日報所棄置路透社新聞之研究	1940.5	3 萬	142
26	宋學廣	36197	中國報紙的文字	1940.12	2 萬	86
27	伍乾滋	35300	A Study of Some American Newspaper（若干美國報紙研究）	1940.5	2 萬 3	100
28	曾恩波	35264	German and British Propaganda in the Present World War（當前世界大戰德國和英國的政治宣傳）	1940.5	2 萬 1	88
29	周明鈞	36065	罪惡新聞的研究	1941.1	2 萬 8	111
30	馮傳鄂	37079	北京商業廣告概況	1941.5	3 萬 4	159
31	李壽彭	37139	宣傳之研究	1941.5	3 萬 3	139
32	王繼樸	37212	九一八以後中國報紙之文藝副刊	1941.5	2 萬	106
33	王兆榮	37265	由路透社與海洋社所見之英德兩國空戰宣傳	1941.5	2 萬 2	88
34	陳繼明	37032	東方雜誌之研究	1941.5	1 萬 8	75
35	張福駢	37006	這次大戰初期中美德雙方在海戰方面的宣傳	1941.5	2 萬 3	119

| 36 | 宋獻彝 | 37191 | Some Important Features in Press Photography（新聞攝影的若干重要特徵） | 1941.5 | 1 萬 | 58 |
| 37 | 許邦興 | 35410 | Development of Chinese Revolutionary Propaganda（中國革命宣傳的發展） | 1941 | 3 萬 1 | 129 |

這一時期現存畢業論文共有 37 篇，其中中文 29 篇，英文 8 篇。字數或字詞數在 4600～71000 字之間，頁數在 29～258 頁之間，篇幅較上一階段又有所增加；內容涉及新聞文體、新聞資料和索引、新聞理論、類型報紙、外國新聞事業、廣告、期刊、新聞人物、報紙副刊、新聞攝影、廣播事業、新聞史、新聞法規與倫理、媒體受眾、新聞宣傳等方面的研究，與上一階段相比，選題範圍更為廣泛；研究方法主要有文獻分析、對比分析、數據統計分析等。

這一時期，畢業論文封面「評閱者」部分增加了「導師」欄。這一時期作為文學院院長擔任評閱者的有：1937 年至 1938 年 5 月是梅貽寶，1938 年 11 月至 1941 年是周學章；作為新聞學系主任擔任評閱者的有：1937 年 5 月至 6 月是梁士純，1937 年 9 月至 1941 年是劉豁軒；作為導師擔任評語者的有：1940 年 1 月是劉豁軒、孫瑞芹，1940 年 12 月至 1941 年 5 年是劉豁軒和饒引之。

北平淪陷時期燕大新聞學系困難重重，首先就是教師嚴重缺乏。

原系主任梁士純已離京去美，難以返回，學校當局決定聘請曾任天津《益世報》總經理、總編輯的劉豁軒接手系主任一職，組織新聞學系工作。又請來曾在北平多家英文報刊、通訊社工作的孫瑞芹先生任教。劉孫二人在這一危急關頭挺身而出，承擔了新聞學系幾乎所有的課程（只有一門世界報學史課程由兼任講師羅文達博士講授），才使得新聞學系的教學工作暫時安排下來。「因為戰事關係，學生只剩下 12 人，教員則只一個專任，一個兼任」。1939 年，又請來密蘇里新聞學院畢業的饒引之和白序之、胡道維幾位新聞界人士兼任講師，充實教師隊伍。

在這樣艱難的狀態下，劉豁軒調整了原來的辦學思路，提出一個口號：「今後的報學系，要『按照身量的尺寸裁衣服，瘦小有礙衛生，肥大只是浪費；完美要的是適體』。這句口號包含兩個意思：一是臨時的維持現狀。學生既少，教員又不易添聘，因此將主修的功課的數量大加減少。那一學年所開的功課有以下幾種：報學概論、新聞採訪、新聞編輯、報業經營、報紙翻

譯、報學史、論文。這句口號的另一個意思，便是想以這幾句話為原則，把將來燕大報學系的施教方針重新檢查確定一下」〔註19〕。這是新聞學系在困難局面下因地制宜的調整，隨之調整的還有辦學目的：「本學系之目的：一，為造就領導的報人，使能改造報紙現狀，促進報業發展，以期實現報紙在現代社會之崇高使命；二，為造就適合於高尚的職業環境之報人，使其所學切合於報業之需要，將來並有前進發展之能力。前者為大學報學教育應有之使命，後者為其最低值限度」〔註20〕。

　　1941 年 12 月 8 日，太平洋戰爭爆發，日本侵略者將燕大校園封閉，並大肆逮捕教職員工，新聞學系主任劉豁軒以及陸志韋、張東蓀等師生一度遭到拘押，新聞學系也隨著整個燕大關閉而停辦。

　　1942 年春，燕大決定在後方復校，由梅貽寶主持開展復校的籌備工作。4月，選定成都陝西街東頭南側、原衛理公會所屬的華美女中和啟化小學作為校址，5 月開始在全國各大城市設站，接待由淪陷區跋涉而來的燕大師生，一時吸引了許多師生前往成都。在梅貽寶的領導下，燕大師生共同投入到艱巨的復校工作之中，共同開啟燕大成都的新篇章。現存成都復課時期的畢業論文的基本情況如表 7 所示：

表 7　成都復課時期的畢業論文（1942～1945）

序號	姓　名	學　號	論文題目	時　間	字　數	頁數
1	余夢燕	W34092	重慶報紙新聞版之分析	1943.6	3 萬 1	143
2	劉益璽	W38073	中國戰時新聞檢查制度研究	1943.6	2 萬 9	113
3	丁龍寶	W38139	戰時報紙副刊研究	1943.6	5 萬 1	216
4	陳嘉祥	38040	眾意	1943.6	1 萬 8	77
5	楊富森	37245	英國戰時宣傳	1943.6	4 萬 3	164
6	林啟芳	42419	三十年來的四川報業	1944.6	5 萬 5	214
7	李忠漪	W38060	戰前與戰時報紙廣告比較	1944.6	2 萬 5	113
8	陳瓊惠	SW42703	中國戰時宣傳	1944.6	3 萬	117
9	姚世光	38359	後方六大城市報紙之分析	1944.6	2 萬 1	116
10	葉楚英	／	報業會計	1945.1	4 萬 4	230

〔註19〕劉豁軒，燕大的報學教育〔M〕，報學論叢，益世報社，1946：91。
〔註20〕劉豁軒，燕大的報學教育〔M〕，報學論叢，益世報社，1946：91。

11	張學孔	42401	戰時中國新聞政策	1945.1	6 萬 3	260
12	鄒震	42437	開羅會議前後中國國際宣傳政策之改變及其成就	1945.1	5 萬 9	232
13	劉洪昇	40169	報館資料室之研究	1945.1	4 萬 9	206
14	謝寶珠	W42405	新聞學原理	1945.1	7 萬 4	281
15	張如彥	40013	新聞教育	1945.5	3 萬 3	129
16	劉克林	42421	報業管理	1945.6	4 萬 1	152
17	譚文瑞	41224	新聞真確性之研究	1945.6	3 萬 4	130
18	譚宗文	SW42416	國際新聞自由運動	1945.6	8 萬 6	301
19	丁涪海	42433	報業管理	1945.6	4 萬	168
20	韓詵厚	36084	社論政策	1945.6	4 萬 4	161
21	錢家瑞	41065	三年來英美在我國宣傳紙比較	1945.6	3 萬 2	129
22	余理明	W40093	中國戰時報業之特色	1945.6	2 萬 9	114
23	曹德謙	43072	新聞學原理	1945.12	8 萬 2	289
24	程佳因	W41024	中國通訊社事業之檢討	1945.12	2 萬 7	101
25	曹增祥	41235	中國戰時新聞檢查制度概論	1945.12	4 萬	155

這一時期現存的畢業論文共有 25 篇，全部為中文論文。涉及戰時新聞事業、新聞檢查與管控、報紙副刊、宣傳與政策、媒介經營和管理、新聞輿論、新聞理論、新聞教育、新聞自由、通訊社等方面的研究，由於正處在全民族抗戰時期，學生畢業論文的選題大多集中在戰時新聞事業上；研究方法主要是文獻分析、數據統計分析和對比分析，論文中大量運用了圖表的方式來展示相關問題的發展趨勢等。

這一時期，作為文學院院長擔任評閱者的有：1943～1944 年是梅貽寶，1945 年是馬鑑；作為新聞學系主任擔任評閱者的是蔣蔭恩；作為導師擔任評閱者的有：張琴南和蔣蔭恩。

成都復校後，由於條件簡陋，困難重重，僅設本科三院九系，新聞學系名列其中。但由於北平燕大停辦後，新聞學系原有的老師零落各地，沒有一人來到成都參與復校，校方於是聘請了在桂林《大公報》任職的新聞學系系友蔣蔭恩擔任新聞學系主任，主持該系的復辦工作。1942 年 9 月，蔣蔭恩抵達成都就任，立即投入復系工作。新聞學系開課不久，成都《中央日報》總編輯張琴南應聘來校講授新聞編輯課程，後又聘請了一位助教（先後有陳嘉祥、韓詵厚、

張如彥、譚宗明，均是本系畢業生）。隨後，馮列山、張明煒兩位資深報人也加入教師隊伍中。教學力量較「孤島」時期猶感不足，更不能同抗戰前的強大陣容相比。但成都辦學時期，由於大後方集中了內遷大報、通訊社和高等院校，一時間，中外資深報人、專家、學者雲集。新聞學系常延請報界名流來校兼課或進行專題演講、講座。學生們在這一困難時期更是抓緊時間學習知識，充分利用更為集中的報界資源充實自身。

四、振興與結束階段的畢業論文（1946～1952）

　　1945 年 8 月 15 日，日本侵略者戰敗投降。但在內戰的影響下，此時北平人心惶惶，物價飛漲，學生的基本生活難以維繫，而美軍的暴行、國民黨的獨裁統治更使得學生愛國運動風起雲湧。時局艱難，燕大新聞學系的正常教學不可避免地受到影響，這一時期畢業人數和現存論文數統計如圖 5 所示：

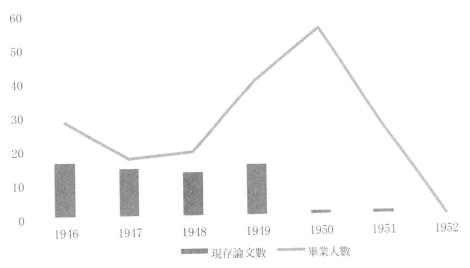

圖 5　燕大新聞學系振興與結束階段的畢業人數統計表

　　從圖 5 可以看到，這一時期畢業生人數達到 185 人，是畢業人數最多的一個時期，尤其是新中國成立後的 1950 年，畢業人數達到歷史最高。但這一時期留存下來的畢業論文僅有 60 篇，約占這一時期畢業論文總數的 32%，有 125 篇畢業論文暫無蹤跡，尤其是新中國成立後的論文所剩無幾，與極高的畢業人數形成極大反差。1952 年又因院系調整，燕大新聞學系併入北大中文系後，以北大畢業生的名義畢業。這一時期的情況與新聞學系的沉浮密不可分。

　　1945 年燕大復校後，新生入學只上一年級必修基礎課，新聞專業課程要到第二年才由成都燕大遷回的蔣蔭恩、張琴南、張明煒三位先生授課。新聞學課程減至最低限度，只開 6 門專業課程，沒有英文新聞課程和英文實習園地。

　　1948 年 9 月，蔣蔭恩受學校委派，前往美國密蘇里大學新聞學院，任研究員，考察研究西方新聞事業。在蔣先生離校期間，改由天津《新星報》調來的張隆棟校友代理系主任，並由《大公報》調來的於效謙校友，接替赴美深造的張馨保任助教。

　　這個時期新聞學系在教學、實習、經濟方面仍得到新聞界支持。由於燕大崇尚學術自由和民主討論的學風，校內常有各類學術演講及有關時局的討論，更是新聞學系學生難得的學習機會。《大公報》記者、校友蕭幹兩次回校演講並座談「從事報業心得」和英國現代派專家等專題。1947 年秋，平津記者團訪平，亦來系座談。

　　當時新聞學系學生未及畢業就到解放區工作的有很多，為全國解放和新中國培養、輸送了大批新聞和宣傳幹部。

　　現存抗戰勝利復校後的畢業論文如下表：

表 8　現存抗戰勝利復校後的畢業論文（1946～1949）

序號	姓　名	學　號	論文題目	時　間	字數	頁數
1	梅世德	42426	中國戰時後方報業	1946.4	6 萬 3	239
2	趙澤隆	40035	廣播	1946.4	4 萬	170
3	唐振常	42119	論新聞自由	1946.4	4 萬 5	169
4	李肇基	43405	美國的報業	1946.4	2 萬 7	112
5	張馨保	40012	報紙與廣告	1946.4	7 萬 4	265
6	吳亦蘭	42419	抗戰時期大後方的報紙	1946.4	2 萬 6	111
7	薛熙農	42410	地方報紙之經管	1946.4	3 萬 3	117
8	徐茂蘭	SW42021	婦女與新聞事業	1946.4	2 萬 7	115
9	葉春鎧	42150	如何經營小型報紙	1946.4	4 萬 9	177
10	高成祥	42072	報紙之財政政策	1946.4	3 萬 7	147
11	許韜	38133	日本報業發達史	1946.5	2 萬 8	111
12	高景霖	38156	淪陷時期北平之報業	1946.5	3 萬	114
13	黃代昌	42064	報業人事管理之研究	1946.5	3 萬 6	144
14	王雲琛	41269	報紙新聞採訪	1946.5	5 萬 9	231

15	穆崇栻	38246	偽新民報社論之檢討	1946.5	4萬4	166
16	徐仲華	38131	淪陷期間敵偽在華北之宣傳	1946.6	1萬5	77
17	衛占亨	41270	中國報紙的文藝副刊	1947.5	5萬5	222
18	張占元	43001	言論自由研究	1947.5	4萬	149
19	張興鉑	38013	新聞採訪的研究	1947.5	3萬8	153
20	張玉珩	43009	中央社與我國報業	1947.5	1萬9	75
21	唐振禕	43066	特寫研究	1947.5	5萬6	209
22	戴永福	43065	報紙的獨立	1947.5	3萬8	139
23	周文雄	44405	報紙之新聞傳遞	1947.5	3萬2	137
24	陳其慧	W43008	報紙工廠管理	1947.5	4萬3	159
25	盧祺芳	43049	中國報紙廣告研究	1947.5	1萬6	96
26	駱惠敏	42716	試論特寫	1947.5	3萬3	123
27	張錫煥	41011	靈食季刊研究	1947.6	3萬	113
28	張雲笙	38030	華北淪陷期間日人宣傳活動之研究	1947.6	2萬6	136
29	艾繩武	44451	報紙分類廣告	1947.12	2萬9	122
30	Wang Ching-San	38313	A Comparative Study of Industrial and Newspaper Management（實業與報紙管理之比較研究）	1947.5.31	1萬9	52
31	戚觀光	45702	十九世紀前中國的報紙及報業	1948.1	2萬5	97
32	盧毅	42717	中國的電信交通與文字改革	1948.1	4萬8	188
33	鄭錫安	43013	自北伐完成至抗戰前夕北平報業的演變	1948.1	3萬5	152
34	金光德	43018	地方報紙之經營	1948.5	5萬3	199
35	陳堯光	44014	新聞寫作研究	1948.5	3萬6	132
36	管寬	44042	民國以前中國報業的演變	1948.5	2萬7	110
37	高潔	W44453	中國報紙的新聞通訊	1948.5	6萬6	263
38	陶涵	44063	時事分析論	1948.5	7萬6	290
39	文官常	43080	我國報紙的新聞寫作	1948.5	4萬6	179
40	張瑤	44006	廣告與報紙	1948.5	4萬7	184
41	丁好德 張群基	44065 W44003	公意測試（內附調查問卷）	1948.5	7萬3	293
42	劉桂樑	40171	報紙發行研究	1948.5	4萬7	187

43	Ling Tao-Hsin 凌道新	41160	Press Photography （新聞攝影）	1948.12.15	2 萬 7	112
44	申德詒	46449	中央社對歷次學運報導之正確性	1949.1	2 萬 9	104
45	王存鑾	45190	廣播事業研究	1949.5	3 萬 3	121
46	梁志寶	W45053	如何瞭解時事	1949.5	2 萬 2	85
47	江康	44018	天津日報與進步日報 8 嘗試研究	1949.5	1 萬 9	74
48	朱良澐	W45024	中國新聞通訊事業發展史	1949.5	2 萬 7	115
49	李耄年	45083	報館社會服務部的研究	1949.5	2 萬 1	98
50	張培晉	45014	報告文學	1949.6	2 萬 2	88
51	惲筱園	45218	報業之發行管理	1949.6	2 萬 7	123
52	胡睿思	W40033	美國報紙實況	1949.6.14	4 萬 4	158
53	曹百龍	45169	美國新聞教育	1949.6	1 萬 9	87
54	鄧致造	45162	如何瞭解新聞	1949.6	1 萬 8	76
555	楊昌鳳	W44312	報紙與現代文明	1949.6	2 萬 4	95
56	Lu Nien Kao 盧念高	41186	Newspaper Policy of the Chinese Communist-Five Tranlations from Editorials of the Liberation Daily News （中國共產黨人的新聞政策——解放日報五則社論翻譯）	1949.6	6700	29
57	Lu Min Ju 盧民鞠	W45063	AP-The Story of News （美國聯合通訊社——新聞的故事）	1949.6	1 萬 3	54
58	Ch'i Shu-Lin 祁秀林	W45019	Analysis of Post-Second World War Propaganda between United States and Soviet Russia （第二次世界大戰後美蘇兩國之間的政治宣傳）	1949.6	3 萬 8	154

　　這一時期現存畢業論文共有 58 篇，其中中文 54 篇，英文 4 篇。字數在 6700～76000 字之間，頁數在 29～300 頁之間；內容涉及戰時新聞事業、廣播事業、新聞自由、外國新聞事業、新聞業務、地方新聞事業、類型報紙、媒介經營和管理、宣傳與政策、通訊社、廣告、期刊、新聞史、新聞攝影、新聞理

論、新聞教育等方面的研究，此時抗日戰爭結束不久，學生畢業論文選題的焦點依然是戰時新聞事業；研究方法主要有文獻分析法、比較研究法、數據統計分析法和問卷調查法等，其中《公意測試》是現存畢業論文中唯一使用並保留了調查問卷的論文。當時新聞學系學生的刻苦向學和自我教育是今天新聞院校大學生無法想像的。學生未影響課業反而得到鍛鍊，在思想和業務上走向成熟。

這一時期，作為文學院院長擔任評閱者的有：1946 年 4 月至 5 月是馬鑑，1946 年 5 月，陸志韋曾代理院長職務，1947 年至 1948 年 5 月是梅貽寶，1948 年 12 月至 1949 年 6 月是齊思和；作為新聞學系主任擔任評閱者的是蔣蔭恩；作為導師擔任評閱者的有：馮列山、張琴南、蔣蔭恩、翁獨健。

1948 年底，位於北平西郊的燕京大學率先迎接了解放。解放初期，學校的領導體制和院系課程進行了調整，新聞學系的課程設置和教師陣容很快得到加強，並有黨和政府的新聞出版領導機構和新聞單位負責人來系做專題講座。學生的新聞實踐有了更加廣闊的天地。

系主任蔣蔭恩放棄在美國的研究工作，於 1949 年 10 月 1 日新中國成立之日回到北京，重返他在燕大新聞學系的主任崗位，大力推進新時期新聞學系的工作與教學。孫瑞芹、陳翰伯、張琴南、包之靜等陸續來教，充實教學力量。

1951 年 2 月，中央人民政府教育部宣布接管燕大，改為國立燕京大學，任命陸志韋為校長。1952 年 5 月 28 日，教育部改組燕大校務委員會，7 月，經過院系調整，國立燕京大學的校名取消，新聞學系併入北京大學中文系為編輯專業（後改稱新聞專業），燕大新聞學系正式結束。院系調整時在校的幾個年級的學生，全部轉為北京大學的學生，以北大學生的名義畢業。

這一時期現存的畢業論文情況如下表：

表 9　新中國成立後到燕大新聞學系結束的畢業論文（1950～1952）

序　號	姓　名	學　號	論文題目	時　間	字　數	頁　數
1	董敏增	45177	生活週刊的研究	1950.2	2 萬 7	98
2	李毓熊	47137	中國近代報紙的淵源	1951.5	1 萬 4	64
3	庚賡	／	廣播電臺的編輯工作	1951	／	／

　　這一時期現存畢業論文僅有 3 篇，全為中文寫作，其中，庚賡的《廣播電臺的編輯工作》未收入《中國人民大學圖書館藏燕京大學新聞系畢業論文匯編》。字數在 14000～27000 字之間，頁數在 64～100 頁之間，內容涉及期刊和新聞史研究，研究方法主要是文獻分析和數據統計分析。新中國成立後，學生畢業論文封面不再使用民國紀年，改用公元紀年，體現了時代的印記。

　　這一時期，作為文學院院長擔任評閱者的是齊思和，作為新聞學系主任擔任評閱者的是蔣蔭恩，作為導師擔任評閱者的是張琴南、孫瑞芹。

第三章　燕大新聞學系現存畢業論文的整體分析

　　中國的本科學生撰寫畢業論文獲得學士學位，肇始於民國初年。1912 年 10 月，中華民國教育部公布《大學令》，學位正式列入教育法令，規定「大學各科學生修業期滿，試驗及格，授以畢業證書，得稱學士。」同時還規定大學評議會有審查「學院生成績及請授學位者之合格與否」之事項，教授會有審查「提出論文請授學位者之合格與否」之事項。〔註1〕本章將以燕京大學新聞學系現存的 163 篇學士學位論文作為整體分析的樣本，即對這批畢業論文的形式與內容進行全面深入的分析，包括論文的外觀、寫作規範、選題、內容等方面，挖掘這批畢業論文的學術價值和歷史價值。

第一節　形式上：畢業論文的封面特點與寫作規範

　　燕京大學成立後，「為養成學生自作高深研究與實地調查之能力起見」，學校對學生的「畢業論文」有明確規定：「各學系有令學生呈交合格之論文，方准畢業者，此項畢業論文之規章如下：「甲、項論文之題目大綱本文應據學歷所定時期內呈交校務處，各件均需由該系主任簽字或蓋章。如不照本規辦理，學生即不能如期畢業。乙、中文論文本校備有特別論文紙，需用正楷繕寫清楚。英文論文需用打字機謄出或工整抄寫亦可務求清潔明晰。英文論文紙亦由本校預備。論文須在四千字左右。如係譯文，該系主任可酌情量容其超過此限度。一

〔註1〕《教育部公布大學令》〔M〕，《教育雜誌》，1913 年第 4 期。

切畢業論文之所有權概歸本校保留，可送存本校圖書館或印刷出版著作人，如欲自行出版，必須先得本校許可。」〔註2〕燕京大學對畢業生論文格式有嚴格要求。1937 年規定：「本年度畢業生畢業論文，定於五月內，必須交到教導處，以便察查。並訂定畢業論文格式規則七條，分發各畢業生，茲記之如下：論文格式（一）本大學畢業論文應以學校採用之論文之紙騰錄之，論文紙可由大學售書處購置。至於圖表，照像等紙，於必要時可用其他項紙料，但篇幅須與論文紙張劃一，或能折疊一律。（二）如無特殊理由，經導師認可者，論文一篇應訂為一卷。（三）中文論文應以墨筆楷書騰錄，並為標點，西文論文應打字機騰錄。（四）論文封面應寫明論文題目，著名姓名，畢業學位等項，封面樣張可向教務處註冊課索取參考。（五）論文每頁均應表明頁數，其目錄所列各項，亦應將頁數注出。（六）論文應交兩份，其正文由大學圖書館收藏，其副本由本學系收存之，副本可在圖書館用藍紙曬印。（七）論文正文格式須經教務處察查認可，然後論文得呈文學系請與接受，凡待學生論文未經接受者，其畢業證書，即不發給。」〔註3〕《燕京大學修學規程（1949〜1950）》中規定：「論文必須合乎下列條件：（1）以本大學畢業論文紙謄錄之，論文紙可向庶務課購置。至於圖表，照像等件，於必要時刻用他項紙料；但篇幅須與論文紙張劃一，或能折疊一律。（2）如無特殊理由經導師認可者，論文一律應訂為一卷。（3）中文論文應以墨筆或鋼筆楷書謄錄，並加標點，西文論文應以打字機謄錄之。（4）論文封面應寫明論文題目，著者姓名，畢業學位等項，封面樣張可向註冊課索取以資參考。（5）論文每頁均應標明頁數。其「目錄」所列各項，亦應將頁數注明。（6）論文應交兩份，其正本由大學圖書館收藏，其副本由該生主修學系收藏。副本可在圖書館用藍圖紙曬印。惟學系不需要副本者，可以免交。（7）論文正本格式須經註冊課審查認可，然後得將論文呈交學系請求接受。凡待位生論文未經接受者，其畢業證書，即不發給。」〔註4〕規程中對論文用紙、裝訂、書寫規範、論文封面、頁碼、正副本等均作出要求，下面本文將參照實物文本對這批畢業論文的封面外觀和寫作規范進行分析總結。

〔註2〕《燕京大學文理科男校學生須知 1925〜1926》〔M〕，燕京大學編印 1925 年，第 25〜26 頁。
〔註3〕《本年度畢業生論文格式規定，限各生於下月內交齊，畢業人數共一六一人》，《燕大友聲》第 3 卷第 7 期，1937 年 5 月 11 日，第 29 頁。
〔註4〕燕京大學，燕京大學修學規程（1949〜1950）〔M〕，北京：燕京大學編印，1950：13。

一、畢業論文封面

　　現存 163 篇畢業論文的封面隨著燕大新聞學系各個時期的變化有所調整，具有各自的一些歷史特點，但大體上保持一致。下面筆者將對每個時期封面變化的特點舉例分析。

　　燕京大學新聞學系畢業論文需要提交正、副兩本，一般而言，正本由學生手寫完成，交由燕京大學圖書館收藏，副本則可在圖書館通過曬藍複印機複印，不必手抄，藏於新聞學系資料室，因此正、副本的裝幀和用紙存在差異。正本是黃色硬皮膠裝封面，黃底黑字寫明論文題目、作者、時間和畢業學位等信息，如圖 6 所示；副本是藍色硬皮膠裝封面，藍底黃字寫明論文題目、作者、時間和畢業學位等，在封面中下位還有燕大校徽圖章，如圖 7 所示。但由於時局動盪，導致多次搬遷，再加上管理不善，不少論文封面均已遺失。

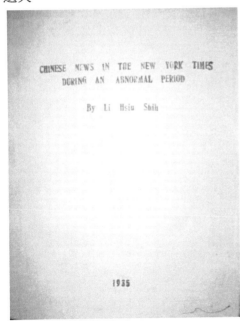

圖 6　畢業論文正本封面　　　　圖 7　畢業論文副本封面

　　在書寫用紙上，使用燕京大學畢業論文紙謄錄之，這些論文紙在靠外的頁沿上部均有「燕京大學」或「燕京大學畢業論文」的楷體字樣，下部一般是手寫頁碼處，如圖 8 所示。

　　副本則不再重新謄抄，而採用藍圖紙曬印，曬印後顯示出來的是藍底白

字，如圖9所示（此為副本的黑白複印本，所以是黑底白字，黑色部分原為藍色），藍曬法（Cyanotype）是英國的約翰・郝謝爾（John Herschel）爵士於1841～1842年間發明的一種複印方法。藍曬法又叫做鐵氰酸鹽（鐵-普魯士藍）印相法，最常用的叫法是藍圖曬印法。藍曬法最開始應用於手稿複印、紀錄植物的形狀、輪廓等等，廣泛應用於影像處理，綿延至今成為一種古法照片印製工藝。後來又應用於工程製圖的複印，成為我們所熟悉的「藍圖」。民國時期這種簡便有效的複印方式得到廣泛應用，不少民國手稿、圖書都有「曬藍本」流傳。燕京大學也採用藍圖紙曬印的方式製作論文副本，與正本形成鮮明對比，成為一種時代特色。

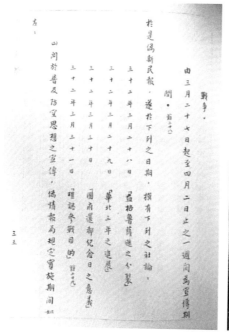 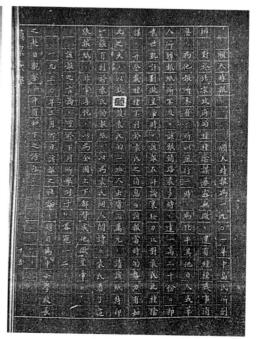

圖8　畢業論文用紙頁沿示範　　圖9　畢業論文副本所使用的藍圖紙

　　燕京大學新聞學系對畢業論文封面的要求在不斷增加和完善，呈現出一定的變化，下面對這些變化進行簡要梳理。

1. 1927～1928年的畢業論文封面

　　這個時期新聞學系畢業論文寫作尚處於起步階段，對封面的要求比較簡單，一般需寫明論文題目、學生姓名、學號、論文遞交時間、所屬院系或班級，且中、英文論文封面有所不同，這一時期的中、英文論文封面如圖10、圖11

所示。

　　圖 10 從左到右豎行文順序是：我國報紙文的研究；准予畢業（蓋有紅色的「滿畢」印章）；鄒毓靈（二九三）；一九二七班，沒有所屬院系的信息；空白處蓋有藍紫色的「北平燕京大學圖書館」印章，表明此畢業論文是由燕京大學圖書館收藏。

　　圖 11 從上到下橫行文順序是：SOURCE-MATERIAL CONCERNING THE JOURNALISM OF CHINA；LI LIEN K'0；YENCHING UNIVERSITY；PEIPING；1927。

　　圖 10 是燕京大學新聞學系現存最早的中文論文，屬於 1927 年畢業生鄒毓靈，圖 11 則是燕京大學新聞學系現存最早的英文論文，屬於 1927 年畢業生李連科。從這兩張圖可以看到，中、英文寫作的論文封面格式不同，中文論文封面為豎排字，英文論文為橫排字，且英文論文有封皮，中文論文沒有。按理來說，中文畢業論文在裝訂時也應該要求有封皮，可能是在保存的過程中因損壞而被剝下丟棄了。

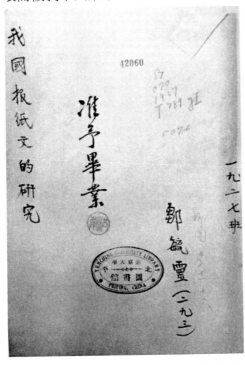

圖 10　1927 年鄒毓靈畢業論文封面　　圖 11　1927 年李連科畢業論文封面

此外，同樣是英文畢業論文，論文扉頁部分也存在不同，如圖 12、圖 13 所示。英文論文封面較為完整版如圖 12，從上到下橫行文順序是：SENIOR THESIS；Topic：Source-Material Concerning the Journalism of China；Presented By Li Lien K'o；R.N.156；Department of journalism；Feburary 16，1927；有「准予畢業」中文字樣，下方蓋有紅色「滿畢」印章；空白處蓋有藍紫色的「北平燕京大學圖書館」印章。

但 1928 年黃錦棠的英文畢業論文封面僅有論文題目和姓名，如圖 13 所示，從上到下橫行文順序是：The Historical Development of the Chinese Govement Gazette；By Huang Chin-Tang；空白處蓋有藍紫色的「北平燕京大學圖書館」印章。沒有學號、所屬院系等信息。

其中，圖 12、圖 13 最大的區別在於，圖 12 除「准予畢業」為手寫字外，其餘信息均為機打字，圖 13 則為手寫字，且是現存英文畢業論文中唯一一本全手寫論文。但筆者目前尚未找到當時對謄錄要求的具體資料，無法解釋此處差別。

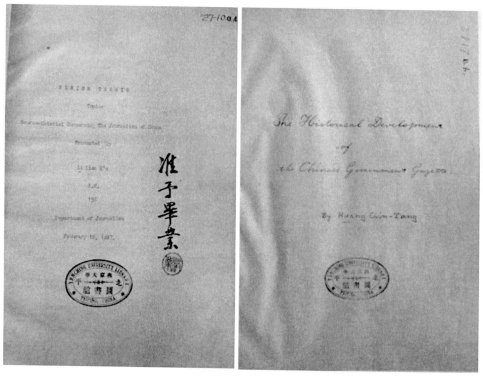

圖 12　英文打印版扉頁（李連科）　　圖 13　英文手寫版扉頁（黃錦棠）

2. 1929～1936 年的畢業論文封面

這一時期是燕大新聞學系經過艱難初創後，恢復重建，並正式設系的階段，燕大新聞學系在施教方針、師資力量、教學設施等方面均有較大的完善，對畢業論文寫作也有了更為規範的要求。下面筆者將這一時期論文封面出現的變化和特點介紹如下。

中文畢業論文封面：

圖 14　1932 年高青孝畢業論文扉頁　　圖 15　1934 年張德生畢業論文封面

圖 14 從右到左豎行文順序是：燕京大學文學院新聞學系學士畢業論文；評閱者：黃憲昭，新聞學系主任；周學章，文學院院長；高青孝，學號五百四十二，民國廿一年五月；中國報館圖書室之設計。

在這一時期，還發現了有少量中文畢業論文的封皮，如圖 15 所示。

圖 15 從上到下橫行文順序是：北平晨報過去與現在；新聞學系畢業論文；一九三四年；張德生。

從這裡可以看出，不僅是英文論文的裝訂需要封面，中文論文同樣需要封面。但由於民國文獻保存困難，且這批論文經過多次搬遷，多數畢業論文的封面已經遺失，僅有少量中文畢業論文還保留了封面。

與初創階段的畢業論文（圖10）對比發現，這一時期論文扉頁更為規範，增加了論文所屬類型、評閱者（包括文學院院長、新聞學系主任的簽名和印章）的內容，並用線條框起來，成為較為獨立的一個部分。學號和遞交時間放在學生姓名下面，規整清晰，一目了然。評閱者的信息為我們提供了論文指導人的姓名，反映了當時燕大文學院和新聞學系對學生畢業論文的重視，並為我們提供了師資和人事變化的情況。這一時期其他畢業論文封面格式基本與此相同，僅在線框的粗細不同。

英文畢業論文封面：

圖16　1931年湯德臣畢業論文封皮　　圖17　1932年沈劍虹畢業論文封皮

圖16從上到下橫行文順序是：THE FOREIGN PRESS IN CHINA；T'ANG TE-CHEN；DEPARTMENT OF JOURNALISM；1931。

圖17從上到下橫行文順序是：A INTERNATIONAL PUBLICITY PROGRAM FOR CHINA；SHEN CHIEN HUNG；A THESIS SUBMITTED TO THE DEPARTMENT OF JOURNALISM OF THE COLLEGE OF ARTS AND LETTERS OF YENCHING UNIVERSITY IN PARTIAL FULFILLMENT OF THE REQUIREMENT FOR THE DEGREE OF BAGHELOR OF ARTS；1932。

圖16與初創階段的畢業論文封皮（圖9）格式完全一樣，但是圖16增加了論文學位信息，更為全面。

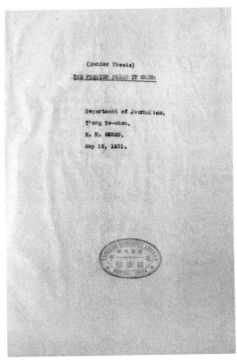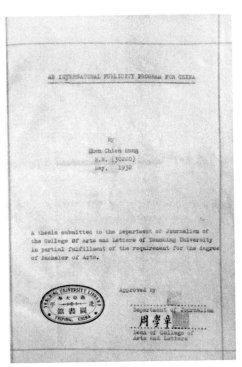

圖 18　1931 年湯德臣畢業論文封面　圖 19　1932 年沈劍虹畢業論文封面

　　圖 18 從上到下橫行文順序是：（Senior Thesis）THE FOREIGN PRESS IN CHAINA；Depatment of Journalism；T'ang Te-chen；R.N.28329；May 15，1931.

　　圖 19　從上到下橫行文順序是：AN INTERNARIONAL PUBLICITY PROGRAM FOR CHINA；By Shen Chien Hung；R.N.（30220）；May，1932；A thesis submitted to the Department of Journalism of the College of Arts and Letters of Yenching University in patial fulfillment of the requirement for the degree of bachelor of Arts；Approved by　；Department of Journalism；周學章 Dean of College of Arts and Letters.

　　與中文封面內容一樣，這一時期增加了評閱者的信息（包括新聞系教師與文學院院長的簽名與印章），論文的格式更為清晰明瞭。

3. 1937～1945 年的畢業論文封面

　　這一時期的畢業論文封面變化不大，封面格式基本定型。1940 年以前的畢業論文封面與前期的格式基本一致，但從 1940 年開始在評閱者部分增加了「導師」評閱環節，中、英文論文皆是如此，如圖 20、圖 21 所示：

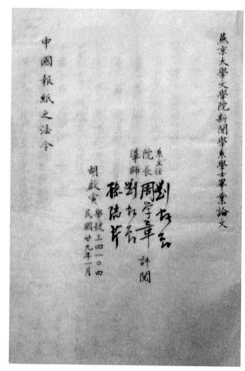 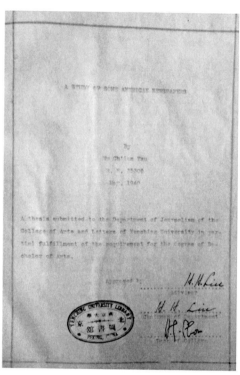

圖 20　1940 年胡啟寅畢業論文封面　　圖 21　1940 年伍乾滋畢業論文

圖 20 從右到左豎行文順序是：燕京大學文學院新聞學系學士畢業論文；評閱：系主任劉豁軒，院長周學章，導師劉豁軒、孫瑞芹；胡啟寅，學號三四一〇四，民國廿九年一月；中國報紙之法令。

圖 21 從上到下橫行文順序是：A STUDY OF SOME AMERICAN NEWSPAPERS；By Wu Ch'ien Tzu；R.N.35300；May，1940；A thesis submitted to the Department of Journalism of the College of Arts and Letters of Yenching University in patial fulfillment of the requirement for the degree of Bachelor of Arts；Approved by H.H.Liu Adivisor；H.H.Liu Chairman of Department；A.T.Chou Dean of College of Arts and Letters.

從上兩圖可以看到，中、英文畢業論文評閱環節皆增加了「導師」評閱，評閱導師有一位，也有兩位，從這一時期其他畢業論文封面來看，絕大多數導師僅有一位。導師評閱的增加體現了燕大新聞學系對學生畢業論文的重視和規範化，學生畢業論文寫作有了更明確的指導老師，這對學生的畢業論文選題、研究方法的運動等方面都有重要的影響。

4. 1946～1952 年的畢業論文封面

這一時期的畢業論文封面與上一時期的基本一致。唯一有變化的是時間紀年的使用。1949 新中國成立以前的中文畢業論文一直都是「民國 XX 年 X月」，新中國成立後，一律改為公元紀年，如圖 22 所示，英文畢業論文則不存在這個問題。

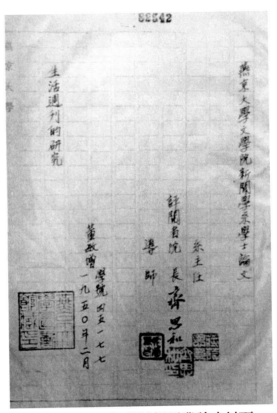

圖 22　1950 年董敏增畢業論文封面

圖 22 從右到左豎行文順序是：燕京大學文學院新聞學系學士論文；評閱者：系主任蔣蔭恩，院長齊思和，導師張琴南；董敏增，學號四五一七七，一九五０年二月；生活週刊的研究。

從圖 10 到圖 22 可以看出，燕京大學新聞學系畢業論文的封面內容隨著時間的推移在一步步完善，從沒有評閱者到有評閱者，從沒有導師評閱到有導師評閱，從沒有所屬院系及論文類型信息到有論文類型信息，中、英文論文基本保持一致要求，只是在排版上按照中英寫作習慣有橫豎之分。另外，中文論文封面幾乎全部是手寫字，可以很直觀地看到當時學生的書寫水平。

二、畢業論文的寫作規範

　　燕大新聞學系是民國時期高校新聞教育的代表科系之一，他們對新聞教育的高要求也體現在學生的畢業論文寫作規範上。為了統一規範學士學位論文的撰寫、編輯、印刷，便於論文處理、儲存、檢索、利用、交流、傳播，燕大新聞學系學生在畢業論文寫作時要遵循一定的寫作規範和格式要求。為了指導四年級本科生順利完成畢業論文獲得學士學位，新聞學系採用導師制。1934 年 10 月 6 日晚七點半，新聞學系主任梁士純與教授聶士芬召集四年級學生舉行論文討論會，17 名學生先後報告了各自的論文題目，並就各自論文的寫作困難提請討論。學生報告後，新聞學系主任梁士純對論文寫作提出了四點意見：「第一材料不要太多，第二與自己有用處，第三有助於他人，第四有發表的價值。」聶士芬教授向學生建議說：「新聞學系學生應注意新聞學識的背景，並對於新聞學有密切關係的學科，都應當下一番工夫。」〔註5〕新聞學系開設了畢業論文寫作課程，1941 年前占「2 學分」，1944 年後為「4 學分」，對畢業論文課程目的、內容和教學方法有具體的規定：「論文（新聞 497，498）（一）本課教學目的——本課目的，在使學生明瞭如何用科學方法從事專題研究，並撰寫有系統的學術性論文，以備將來進一步，作高深研究時之用。本課為期一學期，共二學分至四學分。凡本系四年級主修生，均可選修。（二）本課教學內容——本課無固定內容。選修本課學生，應先擇定研究題目，經本系批准並指定導師後，即可從事收集材料，按步寫作。論文須於規定時期內撰寫完畢，並依照本系教務處規定之論文標準格式抄寫，在規定日期呈繳導師評閱。（三）本課教學方法——本課採導師制，凡選修學生，其論文題目經本系批准後，即依其論文性質，代為指定導師。導師責任，為指導學生擬定大綱，收集材料，及從事撰寫。論文寫成後，由導師評閱。為督促學生按照預定計劃完成論文起見，導師應與學生規定日期，舉行討論，討論至少每月一次。本課無考試，由導師審閱論文，評定成績。」〔註6〕

　　燕京大學及其新聞學系對畢業論文的相關規定，促使新聞學系學生每人在畢業時都需要嚴格按照要求認真撰寫畢業論文，才能獲得學士學位。本章將

〔註5〕《新聞學系四年級生　前晚舉行論文討論會　論文題目多已選定》，《燕京新聞》第 11 期，1934 年 10 月 8 日。

〔註6〕《燕京大學新聞學系概況》，北京燕京大學新聞學系編印 1950 年，第 31～32 頁。

根據 163 篇燕大新聞學系現存畢業論文概括出當時燕大新聞學系畢業論文寫作規範，為研究民國時期高校畢業論文寫作規範提供樣本，同時也為當代高校大學生畢業論文寫作提供借鑒。

1. 畢業論文結構

主要有三大板塊：卷首部分，主體部分和結尾部分。

2. 畢業論文的基本格式

（1）卷首部分。包括封面（論文題目、學生姓名、學號、遞交時間、評閱者、所屬院系），論文題目，目錄，附表與插圖等幾部分組成。

（2）主體部分。自序／序／前言（目錄之後，用來交代自己的寫作緣起、遇到的困難、寫作心得等），緒論（通常作為第一章，闡述研究內容所涉及的研究領域的文獻綜述），正文（論文的核心部分，通常有 5～12 章，每章可分為 3～12 個小節，每章需另起一頁。這部分內容和形式沒有統一規定），結論和建議，注釋，參考文獻或書目（另起一頁，將畢業論文中所引用、參考的著作、報紙、期刊按照文中順序排在結論部分後面，每條參考書目由序號、作者和著作／報紙／期刊三部分組成）。

（3）結尾部分。附錄（主體的補充項目，並不是必需的。當附錄內容篇幅過大、插入正文又有損於編排條理性和邏輯性，或對一般讀者並非必須閱讀，但對本專業同行有參考價值的材料可以增加附錄），致謝（這部分也不是必需的，當學生認為有必要在論文中感謝導師或其他人對自己的幫助時可以增加致謝部分）。

3. 畢業論文的用紙、編排要求

（1）用紙：中文畢業論文統一使用邊沿印有「燕京大學」、12×25=300 的標準方格子紙張；英文畢業論文使用同樣大小的白紙打印，四條頁邊距需用雙實線畫出。

（2）編寫：中文畢業論文必須中文數字編排頁碼，頁碼放在頁面左下或右下方；英文畢業論文用阿拉伯數字連續編排頁碼，頁碼放在文字正上方或左上、右上角均可。

4. 論文書寫

在這 163 篇畢業論文中，中文論文 136，英文論文 27 篇，手寫論文 136 篇（中文論文 135 篇，1946 年高景霖的《淪陷時期北平之報業》是唯一一篇

打印論文；英文論文 1 篇，1928 年黃錦棠的《*The Historical Development of the Chinese Govement Gazette*》是唯一一篇英文手寫論文，其餘英文論文均是機打論文），也就是說，在現存畢業論文中有 136 篇作者手稿，用毛筆或黑色硬筆書寫，使用小楷字體，字跡清晰，端正整潔，是民國時期大學生論文的重要特徵之一。

這批論文中不乏書法佳作，大部分採用恭楷字體，或娟秀清新或工整劃一，筆者隨意選取一篇，如圖 23 所示，這是 1931 年畢業生吳椿的論文手稿（論文題目是《中國之政治與新聞事業》），凝厚嚴謹，方潤大氣。此外，一些名家論文作為名家手稿，不僅書法水平高，且更具有獨特的文化內涵，如圖 24 是 1935 年畢業生、著名作家、翻譯家蕭幹的論文手稿（論文題目是《書評研究》），婉約秀逸，細品慢讀，別有一番享受。這些書法佳作體現了民國時期大學生的書法素養，值得今人借鑒。

圖 23　1931 年吳椿畢業論文手稿　　圖 24　1935 年蕭幹畢業論文手稿

在眾多中文手稿中出現一個很有意思的現象：在同一篇論文中有時會出現幾種不同的字跡，可以看出並非一人所寫。據 1945 年畢業生曹德謙先生所說，論文謄錄時確實存在畢業生因時間緊張或人不在當地而找人代為抄寫的現象。曹德謙先生的論文就是如此。曹的畢業論文《新聞學原理》是以翻譯美國報人卡斯珀・約斯特（C.S.Yost）於 1924 年出版的《*The Principles of Journalism*》為

內容的，全篇超過 8 萬字，要謄錄一遍是需要耗費不少時間的。1945 年 11 月，曹先生當時已在重慶中央社任職，12 月就要提交論文，他深知自己一人是無法在規定的時間內謄抄完的，於是就採取了當時較為普遍的做法：雇人代抄。因此在他最後提交的論文中出現了不下 8 種不同字跡，筆者從中截圖了三個片段進行對比，如圖 25 所示，可以明顯看出這三個片段出自不同人之手。

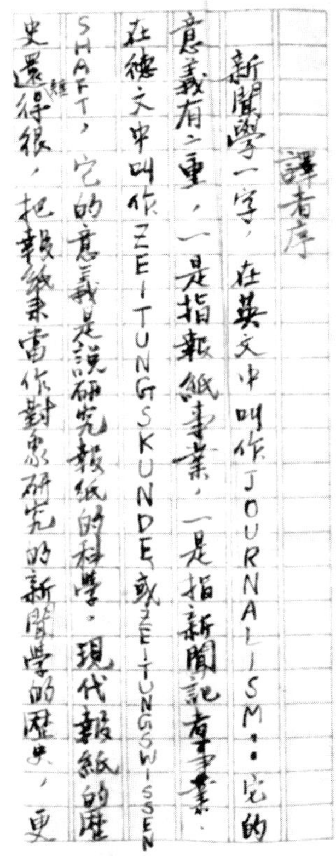

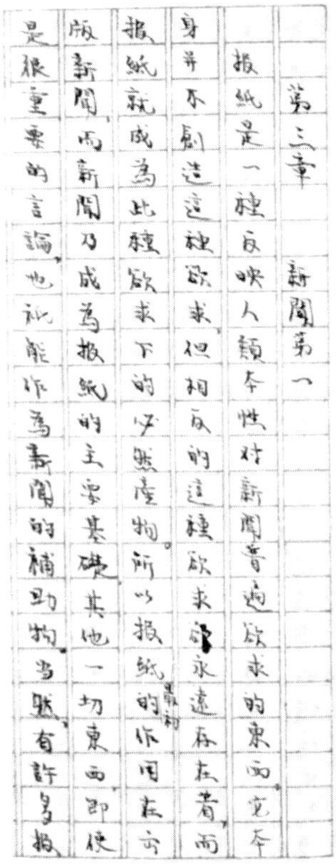

圖 25-1 曹德謙論文字跡　圖 25-2 曹德謙論文字跡　圖 25-3 曹德謙論文字跡

這種代人抄寫的行業自古有之，被稱為「傭書」。傭書者受傭於人，以抄寫文字材料換取傭金。傭書是古時文獻複製的主要形式之一，特別是在印刷術出現以前，幾乎是唯一的書籍複製方式。但這種方式並沒有隨著印刷術的普及而消失，民國時期這種行當雖不多見但依然存在，不少場合依然有謄抄的需求在。1931 年畢業生王成瑚在其「後記」中寫道：「這篇論文做完了，本當雇人代抄的，但是因為本校附近的抄寫手都很忙，所以我就索性自己抄了」〔註7〕，

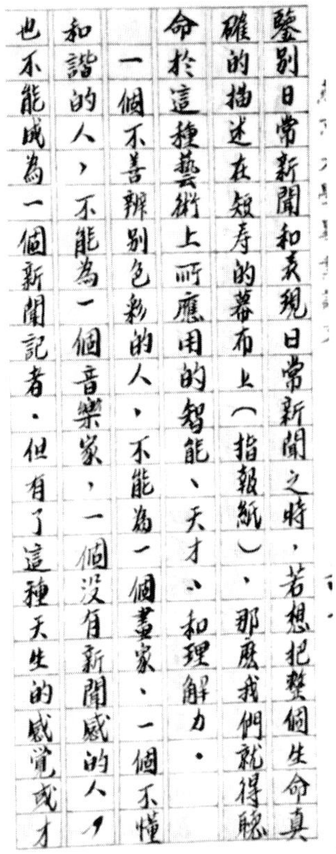

〔註7〕王成瑚，中日新聞事業之比較研究〔D〕，北京：北京大學圖書館藏，1931：111。

可見當時「傭書」在高校周圍之盛行。燕京大學新聞學系畢業論文中出現「傭書」現象，也正是那個時代的特色之一，是「傭書」這個行當存在的鮮活證明。

在這 163 篇畢業論文中，形式最特別的一篇應屬 1934 年 5 月劉志遠的《中國新聞紙廣告之研究》。這篇論文每一部分都有一張特別的「扉頁」，上有老師的提名、簽字和印章，如圖 26 所示。

圖 26-1 從右到左豎行文依次是：中國新聞紙廣告紙研究；吳雷川題。吳雷川是中國近代著名的教育家和中國基督教激進思想家，他於 1925 到燕京大學任教，歷任燕京大學教授、副校長，1929～1934 年出任燕京大學校長兼國文系主任。雖當時吳雷川先生已逐漸離開校長職位，但他謙和近人，仍願意給予學生指導。

圖 26-2 從右到左豎行文依次是：第一篇　緒論；梁士純題。梁士純時任燕京大學新聞學系主任，講授宣傳學、輿論與宣傳，並指導學生畢業論文寫作。

圖 26-3 從右到左豎行文依次是：第二篇　總論；黃憲昭題。黃憲昭曾於1931～1933 年間擔任新聞學系主任，並創辦和指導出版本系實習報紙《平西報》，同時指導學生的畢業論文寫作。

圖 26-4 從右到左豎行文依次是：第三篇　結論；高純齊題。

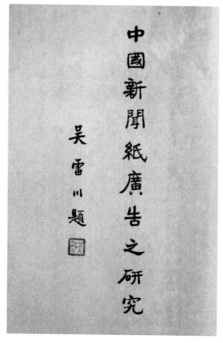

圖 26-1　劉志遠畢業論文　　　　圖 26-2　劉志遠畢業論文

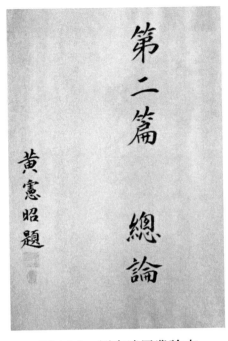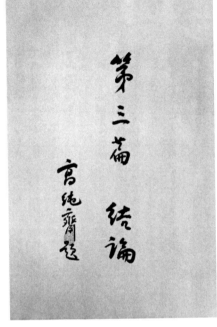

圖 26-3　劉志遠畢業論文　　　　　圖 26-4　劉志遠畢業論文

　　一篇論文就集合了校長吳雷川、前系主任黃憲昭、系主任梁士純和教授高純齊四人的提名墨寶，在現存的 163 篇畢業論文中只此一例。劉志遠的《中國新聞紙廣告之研究》是燕大新聞學系現存畢業論文中最早的一篇關於報紙廣告研究的畢業論文，洋洋灑灑五萬餘字，剪貼了大量其本人收集保留的報紙廣告，圖文並茂，生動有趣，對當時中國報紙廣告進行較為全面的梳理和分析，這或許是劉志遠的論文被看重的原因之一。

第二節　選題上：畢業論文的選題分類

　　現存 163 篇畢業論文選題是論文作者在相關教師的指導下共同確定的，涉及新聞學研究的方方面面，對其選題進行分類研究具有重要意義，有利於後期內容分析的開展。

　　方漢奇先生在《中國人民大學圖書館藏燕京大學新聞系畢業論文匯編》序言部分將 160 篇畢業論文進行了大致劃分：「屬於新聞史的 13 篇，屬於新聞理論的 13 篇，屬於戰時新聞事業研究的 10 篇，屬於新聞教育的 2 篇，屬於個別報紙和期刊個案研究和比較研究的 12 篇，屬於各種類型報紙綜合研究的 11 篇，

屬於報紙編輯工作的 10 篇，屬於報紙評論工作的 2 篇，屬於報紙副刊研究的 3 篇，屬於新聞採訪與寫作研究的 13 篇，屬於報業經營和管理方面研究的 21 篇，屬於新聞法制與新聞檢查方面研究的 3 篇，屬於地方新聞事業研究的 8 篇，屬於外國新聞事業研究的 12 篇，屬於外人在華新聞事業研究的 3 篇，屬於新聞資料的分類、檢索和設計研究的 6 篇，屬於通訊社工作研究的 5 篇，屬於廣播事業研究的 3 篇，屬於海外華文報刊研究的 1 篇，屬於名記者名報人研究的 2 篇，屬於新聞攝影和新聞圖片研究的 3 篇，屬於媒體受眾研究的 3 篇」〔註8〕。

筆者根據方先生的分類方式進行調整，將有交叉領域或分類模糊的地方重新界定，界定原則以論文重要部分或大多數內容所屬類別為準：如果一篇論文既屬於專題報紙又屬於地方新聞，則按題材進行分類。例如余夢燕的《重慶報紙新聞版之分析》，研究的是抗日戰爭時期重慶報紙新聞版的內容，既屬於戰時新聞事業研究又屬於地方新聞事業研究，在本文中將其歸入戰時新聞事業研究的類別，其他選題分類有交叉的畢業論文以此類推。這 163 篇畢業論文共分為 22 類選題，得出現存畢業論文中各類選題分布示意圖，如圖 27 所示：

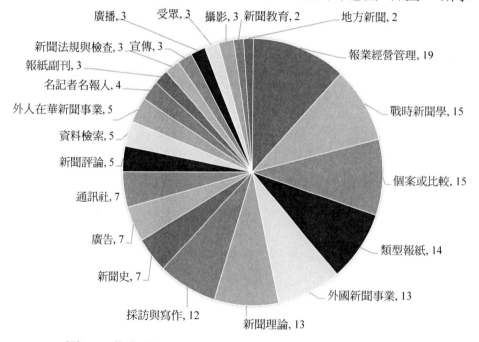

圖27　燕京大學新聞學系現存畢業論文選題類型分布圖

〔註8〕　方漢奇，序〔G〕//方漢奇，王潤澤主編，中國人民大學圖書館藏燕京大學新聞系畢業論文匯編，北京：國家圖書館出版社，2014：4。

　　從圖 27 中可以看到，屬於報業經營與管理、戰時新聞學、類型報紙研究、報紙個案或比較研究、外國新聞事業、新聞理論和新聞採訪與寫作的選題所佔比例最高，均有十餘篇論文，屬於新聞教育和地方新聞的選題所佔比例最小。

　　下面將各類別的畢業論文進行具體歸納，如表 10 所示。

表 10-1　報業經營與管理研究類畢業論文匯總表

類　別	論文題目	作　者	時　間
報業經營與管理（19篇）	中國報館圖書室之設計	高青孝	1932.5
	報紙管理法	蘇良克	1932.5
	新聞紙編排的研究	李相峰	1935.5
	Chinese Newspaper Circulation Methods（中國報紙發行方法）	Au Yang Yi 歐陽頤	1935.5
	報業會計	葉楚英	1945.1
	報館資料室之研究	劉洪昇	1945.1
	報業管理	劉克林	1945.6
	報業管理	丁涪海	1945.6
	地方報紙之經營	薛熙農	1946.4
	如何經營小型報紙	葉春鎧	1946.4
	報業人事管理之研究	黃代昌	1946.5
	報紙之財政政策	高成祥	1946.4
	報紙工廠管理	陳其慧	1947.5
	A Comparative Study of Industrial and Newspaper Management（實業與報紙管理之比較研究）	Wang Ching-San	1947.5.31
	中國的電信交通與文字改革	盧毅	1948.1
	報紙發行研究	劉桂樑	1948.5
	地方報紙之經營	金光德	1948.5
	報館社會服務部的研究	李耄年	1949.5
	報業之發行管理	惲筱園	1949.6

報業經營與管理研究類的畢業論文是現存論文中最多的一類，達19篇（中文17篇，英文2篇），從1932年到1949年間均有，時間跨度大。這一時期，報業正處在蓬勃發展階段，報業的經營與管理愈加被重視，學生們積極投入到對報紙發行、財政、人事、實業管理等研究中來。且新聞學系學生在系實習報刊《燕京新聞》實習時均需自負盈虧，學生能完全參與到一份報紙的經營、管理、發行中來，為學生們完成此類畢業論文提供了極大幫助和支持。這其中具有時代特色的是對報館圖書室、資料室、報館社會服務部的研究。當時報館的圖書室、資料室等是非常重要的存在，無論是新聞寫作還是學術研究都離不開圖書室和資料室，但由於圖書室的設計、資料的歸檔與查找等方法少且不實用，因此引起了不少研究者對報館圖書室的設計與管理的興趣。以今人的分類標準來看，這似乎是屬於圖書館學的範疇，但在當時，新聞學研究與其密切相關，是新聞研究者繞不開的領域。

表10-2　戰時新聞學研究類畢業論文匯總表

類　別	論文題目	作　者	時　間
戰時新聞學（15篇）	重慶報紙新聞版之分析	余夢燕	1943.6
	中國戰時新聞檢查制度研究	劉益璽	1943.6
	戰時報紙副刊研究	丁龍寶	1943.6
	戰前與戰時報紙廣告比較	李忠漪	1944.6
	中國戰時宣傳	陳瓊惠	1944.6
	後方六大城市報紙之分析	姚世光	1944.6
	戰時中國新聞政策	張學孔	1945.1
	開羅會議前後中國國際宣傳政策之改變及其成就	鄒震	1945.1
	中國戰時報業之特色	余理明	1945.6
	中國戰時新聞檢查制度概論	曹增祥	1945.12
	中國戰時後方報業	梅世德	1946.4
	抗戰時期大後方的報紙	吳亦蘭	1946.4
	淪陷時期北平之報業	高景霖	1946.5
	淪陷期間敵偽在華北之宣傳	徐仲華	1946.6
	華北淪陷期間日人宣傳活動之研究	張雲笙	1947.6

戰時新聞學研究類論文具有鮮明的時效性和實用性，或為解決抗日戰爭期間新聞事業存在的問題，或為總結戰時新聞事業的教訓和影響，或為強調新聞在抗戰期間的民族使命感和存在的意義，本文將在下節專題研究中對此類論文進行詳細論述。

表 10-3　個案或比較研究類畢業論文匯總表

類　別	論文題目	作　者	時　間
個案或比較研究（15篇）	中日新聞事業之比較研究	王成瑚	1931
	北平晨報過去與現在	張德生	1934.5
	Chinese News in the New York Times During an Abnormal Period（非正常時期美國紐約時報有關中國的新聞報導）	Li Hsiu Shih 黎秀石	1935.5
	Chinese News in the London Times in 1933（1933 年倫敦泰晤士報有關中國的新聞報導）	Li Heng Yu 李衡宇	1935.4
	北平晨實兩報之比較研究	鄭茂根	1936.5
	四時事雜誌的檢討	張大綱	1937.5
	復刊十年來之大公報內容研究	陸錫麟	1937.5
	大公報社論與中日問題	汪煥鼎	1939.5
	新民報社論的研究	李錫智	1940.5
	東方雜誌之研究	陳繼明	1941.5
	偽新民報社之檢討	穆崇杙	1946.5
	靈食季刊研究	張錫煥	1947.6
	中央社與我國報業	張玉珩	1946.5
	天津日報與進步日報的嘗試研究	江康	1946.6
	生活週刊的研究	董敏增	1950.2

個案或比較研究類論文中，個案研究主要是對某份報紙或某本雜誌的某個領域進行研究，所佔比重較高，選取的個案也是當時比較有名的報刊，如《大公報》《泰晤士報》《東方雜誌》《生活週刊》等，其中因《大公報》的重要影響力和燕大與《大公報》的緊密聯繫，對《大公報》的研究相對較多；比較研究主要是對某兩份報紙或某份報紙的不同時期進行對比，得出各自的特點或不足之處。

表 10-4 類型報紙研究類畢業論文匯總表

類　別	論文題目	作　者	時　間
類型報紙 （14篇）	鄉村報紙之建設	鄒毓秀	1933.1
	中國小型報紙之研究	李亦	1933.5
	English Language Journals of Opinion in China （中國的英文輿論期刊）	Sung Te Ho 宋德和	1934.5
	中國報紙體育版之研究	譚邦傑	1935.5
	中國畫報的研究	蔣蔭恩	1935.5
	中國婦女與新聞事業	區儲	1935.5
	中文日報婦女頁的研究	方紀	1936.6
	The Protestant Periodical Press in China （中國的新教期刊出版）	Xu Ting Chang 古廷昌	1936.6
	農民報紙的理論與實施	王若蘭	1937.5
	The Buddhist Periodical Press in China （中國的佛教期刊出版）	Liang Yun I 梁允彝	1937.6
	中國報紙經濟版新聞之研究	程紹經	1938.5
	罪惡新聞的研究	周明鈞	1941.1
	婦女與新聞事業	徐茂蘭	1946.4
	報告文學	張培晉	1949.6

　　類型報紙研究類論文有 14 篇，主要是對某類或某個行業的報紙進行研究，如對畫報、女性報刊、宗教報刊、農民報、報告文學等的關注。這其中出現多篇對女性報刊的研究，如區儲的《中國婦女與新聞事業》、方紀的《中文日報婦女頁的研究》和徐茂蘭的《婦女與新聞事業》，這體現了當時社會對女性權益的關注，尤其是對職業女性的關注，反映了那個時代大眾對女性問題的研究熱。類型報紙中具有代表性的作品當屬蔣蔭恩的《中國畫報的研究》，這也是現存畢業論文中唯一對畫報進行研究的論文。畫報是當時深受大眾喜愛的一種通俗讀物，以刊載生動直觀的照片、插畫、圖像為主，蔣蔭恩對當時的畫報進行研究，文中剪貼了不少畫報圖片，是一篇可讀性很強的論文。

表 10-5　新聞理論研究類畢業論文匯總表

類　　別	論文題目	作　者	時　間
新聞理論 （13 篇）	中國之政治與新聞事業	吳椿	1931
	報紙與社會服務	崔聯蔚	1937.5
	新聞學原理	謝寶珠	1945.1
	新聞真確性之研究	譚文瑞	1945.6
	國際新聞自由運動	譚宗文	1945.6
	新聞學原理	曹德謙	1945.12
	論新聞自由	唐振常	1946.4
	言論自由研究	張占元	1947.5
	報紙的獨立	戴永福	1947.5
	報紙之新聞傳遞	周文雄	1947.5
	如何瞭解時事	梁志寶	1949.5
	如何瞭解新聞	鄧致造	1949.6
	報紙與現代文明	楊昌鳳	1949.6

　　新聞理論研究是新聞學科的基礎研究之一，此類論文中學生主要是對新聞的性質、新聞自由、報紙屬性等進行研究。由於當時中國新聞理論的研究多借助於西方新聞理論，學生畢業論文中也多是以西方先進的新聞理論作為研究框架和方法，結合中國新聞傳播事業的實際情況進行研究。這其中出現了兩本翻譯作品，且翻譯的都是美國報人卡斯珀‧約斯特（C.S.Yost）於 1924 年出版的《新聞學原理》（The Principles of Journalism），這本新聞學研究的經典之作直到今天仍在不斷翻譯出版。由於當時中國新聞事業和新聞學研究尚處於起步階段，各方面理論研究還不成熟，可資借鑒的新聞理論書籍和資料較少，且多為外文著作，幸而燕京大學給予了學生閱讀外文書籍的便利和閱讀英文作品的能力，學生自發將外文新聞著作譯介出來，以期為新聞學研究貢獻一份力量。謝寶珠和曹德謙在同年翻譯了這本著作，兩人各有優劣，謝的譯作用詞更為凝練，翻譯習慣上偏向長句寫作，理性中肯；曹的譯作語言更為直白生動，可讀性更強，習慣上偏用短句，兩人的論文篇幅都在 7 萬字以上，在所有論文中都屬於篇幅最長的一類，兩部譯作都不失為優秀的翻譯作品。

表 10-6　外國新聞事業研究類畢業論文匯總表

類　別	論文題目	作　者	時　間
外國新聞事業（13篇）	爪哇華僑的新聞事業	吳明琨	1936.
	德意日三國新聞事業	趙佩珊	1937.5
	蘇聯的新聞事業	石家駒	1937.5
	A Study of Some American Newspaper（若干美國報紙研究）	Wu Chien Tzu 伍乾滋	1940.5
	German and British Propaganda in the Present World War（當前世界大戰德國和英國的政治宣傳）	Tseng En Po 曾恩波	1940.5
	這次大戰初期中英德雙方在海戰方面的宣傳	張福騂	1941.5
	英國戰時宣傳	楊富森	1943.6
	三年來英美在外國宣傳之比較	錢家瑞（錢辛波）	1945.6
	美國的報業	李肇基	1946.4
	日本報業發達史	許韜	1946.5
	美國報紙實況	胡睿思	1949.6
	美國新聞教育	曹百龍	1949.6
	Analysis of Post-Second World War Propaganda between United States and Soviet Russia（第二次世界大戰後美蘇兩國之間的政治宣傳）	Chi Shu-Lin 祁秀林	1949.6

　　外國新聞事業研究類論文有 13 篇（中文 10 篇，英文 3 篇），主要是對英、美、蘇、日等國新聞事業的研究，這幾個國家的新聞事業均開展較早，是當時世界上新聞傳播事業最發達的幾個國家，研究他們的新聞事業對中國新聞事業的發展具有重要的借鑒意義。民國時期的新聞理論等方面的著作多數來自國外，尤其是美國、英國、日本等國，燕大又是教會大學，教師隊伍中外籍教授的數量佔有優勢，學生們能最大程度地接觸到國外的新聞理論著作，且當時新聞學界多以外國的新聞事業發展來參照中國新聞事業發展狀況，因此對外國新聞事業的研究頗多。

表 10-7　新聞採訪與寫作研究類畢業論文匯總表

類　別	論文題目	作　者	時　間
新聞採訪與寫作（12篇）	我國報紙文的研究	鄒毓靈	1927
	報人手冊	孫明信	1935.5
	中國新聞紙標題之研究	柯武韶	1935.5
	中國報紙文體及文字之研究	劉琴	1937.5
	中國報紙的文字	宋學廣	1940.12
	報紙新聞採訪	王雲琛	1946.5
	新聞採訪的研究	張興鉑	1947.5
	特寫研究	唐振禕	1947.5
	試論特寫	駱惠敏	1947.5
	新聞寫作研究	陳堯光	1948.5
	中國報紙的新聞通訊	高潔	1948.5
	中國報紙的新聞寫作	文宦常	1948.5

　　新聞採訪與寫作是實用新聞學研究的重要內容，也是學生們新聞實踐的第一步。學生們在親身實踐中發現，市面上的報刊雜誌質量良莠不齊，記者、編輯的文學素養不高，報紙編排不利於閱讀，經濟新聞、政治新聞、文化新聞、國際新聞、地方新聞等的布局不合理，種種問題均被學生們敏銳地觀察到了。在此類論文研究中，學生們將研究重點集中在新聞標題、文體、文字、採訪、特寫、通訊等問題上，可見學生們已經意識到可讀性和新聞規範之間是存在博弈的，並不斷為提高新聞採訪與寫作能力提出建設性意見。

表 10-8　新聞史研究類畢業論文匯總表

類　別	論文題目	作　者	時　間
新聞史（7篇）	The Historical Development of the Chinese Govement Gazette（中國政府公報之歷史發展）	Huang Chin-Tang 黃錦棠	1928
	中國印刷史略	張師賢	1939.5
	十九世紀前中國的報紙及報業	戚觀光	1948.1
	自北伐完成至抗戰前夕北平報業的演變	鄭錫安	1948.1
	民國以前中國報業的演變	管寬	1948.5
	中國新聞通訊事業發展史	朱良澐	1949.5
	中國近代報紙的淵源	李毓熊	1951.5

　　新聞史研究也是新聞學科的基礎研究之一，此類論文多是以時間為界對中國近代新聞發展的歷史進行梳理和總結，追本溯源，為當時中國新聞事業奠定良好的基礎。除對報紙發展史的研究外，還有對印刷、政府公報、通訊事業等發展歷史的研究，選題更為廣泛。

表 10-9　報紙廣告研究類畢業論文匯總表

類　別	論文題目	作　者	時　間
報紙廣告 （7篇）	中國新聞紙廣告之研究	劉志遠	1934.5
	中國報紙廣告	麥儁曾	1937.5
	北京商業廣告概括	馮傳鄂	1941.5
	報紙與廣告	張馨保	1946.4
	中國報紙廣告研究	盧祺芳	1947.5
	報紙分類廣告	艾繩武	1947.12
	廣告與報紙	張瑤	1948.5

　　報紙廣告是當時新聞報紙最重要的營利模式，廣告能充分反映當時社會的商業情況。學生們對報紙與廣告的關係、廣告的性質、廣告的類型、廣告的利弊等問題進行研究，反映了時人對廣告的理解和看重，且論文中大多剪貼了豐富的廣告圖片，並運用數據分析的方法來論述，圖文並茂，研究方式最為豐富。

表 10-10　通訊社事業研究類畢業論文匯總表

類　別	論文題目	作　者	時　間
通訊社 事業 （7篇）	中國國內大規模之通訊社計劃	儲益謙	1936.5
	中日事變期中同盟通訊社之對華宣傳	張振淮	1939.5
	1938 年英文北京時事日報所棄置路透社新聞之研究	宋磊	1940.5
	由路透社與海洋社所見之英德兩國空戰宣傳	王兆榮	1941.5
	中國通訊社事業之檢討	程佳因	1945.12
	中央社對歷次學運報導之正確性	申德詒	1949.1
	AP-The Story of News （美國聯合通訊社──新聞的故事）	Lu Min Ju 盧民鞠	1949.6

　　新聞通訊社在當時是一種新的新聞服務機構，自國外引進中國後得到了很好的運用和發展。學生們對各國通訊社的報導特色進行研究，分析比較各國

通訊社的優劣，尤其是對中國通訊社發展的審視，並提出對中國通訊社的健康發展有益的建議。

表 10-11　報紙評論研究類畢業論文匯總表

類　　別	論文題目	作　者	時　間
報紙評論 （5篇）	書評研究	蕭幹	1935.5
	六年來平津泰晤士報對華之言論	楊曾慶	1938.11
	社論政策	韓詵厚	1945.6
	時事分析論	陶涵	1948.5
	Newspaper Policy of the Chinese Communist-Five Tranlations from Editorials of the Liberation Daily News.（中國共產黨人的新聞政策——解放日報五則社論翻譯）	Lu Nien Kao 盧念高	1949.6

報紙評論是一份報紙的個性所在。學生們對報紙評論的研究更考驗學生的思辨能力和學術能力，儘管現存論文中報紙評論研究不多，僅 5 篇，但卻舉足輕重。其中蕭幹的《書評研究》嚴格來說並不屬於報紙評論，但也屬於評論的一種，只不過他並不像一般報紙評論是以時事為評論對象的，而是以書籍為評論對象，且他所採用的書評多發表在報刊雜誌中，是報刊雜誌文章的一種類別。他的書評研究也是現存論文中唯一對書評進行研究的，在當時的學術界也是鳳毛麟角，因此極為珍貴。蕭幹在論文中對書評的歷史、職業書評家的出現、書評家的職業道德、閱讀的品位與習慣、批評的藝術、書評寫作規範與邏輯等進行闡述，引經據典，鮮活的例子信手拈來，是現存論文中極為優秀的作品。

表 10-12　外人在華新聞事業研究類畢業論文匯總表

類　　別	論文題目	作　者	時　間
外人在華 新聞事業 （5篇）	The Foreign Press in China（在華外國報紙）	Tang Te-chen 湯德臣	1931
	The History of the Foreign Press in Peiping and Tientsin（外國報刊在北京和天津之歷史）	Tang Pei-Chen 湯佩珍	1933.5
	日本在華之新聞事業	王玨	1936.5
	教會的漢文報業	梁嘉惠	1936.8
	The English-Language Daily Press in China（在華英文日報）	Chen Tzu Hsiang 陳梓祥	1937.9

　　中國近代報紙本身就是舶來品，外人在華的新聞事業始終影響著中國新聞事業的發展。學生們主要是以英、美、日等國的外籍商人或教會在中國境內所創辦的中文或英文報刊為研究對象。值得注意的是，此類論文均是在抗日戰爭全面爆發前或爆發前後所寫，抗戰爆發後，學生們的研究焦點多轉移到戰時新聞事業的研究中來，對於外人在華新聞事業的研究急劇減少或是為服務抗戰所需，這與時局動盪的特點相吻合。

表 10-13　新聞資料的分類與檢索研究類畢業論文匯總表

類　　別	論文題目	作　　者	時　　間
新聞資料的分類與檢索（5篇）	Source-Material Concerning the Journalism of China（中國新聞的資料來源）	Li Lien Ko 李連科	1927.2
	中國日報的索引法	周科徵	1931
	中國新聞學文字索引	高向杲	1936.5
	平津報紙上的音樂和戲劇材料	瞿超男	1936.5
	新聞學文字書目引得	湯健文	1937.5

　　民國時期，隨著中國新聞研究的逐步開展，新聞研究者意識到新聞學術研究工作的開展存在極大的困難，他們常常苦於「參考文獻」的雜亂繁多，關於新聞研究的資料散見於國內數以千萬計的中英文報刊中，收集極其不易，對新聞資料索引工作的重要性開始有所認識，但限於資金、人才的缺乏，索引工作起步艱難。燕大新聞學系認為新聞索引工作價值重大，希望成為此舉的先驅者，以期有成，可供國內報界作為參考。於 1934～1941 年間擔任燕大新聞學系榮譽講師的德國學者羅文達（*Dr.R.Lawenthal*）就曾編寫過《*Westen Literature on Chinese Journalism: a Bibliography*》（中文題目是《關於中國報學之西文文字索引》）一文，在他的指導下，燕大學子積極響應號召，在無相關資料、方法可供借鑒參考的前提下，撒網求助，廣泛收集，多方探索，大膽設計，在「無所遵循」的條件下方能小有所得。尤其是高向杲、湯健文的索引論文，成為在當時具有廣泛影響力的中文新聞資料索引的代表作。新聞資料檢索在今天看來屬於新聞學研究中的極為小眾的研究類別，但在當時，資料繁多、有效的分類方式匱乏且沒有數字索引的情況下則顯得尤為重要。學生們在論文中大量借鑒了圖書分類索引等方式，結合新聞資料的特點，整理分類了現有的新聞書籍和資料，方便以後的研究者開展研究工作。

表 10-14　名記者名報人研究類畢業論文匯總表

類別	論文題目	作　者	時　間
名記者名報人 （4篇）	Types of Journalist Organizations （記者組織的類型）	Chao Min Chiu 趙敏求	1934.5
	A Study of the Chinese Journalists Conditions of Work and Life in Peiping （中國記者在北平工作和生活情況研究）	Ke Shih Tien 柯士添	1935.5
	A Study of Some Great Personalities in Journalism（若干偉大新聞人物之研究）	Chi Min 祁敏	1937.5
	羅隆基之言論	劉漢緒	1940.1

　　記者、報人是新聞事業中最鮮活的元素，尤其是名記者名報人對當時尚在蹣跚學步的中國新聞事業起到極大的推動作用。學生們關注記者群體，對記者組織的類型、記者的工作和生活進行記錄和研究，並對著名的記者報人進行分析總結，推動了新聞人物的研究。

表 10-15　報紙副刊研究類畢業論文匯總表

類　別	論文題目	作　者	時　間
報紙副刊 （3篇）	中國報紙的家庭副刊	王遵侗	1938.5
	918以後中國報紙之文藝副刊	王繼樸	1941.5
	中國報紙的文藝副刊	衛占亨	1947.5

　　報紙副刊從最開始作為報紙的一種補充，逐漸成為大眾文學的勝地。在報紙發展的過程中，副刊從無到有，從有到繁，反映了社會發展的方方面面和大眾精神世界的趨向。學生們在論文中對副刊的歷史、副刊的類型、副刊的特色和優劣進行分析總結，提供了那個時代副刊發展的白皮書。

表 10-16　新聞法制與新聞檢查研究類畢業論文匯總表

類　別	論文題目	作　者	時　間
新聞法制與 新聞檢查 （3篇）	Instances of the Effects of a Controlled News Policy in the Peiping Chronicle and an Inquiry Into Its Cause （新聞管控政策的影響在北平紀事中的體現和原因的探究）	F.M.Fisher 費思	1933.5
	報紙檢查論	陳先澤	1935.5
	中國報紙之法令	胡啟寅	1940.1

　　新聞法制與新聞檢查自新聞誕生以來就存在著，且新聞檢查與新聞自由的博弈始終是繞不開的話題。學生們對新聞法制和新聞檢查的歷史進行梳理，並對比中外新聞檢查的不同，提出新聞法制應與時俱進，新聞檢查只應在特殊時期存在等觀點。

表 10-17　新聞宣傳研究類畢業論文匯總表

類　別	論文題目	作　者	時　間
新聞宣傳（3篇）	A International Publicity Program for China（為中國制定的國際宣傳計劃）	Shen Chien Hung 沈劍虹	1932.5
	Development of Chinese Revolutionary Propaganda（中國革命宣傳的發展）	Hsu Pang-Hsing 許邦興	1941
	宣傳之研究	李壽彭	1941.5

　　自一戰以來，新聞宣傳成為重要的文化武器，尤其是在戰爭時局中，新聞宣傳是否及時有效，是否達到預期目的，對戰爭的影響至關重要。學生們對新聞宣傳的歷史進行梳理，在總結歷史教訓和時局變化的基礎上提出適合中國當局的宣傳策略，積極為抗戰、革命添磚加瓦。

表 10-18　廣播事業研究類畢業論文匯總表

類　別	論文題目	作　者	時　間
廣播事業（3篇）	中國廣播無線電事業	殷增芳	1939.5
	廣播	趙澤隆	1946.4
	廣播事業研究	王存鑾	1949.5

　　廣播是一種聲音新聞，也是當時更為普及的新聞接收方式，即便是不識字的普通大眾也能聽懂。當時學術界對廣播事業的研究尚不多見，學生們能克服資料收集的困難，積極進行廣播事業的研究，為後來中國廣播事業研究提供了珍貴的研究素材，留住了稍縱即逝的「聲音」。

表 10-19　媒體受眾研究類畢業論文匯總表

類　別	論文題目	作　者	時　間
媒體受眾（3篇）	燕國社區現時讀報的分析	王觀琪	1940.1
	眾意	陳嘉祥	1943.6
	公意測試	丁好德、張群基	1948.5

　　受眾研究是中國新聞事業發展到一定階段才會出現的產物。新聞從最開始的「喉舌論」到逐漸關注受眾的心理和需求是需要實踐和積累的，此類論文從 40 年代才開始出現，正反映了這一趨勢。

表 10-20　新聞攝影研究類畢業論文匯總表

類　　別	論文題目	作　者	時　間
新聞攝影 （3篇）	Press Photography in China （中國的新聞攝影）	Hsieh Shan Tsai 謝善才	1938.5
	Some Important Features in Press Photography （新聞攝影的若干重要特徵）	Sung Hsien Yi 宋獻彞	1941.5
	Press Photography （新聞攝影）	Ling Tao-Hsin 凌道新	1948.2

　　現存新聞攝影研究類論文全部是英文論文，主要是因為當時的新聞攝影技術是從國外傳入，先進的攝影理論也多是由英美等發達國家提出，學生們的參考書目和文獻資料多為英文資料，英文寫作更能流暢表達。中國新聞攝影在當時尚有許多需要完善的地方，且要做好新聞攝影研究需要對攝影器材有熟練的使用程度，因此由於在財力方面有一定要求，涉及這方面的研究較少，但這三篇畢業論文中，學生們仍能根據當時中國新聞攝影存在的問題提出自己的看法和建議。

表 10-21　新聞教育研究類畢業論文匯總表

類　　別	論文題目	作　者	時　間
新聞教育 （2篇）	Education for the Profession of Journalism in China （中國新聞職業教育）	Kuo Wei-hung 郭維鴻	1935.5
	新聞教育	張如彥	1945.5

　　中國新聞教育開始於 1918 年成立的北大新聞學研究會，直到 20 世紀 20 年代才開始興盛起來。然而，新聞教育工作者多是新聞從業者，他們主要以各自的新聞實踐經驗授課，系統的新聞教育模式尚未形成，多借鑒歐美國家的新聞教育模式，對中國新聞教育的利弊進行梳理和總結的工作還未得到研究者們的關注，燕大新聞學子對此類問題的關注雖少卻更為珍貴，對當時新聞教育具有重要的現實意義，也對當代新聞教育具有借鑒意義。

表 10-22　地方新聞事業研究類畢業論文匯總表

類　別	論文題目	作　者	時　間
地方新聞事業 （2篇）	河南新聞事業	嚴承膺	1935.5
	三十年來的四川報業	林啟芳	1944.6

　　地方新聞事業是現存畢業論文中的邊緣選題。當時各地的新聞事業均處於摸索發展時期，燕大新聞學子卻能細心留意一個地區新聞事業從無到有的發展過程，收集數十年來的演變細節，實屬難得。

第三節　內容上：畢業論文的專題分析

　　本文內容分析所選材料，以《中國人民大學圖書館藏燕京大學新聞系畢業論文匯編》中的 160 篇論文和北大圖書館所藏的 3 篇論文為原始材料，由於現存 163 篇畢業論文內容龐大，本文無法一一詳細道來，遂根據上節的選題分類的結果進行專題內容分析。因抗日戰爭期間燕大新聞學系的教學條件最為艱苦，但留存下來的畢業論文有 62 篇，且選題多集中在戰時新聞學的研究上，戰時新聞學的專題在這批畢業論文中具有代表性，因此選取「戰時新聞學研究」作為內容分析的樣本。

　　在現存的 163 篇畢業論文中，有多達 17 篇是關於戰時新聞學研究的學術論文，剩下的百餘篇論文中，也有少量章節涉及戰時新聞學研究的相關內容。他們結合抗日戰爭的時代大背景，針對中國新聞事業出現的新的、特殊的現實問題，運用得之不易的各種材料，對戰時新聞學進行深入研究，撰寫畢業論文。

　　燕大新聞學系戰時新聞學研究的 17 篇畢業論文中，涉及的內容主要有三大類：一是研究戰時新聞理論與業務，二是研究戰時新聞檢查與新聞自由，三是研究戰時宣傳理論與政策。下面按照這種分類方法將關於戰時新聞學研究的 17 篇畢業論文進行分類分析。

　　圖 28 是 17 篇戰時新聞學研究類畢業論文的時間分布圖和每年中新聞理論與業務、新聞檢查與新聞自由、新聞宣傳與政策三類所佔比重分布圖。從圖中可以看出，戰時新聞學研究的論文主要集中在抗戰中後期這個時間段，具體是在成都校區辦學期間。此時經過抗戰前期對戰爭的認識，及抗戰時暴露出來的問題，學生們借由論文寫作積極發表自己的看法和意見，並對下一步新聞事業如何發展提出自己的見解。這其中，在新聞理論與新聞業務方面的研究較為

集中，這也是抗戰中最有實操性的部分。表 11 是這 17 篇論文的基本信息匯總。

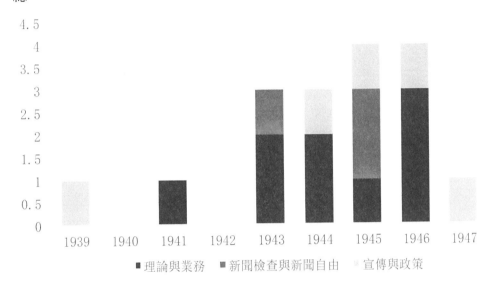

圖 28　戰時新聞學研究類論文時間分布圖

表 11　燕京大學新聞系現存戰時新聞學研究本科畢業論文基本信息表

類　別	標　題	作　者	學　號	時　間	字數	頁數
戰時新聞理論與業務	九一八以後中國報紙之文藝副刊	王繼樸	37212	1941.5	2 萬	106
	重慶報紙新聞版之分析	余夢燕	W34092	1943.6	3 萬	143
	戰時報紙副刊研究	丁龍寶	W38139	1943.6	5 萬	216
	戰前與戰時報紙廣告比較	李忠漪	W38060	1944.6	2 萬 5	113
	後方六大城市報紙之分析	姚世光	38359	1944.6	2 萬	116
	中國戰時報業之特色	余理明	W40093	1945.6	2 萬 8	114
	中國戰時後方報業	梅世德	42426	1946.4	6 萬 3	239
	抗戰時期大後方的報紙	吳亦蘭	42419	1946.4	2 萬 6	111
	淪陷時期北平之報業	高景霖	38156	1946.5	3 萬	114
新聞檢查與新聞自由	中國戰時新聞檢查制度研究	劉益璽	W38073	1943.6	3 萬	113
	戰時中國新聞政策	張學孔	42401	1945.1	6 萬 3	260
	中國戰時新聞檢查制度概論	曹增祥	41235	1945.12	4 萬	152

戰時宣傳理論與政策	中日事變中同盟通訊社之對華宣傳	張振淮	35007	1939.5	3 萬	160
	中國戰時宣傳	陳瓊惠	SW42703	1944.6	3 萬	117
	開羅會議前後中國國際宣傳政策之改變及其成就	鄒震	42437	1945.1	6 萬	232
	淪陷期間敵偽在華北之宣傳	徐仲華	38131	1946.6	1 萬 5	77
	華北淪陷期間日人宣傳活動之研究	張雲笙	38030	1947.6	2 萬 6	136

1. 關於戰時新聞理論與業務研究的畢業論文，共 9 篇

抗戰時期，中國報業發生了怎樣的變化？面臨哪些困難？新聞理論是如何適應時事進行自我修正、指導戰時新聞事業的？新聞業務又是如何開展、呈現了哪些特點？副刊、廣告等又是如何為抗戰服務的？這些問題都是學生們所關注和研究的。

余夢燕的《重慶報紙新聞版之分析》將重慶 9 家中文日報半個月內出版的報紙新聞版作為研究對象，大量採用分類統計和比較研究的方法。作者首先對重慶 9 家中文日報的歷史和現狀進行梳理，交代各報的背景、經營狀況、特點、立場和作風等。隨後，作者對重慶報紙新聞版的內容進行調查統計，主要從新聞題材和新聞稿源兩方面進行分類，製作了大小 16 個統計圖表。最後作者根據統計圖表進行分析，從整體和局部兩個視角來總結戰時重慶報紙的特點：總體來看，國際新聞所佔比重過大，國內政治、經濟、社會文化等方面所佔比重極小；從局部來看，戰時重慶報紙內容枯燥，千篇一律，真正有個性的報紙不過三家，缺少個性。

姚世光的《後方六大城市報紙之分析》同樣運用了分類統計和比較研究的方法，作者首先梳理了後方六大城市成都、重慶、貴陽、昆明、西安和桂林 7 家報紙的歷史和現狀，然後從社論、稿源、新聞及特寫四個方面對各報兩個月的新聞內容進行統計，製作了 26 頁數據圖表；最後根據這些統計圖表進行分析，對每個部分提出改進方法，提出對將來報紙的展望。作者認為交通的改善、教育的普及、憲政的實施、報業公會與記者組織的出現等趨勢將大大促進戰後報業的發展，「戰後報業發達，海外和邊疆報業的發展，可

以說是意料中的事情」〔註9〕。

余理明的《中國戰時報業之特色》在開篇談道：「戰時報業的特色，為在艱苦中奮鬥。故論述其所遭之困難問題，亦即反映出戰時報紙之特色」〔註10〕。作者首先指出戰時報紙紙張、器材、油墨的供應問題，隨後提出戰時報業管理中人才奇缺與工人管理困難兩大問題，並根據自己的調查與經驗提出補救方法。此外，作者又分析了戰時報館的經濟狀況，從廣告與發行方面的收入來看，報館經營多入不敷出，存在經濟獨立與否的問題，還指出報紙版面分配不合理，消息千篇一律的缺點，並論述了新聞檢查制度的不合理措施。最後，作者闡述了戰時報業對國家的特殊貢獻及其在對內對外宣傳上的成就。

梅世德的《中國戰時後方報業》首先略述了後方報業的戰前與戰時的發展演進過程，並用統計資料著重分析了戰時報業的發展情形，隨後揭示了戰時後方報業所作出的貢獻，起到了堅守崗位，發揚使命，協助宣傳戰，宣揚「抗戰建國綱領」，促進團結，改變中國報業趨向等作用。作者又闡述了後方報業在戰時所遭遇的重重困難，如物資匱乏，設備簡陋，人才短缺，採訪受限，交通不便等問題，還指出了戰時後方報業在內容、管理、引導社會風氣等方面存在的缺點。最後，作者根據前述內容得出戰時後方報業帶來的啟示，指出今後報業發展應努力的方向，並擴大到對整個新聞事業的研究討論。

吳亦蘭的《抗戰時期大後方的報紙》首先闡述了抗戰與報紙的關係，報紙受抗戰的影響和報紙在戰時遭遇的困難，隨後梳理了戰時各類報紙的變遷過程：都市報相繼內遷，地方報漸次興起，簡報及戰地報先後創設。作者還簡述了戰時各類報紙的地域分布，最後提出了對戰後報紙的展望，報紙的復員和言論自由等。

高景霖的《淪陷時期北平之報業》首先簡要梳理了我國報紙的發展歷史，介紹了北平報業的發展歷程。作者對比了淪陷前和淪陷時北平報業的發展狀況，介紹了淪陷期間官方包辦的「北京新聞同業協會」、「華北新聞協會」、「中國記者會」、「華北宣傳聯盟」等偽報業團體，簡述了敵偽的報業統制政策與機

〔註9〕 姚世光，後方六大城市報紙之分析〔G〕//方漢奇，王潤澤，中國人民大學圖書館藏燕京大學新聞系畢業論文匯編（第13冊），北京：國家圖書出版社，2014：346。

〔註10〕 余理明，中國戰時報業之特色〔G〕//方漢奇，王潤澤，中國人民大學圖書館藏燕京大學新聞系畢業論，文匯編（第17冊），北京：國家圖書出版社，2014：302。

關，主要是通過登記與檢查，還介紹了淪陷時期敵偽在華北創設的唯一俗稱報學教育機關——中華新聞學院。作者總結了淪陷八年北平報業的特點：內容千篇一律且被「日化」，組織架構仿造日本，人員充滿親日色彩，經營發行一落千丈，但所用設備則較前更為先進。最後，作者對收復後北平的報業發展提出美好展望。

這六篇關於戰時中國報紙報業的畢業論文中，前三篇寫於戰時，側重分析報業現狀和對存在問題提出建議，後三篇寫於戰後，側重對報業整體進行評析，總結戰時報業的利弊得失；前五篇均選擇了抗戰大後方的報業作為研究對象，最後一篇則選擇了淪陷區報業作為研究對象，使得整體研究對象更為全面；余夢燕、高景霖的論文選擇一個代表城市的報業作細緻的戰時地方新聞研究，其餘四人的論文則是將整個大後方報業作整體研究，研究視角更為豐富；在研究方法的使用上，除文獻分析、文本分析外，余夢燕、姚世光運用了大量的統計數據進行研究，並進行對比分析，使得論據更有說服力。其他還有實地調研，訪談法的運用，研究方法更為多樣。

除了對戰時報紙報業的整體研究外，王繼樸等人還選擇了戰時副刊和廣告進行探討。

王繼樸的《九一八以後中國報紙之文藝副刊》首先分析了「報紙文學」與「文學」的異同，梳理了九一八前後受文學思潮變化而變化的文藝副刊歷史，總結出九一八以後文藝副刊中各種文學類型的特點，並對文藝副刊的新現象進行探討，重點分析了北方淪陷區文藝副刊的「奴隸文學」和「第三種態度」文學，最後對戰時文藝副刊提出改進意見。作者對九一八以後報紙文藝副刊的描繪入木三分，尤其是對戰時文藝副刊屬性的深刻探討，對戰時文藝副刊具有指導意義。

丁龍寶的《戰時報紙副刊研究》認為，副刊在戰時是「文化武器」，理應得到重視，他首先從副刊的特質、功能、內容、發展歷史五個方面較為全面地介紹了副刊的整體狀況，隨後闡述了戰時各地報紙副刊的情況，以陪都重慶為主，並從內容、形式、字數、出刊日數、各報對副刊所採取的態度等方面將重慶大公報、中央日報和成都的中央日報進行比較觀察，得出了戰時報紙副刊應有的特徵：應當竭盡所能為抗戰服務。作者又從內容和形式兩方面提出了對戰後報紙副刊的展望，肯定了副刊對抗戰的重要作用，「報紙的副刊是非常受人重視的，因為它站在文化戰線上，表現出既有力又勇敢的戰鬥姿態，讀者需要

它，社會需要它，整個抗戰建國也需要它」〔註11〕，並對戰時副刊的不足之處提出建議。

　　李忠漪的《戰前與戰時報紙廣告比較》認為，「廣告亦可以反映社會，由報紙某一類廣告的多少，可以約略的反映出當時的社會現象。廣告業是隨著時代轉動的，戰時與平時報紙廣告一定有顯然的不同」〔註12〕。作者首先闡明了廣告在報紙中的地位，隨後從廣告的選擇、廣告的寫製與編排、廣告的推廣設計三個方面來講述戰時廣告的實際問題，並從廣告分類、比較及測量的方法和廣告比較觀三方面將戰前與戰時廣告進行比較，總結出戰前與戰時廣告的特色，針對戰時報紙廣告的缺點提出補救方法。這是一篇用比較的研究方法來論述戰前與戰時報紙廣告情況，分析戰時廣告存在的實際問題的學術論文。

2. 關於戰時新聞檢查與新聞自由研究的畢業論文，共3篇

　　抗戰爆發，新聞檢查與新聞自由成為學者們關注的重點，新聞檢查制度是否必要？新聞檢查應當控制在什麼樣的程度才能讓新聞界更好地為抗戰服務？新聞檢查與新聞自由是如何博弈的？燕大新聞學子的研究可以提供借鑒。

　　劉益璽的《中國戰時新聞檢查制度研究》首先闡明了新聞檢查的意義及戰時新聞檢查的重要性，梳理了從秦朝到抗戰時期中國新聞檢查制度的歷史沿革。隨後，作者從法律依據、檢查機構和實際工作情形三方面，論述了抗戰以來中國的新聞檢查制度，並從保障出版自由、限制濫用出版自由、戰時新聞檢查制度三方面來對比中、英、美三國的新聞檢查制度。作者最後對中國戰時新聞檢查制度提出批評和建議，認為中國的戰時新聞檢查制度本身有欠完備、人事方面有待加強、新檢機關缺乏威信、檢查技術需要改進，並從制度、機構、設備、人員、技術、威信力、與新聞界合作等方面提出7點建議，認為戰時新聞檢查制度作為特殊時期的特殊制度，「有關新聞檢查之特別法規及新聞檢查機關，戰事一過，即應取消。政府不應以任何藉口，而褫

〔註11〕丁龍寶，戰時報紙副刊研究〔G〕//方漢奇，王潤澤，中國人民大學圖書館藏燕京大學新聞系畢業論文匯編（第12冊），北京：國家圖書館出版社，2014：206。

〔註12〕李忠漪，戰前與戰時報紙廣告比較〔G〕//方漢奇，王潤澤，中國人民大學圖書館藏燕京大學新聞系畢業論文匯編（第13冊），北京：國家圖書館出版社，2014：4。

奪人民之言論出版自由」〔註13〕。

曹增祥的《中國戰時新聞檢查制度概論》首先對劉益璽的《中國戰時新聞檢查制度研究》一文提出看法，認為劉益璽的文章寫於戰事激烈進行時（1943年6月），其重點在「分析當時新檢制度之利弊得失，而指示新檢改進之途徑」，而曹自己的文章寫於新聞檢查制度已被取消的戰後（1945年12月），因此要將重點放在新聞檢查制度對我國戰時報業以及國家社會各方面所產生的重要影響，來論述新聞檢查制度流弊之大，而言論自由實為政治民主及國家進步之先決問題。作者首先簡述了世界新聞檢查制度，尤其是英美戰時新聞檢查制度的概況，以及中國新檢制度的沿革，這部分也是劉益璽的文章講述過的內容，作者極力避免與其重複。作者隨後對中國戰時新聞檢查制度的檢討，分法令和執行兩部分，認為法規的缺點太多，人員執行方面的問題更多。這部分與劉益璽對戰時新聞檢查制度的批評有相似之處但各有新意。作者還論述了新聞檢查制度對我國報業的影響，主要從報業經營、新聞報導、報紙評論、編輯人員四個方面所遭受的消極影響來談，並認為新聞檢查制度給國家社會帶來消極後果：新聞檢查制度造成政府與人民的隔閡，阻礙廉潔有為政府的實現，妨礙民主精神的發展，降低了社會化道德水準。最後，作者提出了新檢制度取消後政府應注意的事項，並指出今後新聞界需要承擔的重要責任。

張學孔的《戰時中國新聞政策》首先簡要介紹了世界各國主要幾個國家新聞政策的特色，說明新聞政策的一般意義及戰時新聞政策的特殊原則，指出世界新聞政策的三大潮流，即統制主義、自由主義和國營主義。作者重點闡述了言論出版自由與檢查制度，一方面解釋言論自由的意義、界限及其法律保障，另一方面追述檢查制度的發生、興廢及其在中國的實際運用，並從消極新聞政策和積極新聞政策兩個方面來討論戰時新聞政策的實施。作者從新聞政策談到新聞戰爭，依次闡明新聞戰的最高統帥部的組成，戰鬥序列的編制，新聞戰術的分類，及敵我新聞戰的陣容。最後對中國戰時新聞政策進行檢討，指出戰時新聞政策的特點和弊端，提出補救方法，認為戰後世界的新潮流與國內的新局面，歸結到新的新聞政策必然是積極領導的新聞政策，真正三民主義的新聞政策，民主自由的新聞政策。

〔註13〕劉益璽，中國戰時新聞檢查制度研究〔G〕//方漢奇，王潤澤，中國人民大學圖書館藏燕京大學新聞系畢業論文匯編（第11冊），北京：國家圖書館出版社，2014：655。

　　這三篇論文中，前兩篇著重研究戰時新聞檢查制度，前者寫於戰時，後者寫於戰後；前者的寫作重點在於對當時新聞檢查制度的實際實施狀況的優缺點進行評析，為之後的戰時新聞檢查制度提出緊急而實在的建議，旨在技術指導；後者的寫作重點是對整個戰時新聞檢查制度的實施所帶來的影響和後果進行評析，旨在效益評析。兩者均指出了戰時新聞檢查制度的必要性和重要性，也都論述了新檢制度在實際操作過程中的弊端，並提出改進意見。三篇論文均涉及了戰時新聞檢查與新聞自由的問題，張學孔對這個問題的探討則更為全面深入，他們均看到了新聞自由在戰時所受的限制，新聞檢查制度是特殊時期的特殊政策，新聞自由只能被犧牲，這樣的妥協是必須的，只能希望當局在戰後能迅速恢復新聞自由，還新聞界以民主自由。

3. 關於戰時宣傳理論與政策研究的畢業論文，共 5 篇。

　　自一戰以來，宣傳的作用得到各國廣泛的認可和重視，打好宣傳戰是贏得抗戰勝利的極其重要的關鍵。中國如何做好對內鼓舞民眾、對外爭取國際援助的宣傳工作？如何應對敵人無孔不入的宣傳戰略？這些問題同樣是燕大新聞學子研究的焦點。

　　陳瓊惠的《中國戰時宣傳》首先闡述了宣傳的定義與其重要性，糾正社會人士對於宣傳一詞的誤解，隨後對宣傳機構、新聞宣傳、宣傳經費、宣傳特點進行論述，並將中國戰時宣傳分為三個時期去討論，對過去六年多我國對外對內宣傳工作進行檢討與批評，分析了戰時宣傳工作未能收到預期效果的原因和其所帶來的影響和結果。最後，作者對當前及今後我國宣傳事業提出改進意見，認為我們宣傳的重點「在對淪陷區和東亞各民族的宣傳，喚起他們共同向著擊潰敵人之途邁進，藉以奠定人類和平的基礎」〔註14〕。

　　鄒震的《開羅會議前後中國國際宣傳政策之改變及其成就》[1]首先闡述了宣傳的定義和起源，國際宣傳的基本概念，以及戰時國際宣傳的重要性，認為國際宣傳工作能在軍事政治上輔助戰術和戰略上的活動，發動國際間對敵消極或積極的軍事制裁，並論述了中國國際宣傳工作的情形，主要從報紙的對外宣傳、國外通訊社工作、政府對外宣傳機構概況和文化宣傳等方面來介紹。作者隨後的敘述順序是根據國際形勢分為三個時期的，第一是七七事變後中國

〔註14〕陳瓊惠，中國戰時宣傳〔G〕//轉方漢奇，王潤澤，中國人民大學圖書館藏燕京大學新聞系畢業論文匯編（第 13 冊），北京：國家圖書館出版社，2014：219。

獨立作戰的 4 年為國際宣傳工作的第一期，這期間的宣傳工作主要圍繞鞏固中國國際地位，發動對敵攻擊宣傳，響應國際反侵略運動和刺激英美注意力東顧四個方面來開展；太平洋戰爭爆發，英美對日宣戰後是國際宣傳工作的第二期；開羅會議後是我國國際宣傳工作的第三期，論述了開羅會議後中國國際宣傳政策的新趨向：「自今之後，中國國際宣傳工作該遵循著國際宣傳之一般基本固定原則，施以高度化的技巧運用，而謀對於中國既全世界的永久和平與人類友誼關係有所建樹，相信這個期待，能夠在漫天烽火聲中逐步實現」〔註15〕。

　　張振淮的《中日事變中同盟通訊社之對華宣傳》首先闡述了宣傳戰的重要意義，介紹了全面抗戰以來日人在華的宣傳機構和組織，著重分析了日人對華宣傳最主要的機構——同盟通訊社的宣傳方法和宣傳技巧，並用大量的事例論證日人利用同盟通訊社進行宣傳的目的、技巧和方法，條分縷析，內容豐富，選材得當。

　　徐仲華的《淪陷期間敵偽在華北之宣傳》則著重介紹了淪陷時期敵偽的宣傳機構和組織、宣傳方法和宣傳技巧，並對敵偽宣傳技巧的優劣和成效進行評判，為中國方面識破敵偽的宣傳手段提供借鑒，並取長補短，完善中國宣傳方面的不足。

　　張雲笙的《華北淪陷期間日人宣傳活動之研究》同樣介紹了淪陷時期日本人的宣傳機構和組織、宣傳方法和宣傳技巧，並增加了淪陷時期華北出版界的情況概述，用詳盡的事例論述日人在戰爭的不同時期所使用的宣傳技巧和方法。

　　這五篇關於戰時宣傳的論文包含了宣傳主體對立的中、日兩國的宣傳策略，陳瓊惠和鄒震的論文從中國方面的宣傳策略來分析，張振淮、徐仲華和張雲笙則從日人的對華宣傳來分析，雖然所處的視角對立，但他們研究的出發點和目的均是為中國贏得宣傳戰的勝利而出謀劃策，要贏得戰爭的勝利，必須做到知己知彼，這就要求國人在中國對內對外的宣傳和日人的宣傳政策上有深入的瞭解和研究。這五篇論文各有側重，在中國戰時宣傳方面，陳的論文著重於對內宣傳，不僅僅侷限於報業報紙的宣傳，還有文化宣傳等；鄒的論文著重於對外宣傳，他選取了開羅會議為時間節點，分析中國的國際宣傳政策的變化

〔註15〕鄒震，開羅會議前後中國國際宣傳政策之改變及其成就〔G〕//方漢奇，王潤澤，中國人民大學圖書館藏燕京大學新聞系畢業論文匯編（第 14 冊），北京：國家圖書館出版社，2014：488～489。

與影響，視野更為開闊。在日人對華宣傳方面，張振淮將重點放在同盟通訊社上，徐仲華和張雲笙則從整體上對日人在華宣傳政策和技巧進行分析。這些論文從歷史和國際的角度梳理了新聞宣傳政策、國際宣傳政策的定義和概況、宣傳理論和技巧，總結了戰時中國在宣傳政策實際實施過程中的利弊得失，提出改進意見，展望戰爭結束後的美好未來。他們在文中提出的宣傳方法和技巧，即使放在今天都不過時，對大數據時代的新聞傳播、市場營銷、廣告推廣等仍有借鑒意義。

第四章　燕大新聞學系現存畢業論文的特色研究

　　作為新聞學子，燕京大學新聞學系畢業生的畢業論文選題涵蓋了新聞學研究的方方面面。本章以戰時新聞學專題研究為例，來分析和研究畢業論文特點。戰時新聞學是中國新聞學術史研究的重要分支，以往對戰時新聞學的研究極少將民國時期新聞系學生的畢業論文納入其中。這些論文是民國文獻的一種類型，具有獨特的歷史地位和學術價值，燕京大學新聞系現存畢業論文是其典型代表。

第一節　畢業論文的選題特色

　　民國新聞系學生身處抗日戰爭的烽火狼煙中，為捍衛民族生存與獨立時刻準備貢獻自己的力量，是新聞宣傳戰線上的強大後備軍。他們也許在新聞理論、新聞業務、實踐經驗等方面尚顯稚嫩，但他們所使用的一手材料、所呈現的新聞觀念和新聞思想本身就是戰時新聞學的重要組成部分，這些論文提供了新穎的研究視角，是戰時新聞學研究的重要成果。當時新聞學生選擇戰時新聞學研究主要受以下三個方面的影響。

一、選題影響因素

　　首先是因為社會環境的急劇變化和現實的迫切需要。自九一八事變後，中國社會就長期處在戰爭的潛伏期，在日本帝國主義侵略步步緊逼的情況下，戰

爭一觸即發。隨著全面抗戰的爆發，中國的現代化進程被破壞，中國新聞事業的性質和面貌被深刻改變，戰爭語境形成，戰時新聞學的性質、形態、面貌逐漸凸顯，這一特殊產物的出現給新聞報界和學界提出迫切的現實要求。新聞如何更好地為戰爭勝利的到來服務，成為眾多研究者關注的首要問題。1936 年5 月7 日，燕京大學新聞系召開第五界新聞學討論會，王芸生、劉豁軒、羅隆基、陳博生、馬星野等報界領袖赴會，與燕大新聞學系廣大師生圍繞主題「新聞事業與國難」展開激烈討論。系主任梁士純拋出兩個問題供大家討論：第一，國難期間的新聞事業應負的使命是什麼，服務的機會如何？第二，國難期間的新聞事業有何特殊問題，解決這些特殊問題的方法又有哪些？〔註1〕這次新聞學討論會給燕大新聞學子關注戰時新聞學問題打開了一扇大門，具有導向意義，成為引領他們進行戰時新聞學研究的重要契機。

其次是當時關於戰時新聞學的研究成果為他們提供豐富的研究材料。在抗戰期間和抗戰勝利後的一段時間，關於戰時新聞學研究的報刊文章、研究論文和著作大量湧現。在著作方面，據不完全統計，1937 年至 1945 年間，出版的新聞學著作近 70 種，其中關於戰時新聞學、戰時新聞事業、戰時宣傳的有25 種〔註2〕，再加上近年來發現的文獻則有 30 餘種，這些研究成果為燕大新聞學系畢業生的戰時新聞學研究積累了豐富資料，提供了學術參考，為他們開展研究奠定了堅實的文獻基礎，這些特點在學生們論文最後的「參考文獻」或「參考書目」部分可以得到印證。

最後是燕大新聞學系的課程教學以及教師們積極關注和引導學生進行戰時新聞學研究。比如此前提到的燕京大學新聞學系第五屆新聞學討論會，圍繞「新聞事業與國難」的主題展開了激烈討論，還有第六屆新聞學討論會關於「今日中國報界的使命」，探討了一系列關於新聞教育對報界的使命、報界對國家的使命，國家對國際社會的使命的話題。他們的觀點潛移默化地影響著新聞系的廣大師生的思想，成為指導學生們進行戰時新聞學研究的重要節點。在課程設置上，雖戰時物資籌備艱難，教師隊伍驟縮，但在蔣蔭恩、張琴南、張明煒等教授的堅持下，仍能開設新聞學概論、新聞採訪與寫作、報刊編輯、社

〔註1〕 燕京大學新聞學系，今日中國報界的使命〔M〕，燕京大學新聞學系第六屆新聞學討論會，北京，1937。
〔註2〕 方漢奇，中國新聞事業通史（第 2 卷）〔M〕，北京：中國人民大學出版社，1996：757。

論、中國報業史、報業管理、時事分析等課程，結合戰爭實際，為學生們講授戰時新聞學的各種知識。燕大畢業生楊富森回憶，「我已是四年級，主修課程都修完了，只剩下寫畢業論文，蔣先生就擔任我的論文導師。我還清楚地記得，我的論文題目是《英國戰時宣傳》，寫完之後，蔭恩師認為寫得非常好，他非常滿意，因此他給我的論文一個8點。」〔註3〕此外，新聞系常延請王芸生、王文彬、張恨水、陳銘德、張友漁、楊伯愷等報界名人來作專題演講或講座。不僅如此，學校還經常邀請中外名流、學者來校進行關於國際形勢、戰局分析等方面的演講或交流，充實了新聞系的教學內容，幫助學生們提高專業知識水平，開闊了學生們的學術視野。

1942年10月3日，燕大新聞系的自辦報刊、新聞學子的試驗田——《燕京新聞》中文版第9卷第一期復刊號在成都正式出版，1943年3月6日，《燕京新聞》英文版復刊。中英文版《燕京新聞》「並將範圍擴大，登載大後方各地文教新聞，一時銷行很廣，銷路最高峰曾達四千五百份的記錄。」〔註4〕《燕京新聞》的業務工作，全部由學生在教師的指導下，結合所學專業課程分擔。「一、二年級主要作採訪、發行，三年級主要作編輯，四年級學生可以作採訪、編輯，但是主要須擔任報紙評論的撰寫……還要學會做管理工作，如經理部廣告、會計、發行等工作。」〔註5〕除《燕京新聞》外，新聞系利用各種機會和條件加強學生的新聞實踐活動，引介學生在成都、重慶兩地的報社中實習。就這樣，在戰時物質條件匱乏，交通受限的情況下，學生們在《燕京新聞》的辦報實踐及各地報館實習中加強了他們對戰時新聞檢查、新聞業務、新聞宣傳等方面的切身體會，形成了對戰時新聞學的深刻認識。正是新聞系課程教學的指導，教師們不遺餘力的幫助，學校組織的中外演講和講座的啟發，促使學生們選定「戰時新聞學」作為畢業論文選題。

因此，在為抗戰服務的迫切的現實要求下，激發了燕大新聞系學生們關注戰時新聞學的學術問題，且當時中國關於戰時新聞學的研究成果湧現，為該系

〔註3〕楊富森，北平入學成都畢業〔M〕，燕京大學成都復校五十週年紀念刊，燕京大學校友會編，1992：61。

〔註4〕燕京大學新聞學系，燕京大學新聞學系概況〔G〕//方漢奇，王潤澤，中國人民大學新聞學院藏稀見民國新聞史料彙編（第23冊），北京：國家圖書館出版社，1950。

〔註5〕蕭東發主編，鄧紹根等增訂，新聞學在北大〔M〕，北京：北京大學出版社，2011：138。

學生進行戰時新聞學研究奠定了厚實的現實基礎，提供了研究的基本條件，同時在新聞系教師們的指導和幫助下，引導他們用現階段的研究成果和文獻材料去研究、分析問題，推動學生們選擇並撰寫關於戰時新聞學研究的畢業論文。

二、選題特點

縱觀 26 年來留存下來的 163 篇畢業論文的選題，筆者總結了以下幾方面的選題特點：

一是關注時局和社會變遷，感應時代脈搏。新聞學系存世的 26 中，中國社會風雲萬變、四方雲擾，歷經北伐戰爭、南京國民政府成立、九一八事變、抗日戰爭、解放戰爭、新中國成立等一系列大事件，中國新聞事業隨時局動盪搖擺，這些變化被新聞學子們密切關注，選題中出現了不少以各種大事件為時間界定的標題，比如上面舉例所說的關於戰時新聞學研究的論文，「中國戰時新聞」、「戰時報紙」、「戰前與戰時比較」、「戰時宣傳」、「抗戰時期」、「淪陷期間」、「後方城市報紙」、「開羅會議前後」等字眼頻頻出現，可見學生們對時局的關注度之高。在社會變遷方面，社會經濟持續發展，國民受教育程度提升，社會對報紙日益重視，辦報風氣盛行，這些變化都被新聞學子們捕捉到了。比如 1927 畢業生鄒毓靈在論文中指出，報紙行文必須通俗化，報紙的文字若不通俗，則只是少數知識階級的「機關報」，而不是大多數只受過低等教育民眾的報紙。當時距白話文運動發起已有七八年的時間，是否使用白話文的爭論仍在繼續，新聞報紙是否使用白話文的爭論也在發生，鄒則認為，為使報紙成為絕大多數人，尤其是工農階級群眾能看懂的報紙，必須採用適合民眾的文字，這是不可避免的事實，也是平民教育運動中，報界必須承擔的責任。學生們對社會變遷的敏感可見一斑。

二是放眼國際，緊跟學術前沿。當時中國新聞事業發展程度遠遠落後於西方國家，但奮起直追之心不滅，中國新聞界對西方新聞事業投入了極大的關注度，主要集中在新聞事業發達的英、美、蘇、日等國，「德意日新聞事業」、「蘇聯新聞事業」、「美國報紙研究」、「英美在外之宣傳」、「美國報業」、「日本報業」等題材的論文有十餘篇，並且注重對各國新聞事業的比較分析，和對中國新聞事業的啟示與教訓。學生們的選題也能緊跟學術前沿。比如，二戰後期，國際新聞自由運動爆發，引發中國新聞界對新聞自由觀念的討論，新聞學子們緊跟

國際學術潮流，選擇了新聞自由、新聞檢查制度、限制自由的新聞政策等題材進行研究，在 1943～1947 年間出現了 3 篇研究新聞自由、2 篇研究戰時新聞檢查制度、2 篇研究新聞政策的畢業論文。學生們的選題並沒有侷限於國內新聞事業，對國際新聞事業的發展和學術前沿問題也保持著熱情。

三是視野開闊，選材豐富，囊括新聞領域的各種研究類別。本文在第二章第三節介紹燕大新聞學系畢業論文館藏概況時，曾根據方漢奇先生的選題分類進行調整，將 163 篇畢業論文大致分為 22 類論文選題，包括報業經營與管理研究、戰時新聞學研究、報紙和期刊個案研究和比較研究、各種類型報紙綜合研究、外國新聞事業研究、新聞理論、新聞採訪與寫作研究、新聞史、報紙廣告研究、通訊社工作研究、報紙評論、外人在華新聞事業研究、新聞資料的分類檢索和設計研究、名記者名報人研究、報紙副刊研究、新聞法制與新聞檢查研究、宣傳研究、廣播事業研究、媒體受眾研究、新聞攝影和新聞圖片研究、新聞教育、地方新聞事業研究等。這些選題幾乎覆蓋了當時新聞學研究領域的各個方面。在這 22 個大類中，還可以細分為各種小類，比如新聞史的研究，除對報紙報業的整體研究外，還對政府公報、印刷、通訊社事業的歷史等進行了研究。有些選題是對今天的我們來說比較陌生的「古董」選題，比如對報館圖書室、資料室、社會服務部的設計和研究，現代的報業集團中也存在類似功能的區域，但其作用和功效比較隱蔽，也不是學術研究的值得關注的地方，因此幾乎沒有當代的研究者對此類區域進行研究。但在當時，這些區域是報館不可或缺的重要功能區，是一張報紙得以孕育成功的營養地。

四是具有針對性和實用性。當時中國新聞事業發展尚處於起步和緩慢發展階段，與發達國家的新聞事業相比，存在許多問題亟待解決，比如報館的經營管理如何保持高效廉潔，記者的職業道德如何規範、業務水平如何提高，報紙的定位如何明確，各類新聞如何編排，廣告業務如何有效開展，如何保護報館和記者的權益不受侵害等問題。學生們通過自己的實習經歷、觀察或資料分析等途徑發現了這些問題，為促進中國報業的長足進步，對這些問題提出解決方案刻不容緩。在這些問題中，新聞寫作中一些操作性和實用性強的選題得到青睞，學生們針對「標題研究」、「文體研究」、「特寫研究」、「通訊研究」、「文字研究」等選題進行分析，提出可行性建議，以推動中國新聞事業向更好的方向發展。

五是善於就地取材，注重實地調查。新聞學術研究需要大量的一手資料和

相關著作的支撐，但由於時局過於動盪，多數時候新聞學子們並不能便捷高效地獲得自己想要的材料，只能就地取材，選取材料較易獲得、較為充足的題目作為論文選題。比如 1943 年畢業生余夢燕的《重慶報紙新聞版之分析》，1944年畢業生姚世光的《後方六大城市報紙之分析》等論文就是因戰時條件限制，而燕大在成都復校，各大高校資源集中在後方幾大城市，反而更便於在當地選材作文，兩人均選取了成都及成都周圍交通便利等地的多家報紙進行分析研究，注重材料的界定和選取，以期呈現出當地報紙的真實面貌。

第二節　畢業論文的學術特色

燕大新聞學系現存畢業論文的體現了民國時期高校新聞教育的重要成果，展示了那個時代新聞教育的學術特色。在此依舊以戰時新聞學的專題研究來總結燕大新聞學系畢業論文的學術特色。

張振淮等 17 人的畢業論文提交時間從 1939 年 5 月到 1947 年 6 月，即抗戰前到抗戰結束後近兩年，時間跨度超過 8 年。這段時間也是戰時新聞學的研究高潮，大量報刊文章、相關論文和研究著作湧現，張振淮等 17 人的畢業論文相對來說數量頗豐，意義重大，它們是燕大新聞系學生關注國家命運，理論聯繫實際，學以致用，檢驗自身所學的重要內容，是燕大新聞系新聞教育成果的重要體現，也是戰時新聞學研究的重要成果，豐富了該階段戰時新聞學研究的內容，反映出戰時新聞學研究越來越全面細緻的發展趨勢，他們的畢業論文主要呈現以下五大特點：

第一，從研究問題來看，這些論文幾乎都涉及了新聞統制與新聞自由的問題，即使是業務研究也不例外。新聞統制問題是戰時語境中新聞事業變化的集中體現和關鍵點，它影響到戰時複雜的生態景觀和戰後新聞事業的發展，羅隆基在燕京大學第五屆新聞學討論會上談到，戰爭期間新聞界在對外保衛國權的同時，也就不能不向內爭取新聞事業權利，而且，新聞界唯有獲取了充分合適的業權，才能更好地發揮新聞救國的功能。燕大學子們對這個關鍵研究問題作出了他們的回應，這 17 篇論文多有詳細章節談到新聞新聞統制與新聞自由的問題，特別是劉益璽的《中國戰時新聞檢查制度研究》第四章、曹增祥的《中國戰時新聞檢查制度概論》第二章、張學孔《戰時中國新聞政策》第一和第二章、余理明《中國戰時報業之特色》第四章等，多數論文談及報業遭遇的種種

「不自由」的困難，導致採訪受限，稿源不足，稿件千篇一律，缺乏個性，而在結論部分則多表達了對新聞自由到來的渴望。與抗戰初期的一些研究對新聞統制認同較多相比，抗戰後期的研究則明顯地轉向對新聞自由的渴望和追求，這一趨勢也與同時期整個新聞事業的發展趨勢相一致。從抗戰後期開始，中國新聞界掀起了一場規模大、持續時間長的新聞自由運動。學生們的畢業論文的理論偏好也順應了這一時期的思想潮流。

　　第二，從研究目的來看，這些論文帶有很強的現實針對性和實用功利性。這 17 篇畢業論文橫跨整個抗戰時段，學生們自身正處於戰爭語境之中或還未完全遠離戰爭語境，研究問題均來自現實需求、生命體驗或某種使命感，因而帶有很強現實針對性和實用功利性。如余夢燕選擇重慶報紙新聞版進行統計分析，是為了找出重慶報紙在版面、內容、形式、選題方面的不合理之處，從而提出可行意見，督促報紙更好地為戰時新聞服務；劉益璽希望通過對戰時新聞檢查制度的全面梳理和分析，指出戰時新檢制度在機構設置、設備、人員、技術、威信力、與新聞界合作等方面的不足，並針對這些缺點提出改進意見，使新檢制度更為合理、更符合戰時宣傳和管理的需要。另外，處在全民抗戰的社會大環境中，作為抗戰一份子的學生們，在行文中會不自覺地帶有較為強烈的情緒抒發，使得文章感染力更強。如梅世德在《中國戰時後方報業》論文最後展望未來：「我們希望：今後的中國新聞從業員在這自由的天地裏，善用他們的言論自由，真正負起服務社會，造福人類並謀利國家民族與奠立世界和平的重任，用大無畏的精神，向著神聖的目標，勇往邁進，我們有理由相信：中國新聞事業的前途是充滿著無限光明的！」〔註6〕

　　第三，從研究方法來看，這些論文採用的研究方法多樣，運用嫻熟。在研究方法的使用上，除常用的文獻研究方法、文本分析方法外，論文中還運用了實地調研法、統計學方法、比較研究法等，如余夢燕的《重慶報紙新聞版之分析》、姚世光的《後方六大城市報紙之分析》中大量運用統計學的定量研究方法，製作了數十個大小圖表，使得研究更有說服力。

　　第四，從寫作要求來看，這些論文寫作規範性強，材料充實，篇幅長。這些畢業論文封面、本文提要（或提要、引言）、目錄、正文、注釋、中英文參

〔註6〕梅世德，中國戰時後方報業〔G〕//方漢奇，王潤澤，中國人民大學圖書館藏燕京大學新聞系畢業論文匯編（第 18 冊），北京：國家圖書館出版社，2014：499～500。

考書目等論文要素齊全，少數論文還專門闢出第一頁或最後一頁作「感謝信」。當時燕大規定畢業論文僅需 4000 字，而這 17 篇論文篇幅在 1～7 萬字之間，大大超出規定要求，反映出他們對學術研究的熱愛和追求。這些論文結構嚴謹，條理清晰，表達流暢，符合那個時代半文半白的語言使用習慣，用詞精練，符合燕大對畢業論文的整體要求。且手寫論文字跡清晰端正，多用楷體字書寫，賞心悅目。這些論文每章末均附有注釋，文末附有參考書目，如劉益璽的《中國戰時新聞檢查制度研究》全文注釋 63 處，參考中文書籍 9 本，雜誌 5 種，報紙 1 種，英文書籍 4 本；張學孔《戰時中國新聞政策》全文注釋 47 處，參考書籍 12 本，參考雜誌 9 種，參考校印資料或講義 5 種。這體現了他們在論文寫作時嚴謹的學術態度。

第五，從學術精神來看，這些論文反映出學生們的學術敏感性和寬廣視野，富有創新性。張振淮等學生在當時從事戰時新聞學研究面臨著社會動盪、新聞生態環境複雜、資料短缺、走訪困難、學術根底淺等不利因素，但他們能針對現實的需要，憑著強烈的責任感和使命感，以及認識到新聞學對抗戰勝利的特殊貢獻和巨大作用，選擇戰時新聞學作為自己畢業論文的研究選題，自覺加入戰時新聞學研究的隊伍中去，以期為戰時新聞學做出自己的貢獻。他們認識到新聞作為抗戰中不亞於軍事力量的「文化武器」，從戰時新聞檢查制度、新聞業務、新聞宣傳、新聞政策等方面探討新聞事業存在的現實問題，通過古今、中外對比，從宏觀、中觀和微觀角度審視這些問題存在的原因，並針對這些問題提出操作性強的改進意見，指導政府和各報館如何運用這些新聞「武器」打好「新聞戰」，從而更好地為抗戰勝利服務，這些方面充分展現了他們嚴謹的學術態度和寬廣的學術視野，體現了他們戰時新聞學選題的現實意義。這些論文還體現了他們的學術創新性。余夢燕的《重慶報紙新聞版之分析》和姚世光的《後方六大城市報紙之分析》中，用定量研究的方法，將搜集來的新聞報紙進行細緻的統計分析，比較研究，用數據說話，體現了他們的方法創新；劉益璽的《中國戰時新聞檢查制度研究》將中英美三國的新聞檢查制度進行比較，從保障出版自由、限制濫用出版自由、戰時新聞檢查與言論自由關係三方面來開展，認為「中國與英美不同者，即各報送檢非為自動，且違檢之處分，規定非常詳細。此外中國新聞檢查特別注重維護黨的利益，抗戰以後，雖允許共產黨之《新華日報》發行，然事實

上該報言論，亦受種種統制」〔註7〕，富有學術價值和創新意義；丁龍寶的
《戰時報紙副刊研究》的創新點在於對戰時副刊性質和地位的認識，他認為
戰時副刊是不亞於新聞的「文化武器」，在文化戰線上，副刊發揮著重要的
引導和煽動作用；鄒震的《開羅會議前後中國國際宣傳政策之改變及其成就》
中選擇開羅會議作為特殊時間節點，來分析對比開羅會議前後中國國際宣傳
政策的變遷及其對抗戰勝利的影響和作用，視角新穎，富有創見。這些論文
富有學術價值，為後人的學術研究提供豐富的史料。

　　第六，從研究立場來看，這些論文體現的黨派色彩不濃，結論基本能做到
不偏不倚。在抗戰時期，個人的政治身份對研究者的研究具有很大的影響。比
如，寫作《新聞自由論》、時任國民黨中宣部新聞事業管理處處長的馬星野，
出版《戰時新聞檢查之理論與實際》、時任軍事委員會戰時新聞檢查局副主任
的孫義慈等，他們研究的目的多是為國民黨的戰時新聞政策法規進行辯護或
提出合理性論證；有共產黨背景或同情共產黨的研究者，如郭沫若、張友鸞、
范長江等，他們的研究中則多是指責國民黨實行的新聞政策法規。燕大新聞學
子當時還處於學術研究的「象牙塔」中，並未過早的參與黨派政治的活動中去，
相對而言具有一定的純粹性，他們的研究能夠遠離黨派色彩的渲染，保持中間
立場和新聞專業主義傾向。

　　當然，這些畢業論文也存在不足之處，相對而言他們的論文稍顯稚嫩，提
出的部分論斷值得推敲，有些內容情感色彩過於濃厚。同時因為戰時條件限
制，可供參考的研究資料難尋，部分論據稍顯薄弱，這是他們的侷限所在。

〔註7〕劉益璽，中國戰時新聞檢查制度研究〔G〕//方漢奇，王潤澤，中國人民大學
圖書館藏燕京大學新聞系畢業論文匯編（第 11 冊），北京：國家圖書館出版
社，2014：654。

第五章 燕大新聞學系畢業論文研究案例

　　梁啟超先生在《清代學術概論》中曾言：「凡文化發展之國，其國民於一時期中，因環境之變遷，與夫心理之感召，不期而思想之進路同趨於一方向，於是相與呼應洶湧，如潮然。始焉其勢甚微，幾莫之覺，浸假而漲—漲—漲，而達於滿度，過時焉則落，以漸至於衰熄。」〔註 1〕胡適先生在《中國哲學史大綱導言》中也說：「大凡思想進化有一定次序，一個時代有一個時代的問題，即有那個時代的思想。」〔註 2〕在時代潮流的推動下，有些活躍的研究者及時感應時代脈搏，思考時代問題，闡發時代之思想。燕京大學新聞學系畢業論文中不乏名家之作，如著名文學家蕭乾的《書評研究》（1935）、著名新聞教育家蔣蔭恩的《中國畫報研究》（1935）、著名出版家陳翰伯的《非常時日本新聞事業》（1936）、著名歷史學家唐振常的《論新聞自由》（1946）等。筆者選擇著名歷史學家唐振常先生的畢業論文作為個案研究對象，不僅展示出燕京大學新聞學系教學和研究的成果，而且展現了時代與學術交光互影的歷史過程。同時，本章選擇關於廣播研究四篇畢業論文，通過對 20 世紀 30～50 年代四篇關於廣播研究的燕京大學新聞學系學士畢業論文進行介紹和分析，反映燕京大學新聞學生畢業論文對時代技術敏銳洞察和理論聯繫實際的學術研究能力。

〔註 1〕 梁啟超，清代學術概論，飲冰室合集·專集之三十四，〔M〕，北京：中華書局，1989：5。

〔註 2〕 胡適著，中國哲學史大綱〔M〕，北京：中國城市出版社，2012：21。

第一節　唐振常與《論新聞自由》研究

　　著名歷史學家唐振常先生畢業於燕京大學新聞學系，由於他從新聞至歷史的華麗轉身，以致作為其學術起點學士論文《論新聞自由》被人遺忘，淹沒於學術研究之外。筆者以唐振常與《論新聞自由》為研究對象，分析他選題原因，梳理其撰寫過程，介紹其基本內容，探析其意義。筆者將結合他個人的新聞學習和實踐經歷，研究他進行新聞自由學術研究的心路歷程，從個人的側面反映出美國發動的國際新聞自由運動對中國的影響，以小見大地探求新聞自由學術研究在中國的興起過程，展現時代對學術的影響作用；也從學士論文的角度展示燕京大學新聞學系教學和研究的成果。

一、唐振常選題《論新聞自由》的原因

　　唐振常（1922～2002），四川成都人，中國歷史學家、戲劇評論家。他出身於成都書香門第，自幼由父母延師來家課館，講授《三字經》、《論語》、《孟子》、《左傳》、《史記》、《資治通鑒》、《詩經》、《禮記》，「由此打下了堅實的國學根底，培養了先生對史學的興趣，也鍛鍊了先生的古文寫作能力」。〔註3〕10 歲時，插班入讀成都建本小學四年級，中學階段先後在大成中學、成都縣立中學、光華大學附中學習。畢業後，以高材生而免試升入重慶中央大學農藝系。入學半年後對動植物始終不感興趣，棄學而離開中央大學。1942 年夏天，考入燕京大學外文系。他本來打算入外文系學習文學，但「燕京大學的外文系，和其他教會學校相同，注重語言。……不甚重視文學教學。」〔註4〕學非所想，1943 年 9 月，他轉學到新聞學系就讀。該系非常注重新聞實踐技能的培養，在非常艱苦的條件下堅持出版學生實習報紙《燕京新聞》。新聞學系二年級學生負責採訪，三年級學生任編輯。由於唐振常有較好的文字功底，負責主編《燕京新聞》文藝副刊《副葉》。他後來回憶說：當時「選定新聞系，雖然有以筆戰鬥之心，更多的是以為新聞工作和文學接近，當有利於搞文學。」〔註5〕確實，在新聞學系學習後，他非常熱愛寫作，「散文、小說、隨筆、翻譯，都曾嘗試，雜文多一些」，多發表成都的《華西日報》和《華西晚報》副刊上。1945

〔註3〕熊月之，史海尋渡一通才——悼唐振常先生〔N〕，文匯報，2002-02-17（5）。
〔註4〕唐振常，當代學者自選文庫·唐振常卷〔M〕，合肥：安徽教育出版社，1999：691。
〔註5〕唐振常，早歲哪知世事艱，世紀學人自述（六）〔M〕，北京：十月文藝出版社，2000：54。

年夏，據黎澍回憶：「燕京大學新聞系三年級學生唐振常，本已選定到重慶《大公報》實習新聞業務，因為在一個時期以來是《華西晚報》的投稿同我熟識，聽了我的建議，決定改在《華西晚報》這樣一個條件遠不如重慶《大公報》的報社實習，在這裡開始了他的記者生活。實習期滿，一面回到學校繼續學習，一面仍然留在《華西晚報》正式工作。」〔註6〕1945 年 9 月，新學期開學後，他成為新聞學系四年級畢業生。按照燕京大學畢業論文規定：「為養成學生自作高深研究與實地調查之能力起見」，「各學系有令學生呈交合格之論文，方准畢業者。」〔註7〕因此，唐振常需要完成學士論文，才能順利畢業，面臨著畢業論文選題問題。

關於他自己的畢業論文選題，唐振常在回憶黎澍對他一生的影響的紀念性文章中有所涉及。當時由於他愛好文學經常向《華西晚報》投稿，與該報主筆黎澍相稔。他不僅建議他留在成都《華西晚報》參加暑期新聞實習，而且直接建議他的畢業論文選題。唐振常回憶說：「抗日戰爭時期，我們幾個朋友相與頗自發抒，每指天畫地以為無事不可為，不免橫衝直闖，以為天下皆坦途。黎澍獨沉靜以待，即使橫衝直闖，也總比大家想得多些，前瞻後顧，多所慮及。因之，很自然的，朋輩之間，無論於工作，於生活，於寫作，黎澍皆成『發蹤指示』之人。遠者，我的學位論文《論新聞自由》，就是他所建議的題目。這在國民黨統治時期，是一個極尖銳敏感的題目，觸犯時忌，是所必然，正由於黎澍的『發蹤指示』，我才能為此事。」〔註8〕這也是筆者迄今查閱發現到的唯一的一次唐振常提及他的學士論文《論新聞自由》。因此，唐振常選擇新聞自由作為畢業論文的研究選題，黎澍發揮了至關重要的作用，成為他選擇該選題研究的直接原因。

其實，唐振常選擇研究新聞自由，有著深刻的時代背景。1944 年 4 月，美國報紙編輯協會鑒於法西斯獨裁者壟斷新聞業製造戰爭輿論的教訓，為加強各國人民利用新聞瞭解世界變化真相和促進感情交流，決定發動以新聞自由永保世界和平的國際新聞自由運動。他們在華盛頓召開年會，決議在全球範圍開展一場推廣新聞自由原則的大規模行動，以利用國際條約的形式來廢除

〔註6〕黎澍，早歲〔M〕，長沙：湖南人民出版社，1986：77。

〔註7〕燕京大學《燕京大學文理科男校學生須知〔M〕，北京：燕京大學編印，1925：25。

〔註8〕唐振常，黎澍學述，黎澍十年祭〔M〕，北京：中國社會科學出版社，1998：68。

新聞檢查制度、壟斷制度和歧視制度。由於國際新聞自由運動倡議和掌控國際新聞領導權的需要，符合美國戰後對外輸出自由民主意識形態的國際戰略，美國政府積極響應〔註9〕。6月、7月，美國共和黨和民主黨先後召開全國代表大會，修改政綱，增加新聞自由條款。9月初，美國參議院議員塔夫脫和眾議院議員傅爾布來特向兩院提出國際新聞自由議案。21日，參眾兩院一致贊成國際新聞自由運動，支持以新聞自由保護世界和平的議案。隨後，美國向聯合國提交國際新聞自由議案，希望聯合國大力支持國際新聞自由運動。由於中美關係處於蜜月期，中國政府對美國政府亦步亦趨，同時為了裝飾民主門面掩蓋新聞檢查的真實面目，積極支持美國興起國際新聞自由運動。而國際新聞自由運動廢除新聞檢查制度的目標吻合了中國爭取新聞出版自由的訴求。因此，中國在輿論上積極宣傳國際新聞自由運動，表態支持國際新聞自由運動。11月20日，中國新聞學會召開第三屆年會，政界高層和新聞界人士通過「響應新聞自由案」決議。國際新聞自由運動在中國興起。為了向世界各國推廣國際新聞自由運動，並在運動中取得領導地位，1945年1月，美國報紙編輯協會派遣《紐約先驅論壇報》副主筆福勒斯特、《亞特蘭大憲報》主筆麥吉爾及哥倫比亞大學新聞學院院長亞更曼前往11個國家的22個城市訪問。國際新聞自由運動由美國向世界各國發展。3月28日至4月3日，美國報紙編輯協會三代表抵達重慶，全國各地報刊對他們的到來進行了大篇幅、密集度的報導。中國政府和社會各界人士在行動上積極歡迎他們的到來，國際新聞自由運動在中國漸趨高漲。3月30日，《中央日報》和《大公報》分別發表社論《擁護新聞自由，歡迎美國同業代表團》和《歡迎新聞自由》，熱情歡迎美國新聞自由的使者的到來。然而，一場關於「中國自古有無言論自由」的爭論也隨之興起。《大公報》社論詳細論證兩大觀點：一、「中國有四千多年的文化，並首先發明了印刷術，但卻從來沒有過新聞自由與言論自由。」二、「中國自古以來就是統制思想，干涉言論。」〔註10〕這引起國民黨中央宣傳部極為不滿。3月31日，馬星野執筆撰寫《中國言論界的自由傳統》刊登於《中央日報》。他開門見山指出以上兩大觀點「似乎與歷史事實略有出入，……對於這個論斷認為由討論之餘地」。他旁徵博引，列舉歷史史實針鋒相對地提出「中國言論界有自

〔註9〕 鄧紹根，論民國新聞界對國際新聞自由運動的響應及其影響和結局〔J〕，新聞與傳播研究，2013（9）：99。

〔註10〕 歡迎新聞自由〔N〕，大公報，1945-03-30（2）。

由傳統」的觀點，認為：「研究四千年中國歷史，覺得言論界之自由與獨立，乃是中國可寶貴的傳統，那控制思想，蹂躪言論界只是變態的現象，是亡國的現象。……中國所以有四千年的文化，正因為我們國家有四千年的言論自由之傳統，……我們值得重視的，是中國四千年來一貫的民本主義精神，一貫的反對暴君，一貫地尊重清議，一貫的有是非有善惡，如果我們一筆抹煞，以為新聞自由、言論自由都是舶來品，這個荒漠如何能種新的花果。我們要愛惜自己珍貴的歷史傳統，不受利誘，勇敢真是的精神，才配做炎黃子孫，才配兀立於四大自由的世界！」〔註11〕成都《華西日報》主筆黎澍撰寫《中國自古無言論自由》一文，分六部分：一、民意表現於誹謗，二、何謂清議，三、公卿大夫的諫諍，四、歷史的製造，五、所謂事後追懲，六、邸報與檢查思想的萌芽，闡述了「中國自古無言論自由」觀點。他尖銳指出：「不但沒有產生過保障言論自由的憲法，也沒有存在過類似言論自由的史實。中國四千年歷史是一部等級制度發展史。」該文對馬星野主張「中國自古就有言論自由的傳統」是一次有力回擊。他直言不諱地寫道：「馬星野胡扯幾節毫不相干的歷史，就給可憐的中國言論界證明早已有了這麼一個『自由傳統』，到後來，馬星野越說越嘴滑。竟把一班倒楣的老祖宗說得摩登起來。簡直認為早有宋朝被視為中國最初形態的報紙就在享受『新聞自由』。」〔註12〕正因為國際新聞自由運動的興起，且將中國裹挾其中，得到中國朝野的積極支持，黎澍撰文參與「中國自古有無言論自由」爭論，由於兩人的交誼，因此唐振常向與討教畢業論文題目時，他直接建議他從事《論新聞自由》的研究，且黎澍新聞自由的思想直接影響了唐振常學士論文《論新聞自由》的觀點。

　　唐振常選擇「新聞自由」作為學士論文的選題，也是他有感於親身爭取新聞自由鬥爭的結果。唐振常當時在《華西晚報》做記者。《華西晚報》是四川省民主同盟機關報，宣傳團結抗日和民主進步。1944 年起，支持學生愛國運動潮，爭取言論出版自由的報導評論逐漸增多，受到國民黨特務暴徒的迫害而一度停刊數日。1945 年 9 月，抗戰勝利後，國統區爆發拒檢運動。《華西晚報》參與發起成都的拒絕新聞檢查運動和反對內戰、爭取和平簽名運動。當時成都報刊聯合出版《言論自由》雙週刊，報導宣傳拒檢運動的發展，唐振常負責採寫稿件。晚年他回憶說：「我每期都寫了文章，其中一篇為記述拒檢運動發起、

〔註11〕馬星野，中國言論界的自由傳統〔N〕，中央日報，1945-03-31（2）。
〔註12〕黎澍，中國自古無言論自由〔J〕，大學月刊，1945 年（6）：64。

進展之概況，署名濤音，可以算得是較有影響的稿子。」〔註13〕這種參與爭取新聞自由鬥爭的經歷，也直接影響了他的選題。

二、唐振常撰寫學士論文《論新聞自由》

唐振常作為燕京大學文學院新聞學系大四學生，一邊在《華西晚報》工作，一邊認真研究，準備撰寫論文。為了指導四年級本科生順利完成畢業論文獲得學士學位，新聞學系採用導師制，開設「4學分」的畢業論文寫作課程「論文」（新聞497，498）。該課程的目的，「在使學生明瞭如何用科學方法從事專題研究，並撰寫有系統的學術性論文，以備將來進一步，作高深研究時之用」。該課程無固定教學內容，但規定：「選修本課學生，應先擇定研究題目，經本系批准並指定導師後，即可從事收集材料，按步寫作。論文須於規定時期內撰寫完畢，並依照本系教務處規定之論文標準格式抄寫，在規定日期呈繳導師評閱。」該課程採用導師制教學，「凡選修學生，其論文題目經本系批准後，即依其論文性質，代為指定導師。導師責任，為指導學生擬定大綱，收集材料，及從事撰寫。論文寫成後，由導師評閱。為督促學生按照預定計劃完成論文起見，導師應與學生規定日期，舉行討論，討論至少每月一次。本課無考試，由導師審閱論文，評定成績。」〔註14〕新聞學系批准了唐振常《論新聞自由》選題，並指定富有新聞經驗的張琴南先生為他的論文導師。張琴南對他幫助較大，唐振常晚年還對他還記憶深刻，回憶說：「張琴南先生是新聞界前輩，一位忠厚長者，以多年的實踐經驗轉而教學，每多倘論。在校辱承謬許……。」〔註15〕

唐振常選定「新聞自由」作為畢業論文選題後，收集了大量的資料，開始研究。當時《中央日報》、《新華日報》、《大公報》、《華西晚報》、《新聞資料》及各種剪報上等關於新聞自由運動的報導和社論都成為的研究資料。他也閱讀了大量中外書籍，在他論文最後的《寫作本文參考總書目》中就有體現。參考九本著作：《思想自由史》（柏雷 Bury 著，羅家倫譯，商務印書館》、《歐洲

—112—

現代政治史》（*Ch. Signohos* 著，以亨譯　商務印書館）、《中國報學史》（戈公振著，商務印書館）、《新聞學》（戈公振著，商務印書館）、《新聞事業法令彙編》（中政校新聞系手冊第二種）、《科學的新聞學概論》（艾秋彪著，文化供應社）、《世界報業現狀》（程其恒編，銘真出版社）、《中國歷次約法憲法革案彙編》（劉東嚴編，環球書局）等；重要文章有：《中國自古無言論自由》（黎澍著，《大學月刊》四卷五六期）、《自由與組織》（張申府著，《民憲月刊》一卷四期）、《論新聞自由》（嘉思阿伯特著，美國新聞處專稿）、《自由的精神》（韓德著，《美國雜誌》二卷二期）、《新聞自由在戰時》（*K.*馬丁著，重慶《大公報》1945 年 5 月 27 日）、《新聞自由——人權的柱石》（威爾斯著，重慶《大公報》1944 年 10 月 14、15 日）等。

　　按照當時燕大規定：論文必須五月份提交。唐振常在張琴南先生指導下，1946 年 3 月 6 日脫稿，後經一個半月修改，他於 4 月提前向學校遞交兩本按照規定裝幀好的論文，正本交給學校圖書館收藏，副本（可在圖書館用藍紙曬印）交由新聞學系保存。

三、唐振常學士論文《論新聞自由》基本內容

　　唐振常向燕京大學遞交的學士畢業論文《論新聞自由》，寫作規範，封面、全文提要、目錄、正文（前言、七章、結論）、注釋、參考書目等論文要素樣樣具備。封面從右到左排列是：私立燕京大學文學院新聞學系文學士畢業論文；評閱者：導師張琴南、主任蔣蔭恩、院長馬鑑（三人印章）；學生姓名：唐振常；學號：42119；民國三十五年四月；標題：論新聞自由。封面是圖書館統一製作的，只要填入某學院某某學系何學士，學生某某某，學號多少，時間民國某某年某月，標題某某某某，不僅這些內容需要用毛筆填寫，之後的所有內容都必須用毛筆書寫。如果事情繁忙也可以請人代抄，唐振常論文就有五種不同的毛筆字體。

　　封面之後是「全文提要」四頁，介紹選題原因、意義和全文主要內容。然後是全文章節目錄三頁，包括：前言、第一章新聞自由的意義、第二章新聞自由的緣起、第三章新聞自由的性質、第四章有歷史上看新聞自由、第五章中國人民自來無自由、第六章戰時新聞檢查制度、第七章戰事結束後中國的新聞自由、結論：新聞自由的必須獲得、附參考書目。正文部分，共 78 張（包括正反兩面），156 頁，採用專用燕京大學畢業論文專用格子紙書寫，全文約四萬

字，大大超出了燕京大學本科生畢業論文 4 千字左右的篇幅要求。

唐振常在畢業論文《論新聞自由》中兩次重申了他的選題意義。第一次是在「前言」裏，他說：「言論自由是人民的最基本自由之一，有了言論自由，我們的思想、信仰，才可以具體表現出來，也才可以促使社會進步。新聞自由是言論自由之一端，作為一個民主國家的人民，應該充分享有言論自由和新聞自由，作為一個新聞記者，更應該享有言論自由和新聞自由，否則根本失去辦報的意義，新聞記者也大可以不必做了。我國的新聞自由是貧弱的可憐的，連這一名詞都還有許多人不知道，要得到廣泛的發展，必需奮發切實的努力，更需要新聞記者本身的奮鬥。因此，願選定此題目，約略申論其意義。」〔註16〕第二次是在「全文提要」中，他寫道：「新聞自由是民主世界裏重要的一環，因著反法西斯戰爭的勝利，其意義更日益增進，而顯得非常重要。設若我們要民主，則新聞自由是必須的；同時，因新聞自由，更能促進民主和平。但，勝利並沒有帶來民主，即在一些盟國本身，法西斯細菌依然活動如故，甚至更形猖獗。因此，爭取民主運動必須繼續努力，尤其是在中國，民主鬥爭更要積極廣泛展開，而日益尖銳，以待民主之全部真正獲得。在這樣的意義下，新聞自由運動，自然更要配合時勢，積極開展，而其本身意義，也就日益增進了。筆者因此遂選訂此題目，願約略申述其意義，而顯示其在民主運動中之重要，更進而增加民主鬥爭的勇氣。更因許多論客，抹殺事實，存心歪曲，倡言中國富有言論新聞自由的傳統，以圖減低人民對民主的鬥爭。是以筆者乃從歷史上證明，不但中國從來沒有言論新聞自由，即世界上任一國家也從來未曾有過。且到現在為止，真正的新聞自由，仍未到來，欲其趕快實現，必須加緊鬥爭。」〔註17〕從他兩次申明的選題意義中，我們可以看到當時新聞自由運動為他提供了選題對象，他在關注新聞自由論戰中找到了選題方向，凸顯了他研究的學術價值和現實意義。

唐振常學士畢業論文《論新聞自由》對「新聞自由」理論意義、歷史發展和現實狀況以及未來願景進行了全面而深入的探討。正文主要內容包括四部分：1）探討新聞自由理論（意義和性質）；2）梳理國際新聞自由運動的發生

〔註16〕唐振常，《論新聞自由》〔M〕，燕京大學文學院新聞學系文學士畢業論文，1946：5a～5b。

〔註17〕唐振常，全文提要〔A〕，論新聞自由〔M〕，燕京大學文學院新聞學系文學士畢業論文，1946。

發展過程，特別是對美國興起的新聞自由運動分「美國的發端」、「各民主國家的響應」、「中國的呼聲」等三節進行了全面系統的梳理；3）敘述中外新聞自由鬥爭的發展歷史；4）總結目前新聞自由鬥爭歷史，展望未來前景。他在「全文提要」中，他寫道：「『前言』是一篇簡單的序，旨在說明筆者為甚麼要寫這樣一個題目。『第一章新聞自由的意義』，首先是要給自由下一個界說，更進而談到思想，言論與新聞自由，因而敘述到新聞自由之內在意義及其外在影響。『第二章新聞自由的緣起』，是敘述美國報紙主筆協會所發起的國際新聞自由運動，以及涉起到世界各國影響情形。新聞自由的鬥爭，歷史上各國都有，但這一名稱的提出，卻是第一次歐戰後，而發為運動，卻又在二十四年後的一九四三年。『第三章新聞自由的性質』，在說明新聞自由與言論及人民各種基本自由的關係，進而討論到新聞自由的真諦，其正反兩面意義。第四、五兩章，則在從歷史上證明各國人民為言論與新聞的自由的鬥爭屢見不鮮，然而言論與新聞自由卻從未曾有。在死亡的威脅下，英勇的人民從未妥協，永遠前仆後繼地舉著大旗勇邁前進。第六章，在說明戰時新聞檢查制度的本質和範圍，進而由英美的戰時新聞檢查，推論到中國展示新聞檢查的不合理。第七章，敘述戰時結束後，中國依然無新聞自由，於是人民自己起來撕毀了約束，但政府的壓迫依然如故，更變本加厲，摧毀新聞自由。結論一章，則在申述逆流雖然高漲，但在人民的巨力前，終必被擊退，只要深具信心，加強力量，真正的新聞自由是會到來的。」〔註18〕

　　唐振常在畢業論文《論新聞自由》中借鑒西方政治理論的「積極自由」和「消極自由」的區別對「新聞自由」的意義進行了深入闡述，他主張：「新聞自由是言論自由之一端，而言論自由卻是思想自由所藉以具體表現者。」「思想能夠自由，言論自由和新聞自由也才有其意義。」〔註19〕他認為新聞自由有兩大意義，第一是對「對報紙本身」的影響，「新聞自由也就可以促成報紙說真話，養成記者良好之品質，不致受權威野心等之威脅利誘，而背叛人民。」〔註20〕第二是「外在的影響」。「新聞自由而引起的人類文化，思

〔註18〕唐振常：《全文提要》〔A〕，《論新聞自由》〔M〕，燕京大學文學院新聞學系文學士畢業論文，1946。

〔註19〕唐振常：《論新聞自由》〔M〕，燕京大學文學院新聞學系文學士畢業論文，1946：8b。

〔註20〕唐振常：《論新聞自由》〔M〕，燕京大學文學院新聞學系文學士畢業論文，1946：9a。

想等的影響。」表現在三方面：「溝通世界人類文化」、「促進民主和平」、「使讀者認識真理」等。他深入探討了「新聞自由的性質」。他從正反兩方面條件研究了「新聞自由的真諦」。正面條件方面，他主張新聞自由僅包括「採訪自由，傳遞自由，授受及發表自由三大項」是不夠的，「必須加上對檢查制度的限制。」其次，他認為：新聞自由還包括了讀者方面。「爭取讀者的自由，怎樣讓讀者客觀地，毫無偏見地從報紙上認識真理，而免除一切的偏見、惡意、傳統觀念。」〔註21〕反面條件方面，首先，他認為：新聞自由必須有組織，「沒有組織，就沒有自由。這時任何一種自由都適用，新聞自由亦然，必須有了組織，才有真正的新聞自由啊，否則，混亂擾攘，也就根本無從說起了。」其次，新聞自由必須有責任，「我們得對自己的言論和報導負責。這是新聞自由的必要條件，研討，提倡新聞自由的人，絕不可忽略了這一意義。」〔註22〕他主張「新聞自由的」有廣義（言論自由）和狹義（新聞自由）之分，「新聞自由與言論自由這兩個名詞，很難作確定的劃分。實則，兩者也是一而二，二而一的東西。普通稱言論自由其範圍很廣，但卻很少牽連到報紙的新聞方面。因國際新聞自由運動而起的新聞自由，主要在新聞方面，但報紙的言論，自然也應包括在裏面。」〔註23〕他認為：「新聞自由，在其本身性質上，就包含民主的鬥爭意義和實踐，也就是號召人民為人權而鬥爭。」〔註24〕

在新聞自由的理論探討之後，唐振常又從西方歷史發展的角度進行研究，他結合西方政治和新聞發展史分析得出結論「歷史上無新聞自由」，並分析其中的原因。他認為：「英法兩國如此，其他國家亦大致皆然。即倡導新聞自由運動的美國，在從前固無新聞自由可言，即現在亦並沒實現完全的新聞自由，報紙多操縱在資產家手裏，只知為自己爭利益，由這個出發點推演下去，當然顧不到新聞自由了。至於如德意日等國家，就更不用說了。新聞自由之不得發展，最主要的自然由於政府之壓迫，而時代侷限，社會的守舊也都使之不能進

〔註21〕唐振常：《論新聞自由》〔M〕，燕京大學文學院新聞學系文學士畢業論文，1946：21a。

〔註22〕唐振常：《論新聞自由》〔M〕，燕京大學文學院新聞學系文學士畢業論文，1946：22b。

〔註23〕唐振常：《論新聞自由》〔M〕，燕京大學文學院新聞學系文學士畢業論文，1946：23a。

〔註24〕唐振常：《論新聞自由》〔M〕，燕京大學文學院新聞學系文學士畢業論文，1946：24a。

步。時代前進，人民愈努力爭自由，社會愈進展，新聞自由也就逐漸能全部實現了。」〔註25〕分析完歐美歷史「無新聞自由」後，他反觀中國歷史，認為：「四千多年來，中國人民生活在專制的鞭子下面，從來沒有過自由。」對馬星野主張的「中國自古有言論自由傳統」觀點進行了逐條的批駁，「近年來，有很多人別具用心，硬要說是中國從前就是民主國家，有優秀的自由傳說，現在更是民主國家，你不見國名就叫民國嗎？牽強附會純是造謠，如好像馬星野先生在他的大作『中國言論界的自由傳說』裏所發揮的。」〔註26〕他結合中國新聞發展史，特別探討了中國自有邸報以來，統治者利用法律政策等各種手段限制人民新聞自由，即便在民國政府時期「十九年來，我們人民就沒有一天享受過言論新聞自由。」〔註27〕

他重點分析了二戰期間世界各國政府實施的「戰時新聞檢查制度」。他認可戰時實行新聞檢查的必要性，「戰時新聞檢查，是為了國家的安全而設」，「為了報障人民生命的安全。」但指出：「一件事情，往往最初主意很好，只因為辦理不如意，而致起了很壞的結果。」他主張必須嚴格限制其範圍，「只是國防軍事秘密才可以檢扣，此外一切言論新聞皆不在其規定中。」〔註28〕實施的辦法應該是「事後追懲」。他從英美實施戰時新聞檢查的情況，反觀中國的新聞檢查制度，認為：「中國平時新聞檢查已經夠厲害了，戰爭爆發，更是火上加油，對新聞自由的壓迫，已到史無前例的發展階段，這是時代的恥辱，人民的最深痛苦。」〔註29〕這具體表現在：檢查新聞的機關就層出不窮，法規越來越多，標準越來越嚴苛。他的結論是：「中國戰時新聞檢查，完全是強迫的、高壓的、不民主的。是在人民的重重鐐銬之下，再加以痛苦的桎梏。」〔註30〕

〔註25〕唐振常：《論新聞自由》〔M〕，燕京大學文學院新聞學系文學士畢業論文，1946：47b。

〔註26〕唐振常：《論新聞自由》〔M〕，燕京大學文學院新聞學系文學士畢業論文，1946：49a。

〔註27〕唐振常：《論新聞自由》〔M〕，燕京大學文學院新聞學系文學士畢業論文，1946：58b。

〔註28〕唐振常：《論新聞自由》〔M〕，燕京大學文學院新聞學系文學士畢業論文，1946：59b。

〔註29〕唐振常：《論新聞自由》〔M〕，燕京大學文學院新聞學系文學士畢業論文，1946：63a。

〔註30〕唐振常：《論新聞自由》〔M〕，燕京大學文學院新聞學系文學士畢業論文，1946：65a。

他梳理了抗戰結束後中國新聞出版界爭取新聞出版自由的鬥爭──「拒檢運動」發展經過，高度評價該運動的意義，「這是一聲春雷，這是人民力量具體的表現」。「這一爭取言論新聞自由的運動，影響了爭取人民為種基本自由的鬥爭，更而促進了民主運動的前進。」〔註31〕雖然他記載了中國新聞自由鬥爭的成果──取消新聞檢查制度，但他深刻地指出：「政府沒有實行民主的決心，即表面上去掉，骨子裏依然是統制桎梏」，然後列舉了全國新聞出版界大量的事實證明，「檢查制度撤銷後，中國依然沒有新聞自由。……截至現在，中國的新聞自由依然是沒有的。」〔註32〕

在「結論」部分，唐振常對中國的新聞自由鬥爭充滿信心，表達出獲得新聞自由的堅定信念。他寫道：「綜觀全文，可見完全、真正的新聞自由，迄今仍未實現……但吾人堅信，新聞自由必須獲得。」〔註33〕因為這是歷史的潮流，「洶湧的浪潮，會淹沒掉這些人類渣滓的（不持支持新聞自由的人）」，更因為限制人民自由的法令已有四十八種取消。他呼籲民眾不要輕信政府諾言，「今後只須努力不懈為民主自由奮鬥，反動勢力終會在歷史的浪潮下沒頂的。」最後，他號召民眾順應潮流必將獲得新聞自由，「真正的新聞自由，將隨著這些燦爛迸裂的火花，首次降臨在世界上。逆流一定會被擊退，民主自由的世界將永遠存在。在這裡面，新聞自由將是一支光輝閃爍的火炬。」〔註34〕

四、唐振常學士論文《論新聞自由》的意義

唐振常學士論文《論新聞自由》學術規範，注重前人研究成果，不僅按規範要求列出參考書目和重要文章，而且在行文章節最後的注釋中，清楚交待引文出處，觀點來源。如第四章第三節末，他特意寫到：「本節所用資料，皆參考薛紐伯著《歐洲現代政治史》而成，篇頁繁複，未及一一備註。」〔註35〕再

〔註31〕唐振常：《論新聞自由》〔M〕，燕京大學文學院新聞學系文學士畢業論文，1946：68a。

〔註32〕唐振常：《論新聞自由》〔M〕，燕京大學文學院新聞學系文學士畢業論文，1946：75b。

〔註33〕唐振常：《論新聞自由》〔M〕，燕京大學文學院新聞學系文學士畢業論文，1946：76a。

〔註34〕唐振常：《論新聞自由》〔M〕，燕京大學文學院新聞學系文學士畢業論文，1946：78b。

〔註35〕唐振常：《論新聞自由》〔M〕，燕京大學文學院新聞學系文學士畢業論文，1946：35b。

如第五章第一節「言論自由」末，他特別寫明：「本節材料多採自黎澍著《中國自古無言論自由》」〔註36〕。這反映出唐振常他已經具備嚴謹治學的基本品質。他從自身參與的新聞自由鬥爭實踐出發，感應時代脈搏，抓住國際新聞自由運動衝擊下取消新聞檢查制度的敏感話題，選定研究新聞自由作為畢業論文的選題，體現出他學術上的膽識和敏銳性，展現出學術與時代是交光互影的歷史過程；他視野開闊，縱論古今中外，運用學習的新聞學基本理論，搜集整理資料，綜合分析社會熱點新聞現象，鍛鍊了自身科學研究能力，提高了自身綜合運用所學知識分析問題、解決問題能力。他批評國民黨政府限制人民新聞自由弊政，主張取消新聞檢查制度，滿懷信心展望未來，熱情號召民眾堅定信念爭取新聞自由，反映出他追求政治民主和自由的思想進步性。

　　唐振常學士論文《論新聞自由》是一篇優秀的畢業論文，是當時研究新聞自由文章的集大成者，同當時發表的諸多研究新聞自由的文章相比，具有系統性、全面性和現實性；哪怕放在今天，也不失是一篇範本。雖然《論新聞自由》的言語還有些稚嫩，有些觀點還有待完善，但它是唐振常在燕京大學四年大學學習研究的總結，更是他走向學術人生的研究起點。由於這是一篇大學的學士畢業論文，唐振常沒有公開發表過，所以沒有引起大家的關注；後來隨著他大學畢業走向繁忙的新聞工作和身處殘酷的現實政治鬥爭漩渦，自己也淡忘畢業論文的存在。在文章的記載和晚年回憶中很少，僅有一次（懷念為他人生提燈照明的黎澍時撰寫文章《黎澍學述》提及，2013年出版《唐振常文集》時才收入其學術論文《論新聞自由》）。

　　唐振常在燕京大學新聞學系憑著畢業論文《論新聞自由》獲得文學士學位，於1946年6月順利畢業。由於具有豐富的新聞工作經驗和理論素養，蔣蔭恩主任推薦他進入上海《大公報》從事新聞工作。他懷揣著新聞自由的理想，乘車由川入陝，換乘火車，經隴海路轉津浦路抵達上海，先做內勤工作，助編國際新聞版之後，助編國內要聞版，三個月後負責採訪市政新聞，先後採訪上海各界舉行的李公樸、聞一多追悼會、上海市市長吳國楨舉行勸工大樓慘案的記者招待會、上海記者團赴蘇北採訪，見證了政治場上的唇槍舌戰，不畏強權對黑暗政治的進行了無情披露，多次同上海市市長吳國楨等權貴進行艱苦鬥

〔註36〕唐振常：《論新聞自由》〔M〕，燕京大學文學院新聞學系文學士畢業論文，1946：53b。

爭，以致被勒令不准採訪市政新聞，最後被國民黨當局列入黑名單，無奈於1948 年 10 月帶著對國民黨獨裁統治下「新聞自由」的絕望，急速前往香港《大公報》避難，直到 1949 年 6 月重返上海《大公報》從事採訪工作，繼續追求自己新聞自由的理想。

第二節　燕京大學新聞學系學士畢業論文的廣播研究

目前保存下來的燕京大學新聞學系學士畢業論文中，有四篇是關於廣播研究的學士論文，分別是：殷增芳的《中國廣播無線電事業》（1939）、趙澤隆的《廣播》（1946）、王存鎏的《廣播事業研究》（1949）和庚賡的《廣播電臺的編輯工作》（1951）等四篇畢業生論文都是關於廣播研究的學術論文。這一研究不僅能夠填補燕京大學新聞學系的研究空白，而且可以豐富民國時期廣播研究的內容，從而展示民國時期新聞教育的教學成果和廣播研究的學術薪火，具有重要的學術研究價值，將推動中國新聞教育歷史和廣播研究的深入發展。

一、殷增芳與《中國廣播無線電事業》

殷增芳，又名殷傑，生平不詳，1939 年燕京大學新聞學系畢業，獲得「文學士」學位，畢業論文為《中國廣播無線電事業》。在論文封面上自右到左行文順序是：畢業論文學校：「燕京大學文學院新聞學系學士畢業論文」，論文評閱人：院長周學章（印章）、系主任劉豁軒，作者：「殷增芳，學號 35331」，遞交論文時間：民國二十八年五月（1939 年 5 月），畢業論文題目：中國廣播無線電事業。

殷增芳撰寫的畢業論文《中國廣播無線電事業》，篇幅較長，總 78 頁（雙面），約五萬字，介紹了中外廣播事業的歷史發展和現狀，特別針對中日戰爭局勢探討了中日兩國的戰時廣播事業。除目錄和參考文獻外，正文分緒論、第一編廣播電臺與收音機概況、第二編中國廣播事業之檢討、第三編戰時之廣播事業、結論等五部分組成，其中每「篇」又獨立分章節。

在正文「緒論」部分，首先簡要介紹了廣播無線電的理論源流。他在論文開頭寫道：「廣播無線電之歷史，隨僅廿年，然溯其理論之源流及導成此

事業之各個科學發現，則以十七世紀末葉為起點。」〔註37〕他敘述了英國女皇維多利亞御醫古柏（*William Gilbert*）研究磁力現象、1780 年亞丹（*Adams*）撰寫著作《電學》介紹「來頓瓶」發射微粒電火花試驗、1873 年英國物理學家麥克斯韋著述《電與磁》提出電磁波理論、德國物理學家赫茲驗證電磁波理論、馬可尼發明無線電報橫跨英吉利海峽和大西洋等史實，稱讚馬可尼的成功，宣告「無線電遂直接與應用發生聯繫，而『無線電』一辭，與馬可尼榮膺『無線電之祖』一名，同時震耀於世。」其次，談到了三極真空管的發明對無線電發展的影響，「1906 年，美人得福累斯特（*Dr. Lee Deforest*）發明三極真空管後，無線電進步之速，效用之廣，益非其他科學所可比擬。」最後，特別介紹了廣播的發明和世界上第一座廣播電臺的建立。「1920 年，美國西屋電氣公司工程司康勒於其避芝堡住宅中以 8XX 試驗電臺，用無線廣播唱片音樂成功後，該公司旋於同年十一月二日建立一廣播電臺，呼號為 *KDKA*，是為世界廣播無線電史上第一座廣播電臺，是日恰為美國哈定總統當選揭曉之日，*KDKA* 電臺即於是日以選舉結果廣播，作為電臺開幕紀念儀式。」

　　正文第二部分，即「第一編廣播電臺與收音機概況」，包括五章十五節，主要介紹了中外廣播無線電事業的發展情況。第一章「中國廣播無線電事業史略」，敘述了中國廣播無線電的建立、發展情況。文章寫道：「考中國廣播無線電之發軔，係始於民國十一年（1922）美人亞斯蓬（*E. G. Osborn*）創辦中國無線電公司於上海大來洋行屋頂，設電力五十瓦特之播音臺一座。」文章附圖表四幅說明中國廣播無線電的發展現狀它們分別是：第一表《中國廣播電臺一覽表》介紹全國各地 91 個廣播電臺的屬地、臺名、呼號、電力（總 114587.5 瓦特）、周率、屬性（公營、民營、西人）等情況。第二表《中國歷年廣播電臺及電力總數表》整理了從 1931 至 1937 年中國廣播電臺數量增長（18 個到 91 個）和電力總數變化情況。第三表《中國與列強各國廣播電臺數目比較表》將中國（91）與美國（695）、德國（27）、英國（14）、俄國（78）、日本（30）進行數量比較。第四表《中國各省電臺數目一覽表》，公營 25，民營 66，總 91，其中江蘇 53，浙江 9，河北 8，山東 3，安徽、湖南、四川、福建、廣東、湖北均為 2，陝西、山西、河南、江西、雲南、廣

〔註37〕殷增芳：《中國廣播無線電事業》，燕京大學文學院新聞學系學士畢業論文，1939 年。該部分其他引文均來自該文獻。

西均為 1。他分析認為：「中國歷年來，廣播電臺數目有增有減，但電力則年見增加⋯⋯中國電力最大者當推中央廣播電臺，為七十五千瓦，最小者為齊魯，電力僅七又二分之一瓦特。中國電臺數目與他國相較，雖不為少，但以電力言，則中國所有廣播電臺總電力，尚不足列強各國一電臺之電力，近鄰如日本，亦較中國遠過之。致此地區分，則電臺最多者為江蘇，約占全國總數二分之一強，次多為浙江及河北，餘則僅有一二廣播電臺而已。」然後，第二、三章分別介紹了公營（中央廣播事業管理處所轄電臺、交通部立電臺、省立廣播電臺、市立廣播電臺）和民營及西人經營的廣播電臺情況。在「第四章收音機之統計」中，特別記錄了中國人使用收音機的發展情況。論者認為：「廣播無線電臺與收音機係相輔而行，前者求其電力大，射程遠，以發揮其宏大之音播效應，後者則重在數目多，品質優良，而散佈，以收受廣播電波，使廣播之效用與目的，獲得成功。」這可能也是他記錄收音機數量的原由。他指出：1926 至 1927 年，「登記之收音機約有六百具」；到 1934 年 9 月，「共有收音機八萬一千六百四十二具，而其中大部分為礦石機」；但是真正登記的，「則為 13389 具」。他通過表格注明了全國 13389 具收音機的地域數量分配，真空管機總 5140 具，礦石機總 8249 具，其中江蘇總數為 8342 具，真空管機 3321 具，礦石機 5021 具，廣東真空管機 1 具，礦石機 2 具，排在全國各省份登記數量的倒數第一位。他還區分了礦石和真空管收音機的差異，認為：「礦石機占總數的五分之三強，是亦一不良現象。因為礦石機大簡單，僅可近處電臺之播音，且係用聽筒，聲音小，只可供一人或二人聽用，效力之小，不可言喻。唯礦石機值賤，適合中國普通人民之購買力。」論者利用美國商業部貿易委員會數據，認為：「中國本部及東三省與香港，共有收音機三十五萬架」，根據中國四億人口計算出中國平均 1354 人佔有收音機一架，並同世界主要國家的收音機總數和「每十萬人口所具之收音機數」進行了比較（見下表），得出結論：「中國收音機至總數與人口比，與列強諸國比較，尚差數十倍以致數百倍。」在「第五章世界列強之廣播事業」中，論者對日本、英國、德國、法國、意大利、蘇俄和美國的廣播事業發展情況進行了介紹，開門見山地指出：「今日歐美各國，以及東鄰日本，甚至日人卵翼下之偽滿，莫不積極重視廣播事業。」

中國和世界各國每十萬人口所具之收音機數比較

國　別	收音機總數	每十萬人口所具之收音機數
美國	24,269,000	18,950
德國	8,167,957	12,030
英國	7,960,573	16,900
俄國	3,264,100	1,970
日本	2,771,682	3,950
中國	350,000	74
印度	37,250	10

正文第三部分，即「第二編中國廣播事業之檢討」，包括四章九節，對中國廣播事業的質量、宣傳教育、文化娛樂、經營管理等方面的工作進行了詳細的介紹的論述，檢討了中國廣播事業在存在的問題。在第二篇開篇序言中，論者非常推崇廣播無線電的優勢，認為它「具有超越地域，超越時間，與超越人類階級」等三大特性，他借用美國總統胡佛名言說：「播音臺在數年前係僅一科學玩具，至今已被認為人類生活上不可缺乏之工具矣」；探討了廣播無線電的使命，認為廣播事業是「發揚文化之利器」，「普遍教育之工具」，「一種宣傳工具」，「富財者之一種消遣或娛樂品」，最後指出：因國家政體與社會組織之不同，廣播無線電之使命亦有所偏重也。」在「第一章中央電臺節目質與量之分析」中，重點介紹了中央電臺的播音情況。播音時間：平均每日播音約 12 小時，星期日則約 7 小時，一般從午前 7 時始，直至晚十時半；播音內容大致分為：（一般、主義、言論、施政、運動）宣傳、（一般、教育）演講、（體育、語文、科學、哲理、青年、婦女、兒童、通俗）教育、（體育、科學、經濟、時像）新聞、（樂曲、戲劇）娛樂等五大類；節目來源：中央廣播事業管理處自選材料自行播講和向外徵集並敦請各界著名人士或團體主播；各類節目比例（以時間計）：宣傳 3.5%，演講 5.5%，教育 32.3%，新聞 21.9%，娛樂 36.8%，經過分析比較，論者認為：中央電臺之娛樂節目時間，雖占三分之一，亦不為多，換言之，即我中央電臺的節目，偏重於教育文化及宣傳方面，實甚明顯也。在「第二章宣傳工具」中，論者指出：廣播事業是「政治上之宣傳工具，可分為對內對外，或國際語國內兩種目的」，並分別論述了中國廣播事業的對外對內宣傳工作。他認為：「中國雖有五百瓦特之短波電臺一座，但以電力過小，射程太近，不足以言國際傳播⋯⋯毫無混淆國際是非聽聞之作用。」他特別介

紹了中國廣播三次轉播國際節目的情況。第一次是 1936 年 2 月 8 日，節目為清華大學教授陳達先生在柏林電臺演講德國勞資聯盟會發展概況。第二次是 1936 年 8 月 1 日，柏林奧運會期間，兩中國記者每日用國語報告奧運會重要消息。第三次，1937 年 1 月 20 日，美國羅斯福總統就職典禮。在「第三章廣播事業在文化及社會事業上之地位」中，論者探討了廣播在教育、新聞、娛樂、廣告方面的節目情況，認為：無線電所播各種節目，無論其為新聞報告、宣傳、講演或娛樂等項，俱莫不含有教育作用……此種教育作用，不僅能補學校教育之不足，亦且更社會化、普遍化，誠一教育廣大民眾之偉大工具」。在「第四章廣播之統制」，主要介紹了國民政府對廣播事業的管理規章、節目檢查和收音機設置等相關規定。

正文第四部分，即「第三編戰時之廣播事業」，包括兩章四節內容，主要梳理了抗戰初期，中日廣播事業的此消彼長的發展態勢和雙方進行輿論戰情況。論者指出：「戰事進行以來，中國引軍事上之失利，既成廣播事業備受摧殘，而日軍則雖其刀槍所至，亦儘量利用廣播無線電，作虛假宣傳。」概括了戰時防止敵方廣播宣傳的三種有效方法：一為嚴格限制本國人民所裝收音機之效能，劃一收音機之真空管數及周率範圍，使無法收聽國外之播音；二為對敵方播音，以同樣電波，夾雜刺耳之尖聲、叫喊聲、拆裂聲，以擾亂敵方之播音，使本國人民無法收聽清楚；三為毀壞敵方之播音電臺，令其全部停止播音。作者積極頌揚了中央臺的戰時廣播宣傳，「除報告新聞外，……娛樂節目如音樂戲劇等，均偏重救國抗敵情緒，其他節目，亦無不以激勵士氣，統一全民族抗戰意識為主。……不特可將日本在華暴行，中國人民抗戰偉績，昭示全世界，即日本偽造宣傳之慣技，至此亦被粉碎矣。」對於日本虛假的戰時廣播宣傳進行了揭露和批判，「日本在華廣播宣傳上頗值吾人注意之一點，即強迫中國政府軍之俘虜作播音演說，內容不外述及中國軍隊內幕如何黑暗腐敗，日軍對彼之待遇如何優厚。」

正文第五部分，即「結論」。通過全文的論述，作者針對中國廣播事業的現狀，總結出五點結論，也是對中國廣播事業發展的五點建議。第一點，基於中國廣播事業的歷史發展，他建議中國廣播事業要布局合理。他認為：「自世界第一座廣播電臺成立後第三年，廣播事業即被介紹入中國，此雖較歐美為晚，但已早已日本三年。以廣播電臺而論，中國過去之公營及民營電臺近百座。公營電臺有直接屬於中央者，有屬交通部者，而各省市又各自設有廣

播電臺；民營者，亦有國人、西人、宗教所屬之分，且分布多偏於一隅。以他國即成之廣播事業作參考，則甚覺中國廣播電臺，無論公營民營，亟應自成一系統，由獨立機關統一管理之必要。能如是，則不僅管理上，可以收一致之效，即進而完成廣播網，分設電臺於全國各區，以從事廣播事業之縱橫發展，亦屬易事。」第二點，關於中國廣播事業的節目質量問題，他認為中國廣播事業肩負重大的文化、教育和宣傳使命。他建議到：「……中國廣播事業首腦地位之南京中央廣播電臺，所播送節目，娛樂僅占百分之三十左右，較歐美各國百分之五十以上為娛樂節目，已少半數，唯仍較日本為多（日本娛樂節目僅占百分之二十左右，見第一篇）。廣播節目內容質量應如何分配，固非本文所可論及，但由此亦足資證明中國廣播事業所負文化、教育及宣傳使命之重大矣。」第三點，關於中國收音機發展情形，他認為中國發展落後，分析了原因，並向政府提出了具體的意見，「再論及收音機，……中國總計僅有三十餘萬具，以此與中國人口及土地面積比較，實極不發達，即較中國廣播電臺之進步，亦甚落後。中國收音機不發達原因，不外國內無此項製造工廠，而所仰求之外貨，又非一班民眾購買力所可備置。故今後欲求廣播事業之進步，必先在國內提倡價廉收音機之製造工業，使興廣播電臺同時平衡發展，庶不致有尾大不掉之弊，且亦可補救國家財政上之損失。又中國文盲眾多，亦不可諱言之事實。如窮鄉避野之市鎮鄉村，人民財力不克購置收音機者，可由政府仿傚蘇俄集團式收音機或日本分區設置收音機及放大器辦法，普遍全國，以促進廣播之教育功能。」第四點，對於戰時廣播事業，他主張「全盤統制」，建議中國廣播事業應「趨向戰時體制」。他特別強調中國應加緊對外廣播宣傳，意義重大。「中國努力對外宣傳之意義不外三點：（一）為嚴肅世界各國聽聞，在正義之立場上，求得國際對中國抗戰之瞭解與同情。（二）南洋華僑與戰時祖國關係更切，就此以傳達消息。（三）戰前廣播事業昌盛之區，如江浙一帶，今已淪陷，與東三省及華北各區，雖離中央政樞太遠，唯有藉廣播以傳達中央抗戰情形。」第五點，作者肯定了中國廣播事業取得的進步，但並不諱言中國與外國廣播事業的發展的差距，並認為中日戰爭是一個大發展的機會。「十餘年來，中國廣播事業雖云有長足進步，但以與歐美先進各國及後起之日本相較，則不免有瞠目乎其後之感，此次中日戰爭，或中國廣播事業前途之一大轉機焉。」

二、趙澤隆與《廣播》

趙澤隆（1922～），祖籍浙江吳興（現湖州市），出生於北京，小時就讀於天津南開中學；他自小就很喜歡讀報紙，家裏的報紙是不許剪的，他就每天用一本小冊子，把頭條新聞連標題都抄下來，過後時常拿出來閱讀。出於對新聞的熱愛，1940 年，他考大學時，毅然報考了燕京大學新聞學系。太平洋爆發後，燕京大學被日軍關閉停辦，他在新聞學系的學業中斷。等 1942 年 10 月，燕大在成都復校，新聞學系由蔣蔭恩先生主持復辦工作，成都《中央日報》總編輯加盟，講授《報刊編輯》、《社論》和《中國報業史》等課程。趙澤隆遠赴成都，重新進入燕京大學新聞學系攻讀新聞學。念書期間，他學習刻苦，成績優異，榮獲《大公報》在新聞學系設立的「季鸞獎學基金」，並與同學李肇基、譚文瑞、戴永福共同翻譯了美國記者福爾曼的通訊集《來自紅色中國的報導》。1946 年 3 月，他在論文導師張琴南指導下，撰寫畢業論文《廣播》，順利畢業，獲得「文學士」。

在論文封面上自右到左行文順序是：畢業論文學校：「私立燕京大學文學院新聞學系文學士畢業論文」，評閱者：文學院院長馬鑑（印章）、系主任蔣蔭恩（印章），導師張琴南（印章），學生姓名：「殷增芳，學號 40035」，遞交論文時間：民國三五年四月（1946 年 4 月），標題：「廣播」。全文 83 頁（兩面），總約 5 萬字，分「提要」、「目錄」和「正文」三部分。

在「提要」中，趙澤隆記敘了畢業論文的選題原因、主要內容、創新之處和致歉詞。他認為無線電廣播在傳播方面具有諸多的優點和特性，「無線電廣播自發明至今雖僅數十年歷史，然而為現代文明國家人民日常生活不可或離之一部。其本身最大優點與特點，在於能夠突破空間與時間限制，無論何種宣傳、新聞、教育、政令，一經發播，其音波遂為高調率電波所利用而達到遠近各地，只需有收音機設備，便能於各處直接收聽，謂之迅速、確實、普遍、明易、當無疑義。以故歐美各國莫不爭先建設，不僅以之為訓練民眾，教育民眾、調劑生活，指導生活之有效工具，而更認為可以促進各地聯絡，消除各族隔閡，聯繫各屬人心。至此次世界大戰，廣播在國際宣傳與新聞報導方面更有卓越成績表現，我國科學素不昌明，廣播事業落於人後者凡二十五年。抗戰期間，復飽受摧殘，故應急起直追，方能與現代國家並駕齊驅。」〔註 38〕正是這種認

〔註38〕趙澤隆：《廣播》，私立燕京大學文學院新聞學系文學士畢業論文，1946 年。該部分其他引文均來自該文獻。

識，促使他將畢業論文的選題定為「廣播」。然後，他介紹了畢業論文主要內容，「本文以篇幅所限，故廣播之文化教育作用，以及廣播節目之討論，均付闕如。僅首章就廣播發展之歷史，逐次介紹歐美各先進國之廣播事業，次章就廣播宣傳而簡述此次大戰之廣播戰爭。三章廣播與新聞事業內，簡論廣播國營、民營問題及廣播與報紙今後相互之發展。末章簡述我國廣播事業，並根據全文所論，對未來之前途略陳管見。」作者特別提出了自己論文的創新之處，「四章十三節中，僅（一）廣播戰之消弭，（二）廣播記者，（三）廣播與報紙，與（四）中國廣播事業之展望，各節為個人意見」。最後作者謙虛地表示，「良以身處僻域，材料搜集既與多，倉促成篇，誤謬見解亦難免，尚乞明達，不吝賜教。倘遇同好之士，更加精深之研究，細密之分析，尤所至禱。」

正文「第一章歐美廣播事業」介紹了廣播的起源、英美蘇德意法等國廣播事業的發展情況，尤其詳細地記載英國廣播公司（BBC）、美國國家廣播公司（NBC）、哥倫比亞廣播系統（CBS）、互助廣播系統（MBS）等歐美主要廣播公司的成立和發展態勢，稱讚蘇聯國際宣傳事業「在廣播歷史上保有先鋒之光榮地位。遠在 1918 年，蘇聯政府即首次用無線電為政治宣傳之工具。」

在正文「第二章廣播宣傳」中，作者基於對廣播宣傳重要性的認識，著重介紹了第二次世界大戰中納粹德國和盟軍雙方進行的廣播戰情況。他比較了報紙、廣播和電影宣傳武器的優劣，「書報宣傳曾為一戰雙方宣傳的主要手段，惜只能對敵人思想與文化作消極的侵略，而不能立湊功效；電影宣傳則能於戰時對國民及善意中立國作情緒培養之工具，絕不能以之直接對敵宣傳。故第二次世界大戰未開始，盟國與軸心國即均以廣播為主，輔以其他方法，大事宣傳，發動心理戰與神經戰，1939 年大戰開始後，此類空中戰爭愈趨明顯，假面具一經揭開，雙方乃短兵相接，互相攻擊，廣播方法層出不窮，乃於宣傳之史料內，寫下永不磨滅之一頁。」他認為廣播宣傳優點勝於書報宣傳甚多，其所發揮之宏大效力，則更難以勝數，並總結了廣播宣傳的四大優勢：廣播不受時空限制且傳播迅速情景逼真，廣播不受聽眾文化水平的限制，廣播宣傳有特殊之申訴力（以情感人），廣播宣傳更能發揮煽動性。他介紹了納粹德國在大戰中四階段的輿論戰策略：一、開戰之初，各種廣播節目充分表現一種號召聽眾之企圖，對其生活情形，表示同情與興趣，以博得聽眾好感，使其摒棄疑慮，接受宣傳，是為「善鄰時間」；二、繼而抨擊目的國之政治制度、政府首長及統治集團，以期引起聽眾之精神不安現象，是為「侵略時期」；三、更進一步，

則發動謠言攻擊，不斷以警語宣布大亂之將至，而勸告聽眾推翻其當權統治者階級，是為「恐怖時期」；四、最後軍事行動即畢，停戰協定已經雙方代表簽字，而廣播攻勢仍不休止，籍以延長聽眾之衷心苦惱，使其備嘗國破人亡之屈辱感覺，而在戰勝國家之前搖尾乞憐，是為「廣播攻勢繼續時期」。對於盟國的廣播輿論戰，他認為 BBC 為中流砥柱，並用聽眾數據說話，相信倫敦廣播者 37%，相信柏林廣播者 9%，不相信一切者 21%，未表示意見者 33%，並認為：宣傳之術首要真理與事實，此乃一顛撲不破之道理。二軸心國家所循途竟與之大相悖謬，故其不受人信任，乃必然之結果。本章第三節「廣播戰之消弭」時論文作者的創新之處。他敘述了各國花費暨大人力物力和財力，競相設立廣播電臺，以便於「第四戰場」（廣播戰）中佔據上風。針對激烈的競爭局面，作者提出了消弭廣播戰的二種方法：一為訂定條約，如《德波廣播協定》；二為國際合作，如國際廣播聯合會，並分別予以詳細地介紹，並呼籲聯合國承擔起消弭廣播站這一責無旁貸的工作，並提出了具體措施：第一，將互相詆諆之廣播變之為國際教育工作，提高知識水準，灌輸良善思想；第二，進行國際節目之交換；第三，消除廣播壁壘，消弭未來廣播戰禍。

在正文「第三章廣播與新聞事業」中，闡述了廣播對新聞事業各方面的影響，這是作者畢業論文創新的主要部分。在「第一節廣播記者」中，介紹了廣播記者的產生、地位和作用。

作者指出：廣播記者是隨廣播事業的發展應運而生的新職業之一，「且因情勢需要，地位經逐漸提高，在許多國家內，已成為廣播事業之中心。」他介紹歐美受眾對廣播新聞更為信任，他引用美國事實數字調查庭 1942 年報告說：「半數以上之聽眾除以廣播新聞為第一外，且對廣播評論員有普遍之偏好。根據數字，有 62% 願兼聽事實與評論，僅 32% 願聽單獨新聞。」他將歐美的廣播記者分為採訪報員與評論員，兩者區別在於：「前者就各地已在進行中之新聞於當地將目擊情形用傳聲器作第一手報告，後者則為在電臺上作定時之時事分析。」讚揚了採訪報員在二戰中充當隨軍記者進行了現場報導，「此種採訪報告員以英美各大廣播公司派出者最多，工作成績駕乎報紙記者之上。」至於廣播評論員，作者認為：「1922 年美人 Kaltenlow，每星期播送半小時，實開廣播評論員之先河，濫觴至今，僅以美國最盛。」他認為理想的廣播記者是一個「技既能採訪，又能編輯，兼能播音之全才」。而在廣播事業落後的中國，「廣播記者」一詞是個陌生詞彙，「且更無理想廣播記者為典範。」在「第二節廣

播自由」中，作者認為：「言論自由之歷史，實即政府與新聞事業衝突鬥爭之記錄……廣播雖為輿論機關，然不應直接參加、指導、處理日常政治之武器，其任務與報紙相同，意在反應民意。其作用亦在表達民情。」他反對廣播國營，指出：「若全國電臺統歸國營，惟政府意見馬首是瞻，人云亦云，則廣播自由安在？何能反應民意，焉能表達民情……廣播國營，則無異於剝奪民眾此項（言論自由）應有之權利。」他認為：國營壟斷、市場競爭和新聞檢查均為廣播自由的障礙。但相比較而言，他支持廣播事業民間經營，「國營電臺容易極端壟斷，實行言論獨裁，是故由民主觀點出發，廣播事業仍以民營為上策。」在「第三節廣播與報紙」中，他論證了廣播和報紙忽互有優缺，互相依存關係，認為：「將來廣播與報紙中間新聞競爭雖不避免，但一切事情，唯有競爭才能獲得進步，所以相輔相成之廣播與報紙是未來新聞事業中之兩大柱石。與電影新聞組成聽的、看的、讀的完整之新聞事業，故報紙與廣播兩者非但不會對立，且可互相輔助提攜，因為廣播自由廣播領域，報紙自有報紙領域，而自由的廣播與自由的報紙是平行的。」

　　正文「第四章中國廣播事業」，主要介紹了中國廣播事業的發端和抗戰時期中國廣播事業的變化情況，並對中國廣播事業未來的發展情況進行了展望。尤其「第三節中國廣播事業之展望」，是作者畢業論文的創新點之一。他展望未來，呼籲抗戰勝利後「中國廣播事業實應有一遠大之理想完善之計劃，努力躍進，以期於最短期間彌補落於人後廿五年之缺陷，得與各先進國齊頭並進。」他希望政府在戰後重建之際推廣收音機的普遍使用，支持國產收音機的生產和使用。「為今之計，政府應一方面在國營方面集中全力於中央無線電器材廠，一方面鼓勵提倡私營事業，以求大量製造價格高下不等之收音機，普遍零售應用，材料補充，亦應力謀自給，並利用教育機關，大量訓練裝置及修理人員，分至各地服務，尤須避免集中於城市內。……尚希政府對國產收音機和提倡，以資彌補。」他建議政府取消《徵收全國收音機執照費辦法》，認為「一切自由乃人民應有之權利，即或言論自由遭受限制，然最低亦應有聽的自由，看的自由，家中備用收音機需有執照，且需按時繳納執照費，則無異對同的自由由多一束縛之繩索。」他主張國營和民營廣播電臺應同時存在。「在言論自由前提下，自以民營為原則，惟我國教育未能普及，國民知識水準稍差，民營電臺是否能令人滿意，頗堪憂慮，戰前上海「黃色電臺」即為前車之鑒。國營民營若能同時存在，則一方可代表政府意見，一方可代表民間建輿論，或能在過渡

時期得以兩全。」他對戰後中國廣播事業的發展提出了具體的措施：嚴格限制外人在華私設電臺、建立廣播新聞網、培養廣播人才、提倡設立理論技術研究室等。最後他對中國廣播事業的發展充滿了美好的憧憬，「中國廣播事業雖較人落後二十五年，然先進國家已在前面開出了一條康莊大道，中國正可再此平坦道路上飛奔疾走，迎頭趕上，絕無誤入歧途危險。若能計劃周密，實施得法，則十年之內或可追及。中國廣播事業得以成為完善系統，而斯時報紙及電影亦將視廣播為唯一畏友，共同創造新中國之新聞事業。」

三、王存鑾與《廣播事業研究》

　　王存鑾，四川自貢人，生卒不詳，青年時期就讀於自貢蜀光中學，1945 年進入成都燕京大學新聞學系攻讀新聞學。1946 年，隨同蔣蔭恩先生等遷回已在北平復校的燕京大學新聞學系，繼續學習。1949 年 5 月，在導師張隆棟先生的指導下，順利完成畢業論文《廣播事業研究》，獲得「文學士」學位，畢業後進入唐山鐵道學院任助教，從事教育工作。他的論文封面自右到左行文順序是：學校：「北平私立燕京大學文學院學士畢業論文」，評閱者：文學院院長齊思和（印章）、系主任和導師張隆棟（印章），學生姓名：「王存鑾，學號 45190」，遞交論文時間：民國卅八年五月（1949 年 5 月），畢業論文標題：「廣播事業研究」。全文 58 頁（兩面），總約 3 萬餘字，分「目錄」和「正文」二部分。正文包括四章十四節。

　　王存鑾的畢業論文《廣播事業研究》前三章，即第一章無線電廣播發明簡史、第二章歐美廣播事業之鳥瞰、第三章短波廣播戰，內容與前兩篇畢業論文有所相同，不同部分只是時間內容更新，有些地方更加全面和深入。這正如其開篇語所言：「現代無線電廣播事業，突飛猛進，蓋自人類有史以來，凡百事業，從未這樣發達過。其機械則日新月異，歲有不同，其內容則由簡趨繁，由淺入深，幾為現代文明中不可或缺之要素。但考其歷史，無線電之發明，距今不過一百零八年，而無線電之用於廣播事業，實肇始於 1920 年，距今亦不過二十九年，較之其他各種工程學術，如醫學、土木建築、機械、冶金等等之發明至少皆有數百以至千年之歷史，其資格實為最淺最近者。」〔註39〕在「第二章歐美廣播事業之鳥瞰」中，介紹了歐美廣播事業的發展和特色，其中「第一

<hr>

〔註39〕王存鑾：《廣播事業研究》，北平私立燕京大學文學院學士畢業論文，1949 年。該部分其他引文均來自該文獻。

節歐美廣播制度之比較」是該章的亮點。作者指出：私營制可以美國為代表，公營制可以德蘇為代表，而公私合營者則以半官專營制之英國及公營並存制之中國為代表。若把英國式和中國式歸到公營式，則今日世界廣播制度不外乎兩大類，即以自由競爭為原則的美國制，及以國家干涉為原則的歐洲制。」並闡述歐洲制三大優點，第一五廣告混入，第二質量較佳，水準較高，第三，以新聞為主體；分析了美國制的優點是：第一受政府控制輕，較自由，第二，不受檢查，自由發表，第三國際宣傳，不挑撥民族感情，第四追求創新。同時，作者在該章中比較準確地概括了各國廣播制度的特色，如蘇聯廣播事業，把人民之思想統一起來，對內著重文化革命，不斷提高人民之文化水準，對外則鼓動各國無產階級革命；如英國廣播事業，「以服務國家為唯一目的，它的特色一方面不是商業化的，非競爭的，壟斷的；一方面又是有相當的獨立性，自主的，不完全受政府控制及干涉的。」再如美國廣播事業的特色，歷史悠久，高度發達，「美國是無線電廣播的祖國，也是世界上無線電廣播最發達的國家」，私人經營，經濟來源純靠廣告，無播音檢查。在「第三章短波廣播戰」中，闡述了廣播宣傳的威力以及國際廣播宣傳戰發展的態勢，介紹了廣播宣傳戰的六種武器（音樂、新聞、新聞評論、對話或兩人以上之討論、報告、戲劇）的用途和方法，重點分析了二戰期間德國對英法美廣播戰及英國 BBC 應戰之策。

　　王存鑾的畢業論文《廣播事業研究》創新之處是「第四章廣播對報紙發行之影響」，重點論述了廣播對報紙各方面的具體影響。他闡述了危急突發時期廣播的重要性，「每當戰爭期間，人們都希望盡早知道戰事新聞，無線電廣播最快，因之最受歡迎」，並採用美國權威調查數據說明：無論城市居民或鄉村居民，無論他們的文化水準怎麼樣，在歐洲危急時期，都一致地對廣播更感興趣。他認為：廣播與報紙相輔相成，並行不悖，「雖聽廣播猶讀報紙」。他以北平解放的親身經歷現身說法，「在危急時期，廣播的確可以增加聽者閱讀報紙的欲望和興趣」。他指出：他們天天收聽廣播，然後再去細讀報紙。……聽了廣播新聞的人，往往還要細讀報紙的社論，因為廣播新聞可以影響社論的內容。因此，他建議報紙面對廣播的競爭應該逐漸轉變功能，從報導新聞轉移到解釋新聞。他還分析了廣播對報紙發行的影響，認為：在廣播的競爭壓力下，報紙之銷路在城市比農村好……報紙之發行在小城市比大城市好，日報的銷路比晚報好。最後，他探討了廣播對報紙廣告的影響，認為「廣播及報紙對廣告之競爭，是我們估計廣播對新聞閱讀的影響同時，所應大大為慮的一件事」；

指出「廣播新聞促進了報紙讀者的增加，然而毫無疑問，打破了報紙對廣告一向的壟斷，使報紙的廣告收入蒙受重大損失」。

四、庚賡與《廣播電臺的編輯工作》

庚賡，生卒不詳，1947 年考入北平燕京大學新聞學系攻讀新聞學，學號47102。1951 年 1 月，在導師張隆棟先生的指導下，順利完成畢業論文《廣播電臺的編輯工作》，獲得「文學士」學位。全文 88 頁（兩面），其中正文 86頁，參考 2 頁。但是由於該論文筆者曾於 2008 年上半年在北大學位論文庫閱讀並抄錄下目錄，但在北大三年（2008～2011）卻由於館藏調整未能再次查找和閱讀到該篇畢業論文，甚為遺憾。因此，筆者只能就目錄內容做一個簡單的介紹。

全文三章十五節。第一章「緒論」，從歷史的視角梳理了世界及中國廣播事業的興起，特別介紹了「人民的廣播事業」的發展情況，闡述了「廣播是宣傳教育團結群眾的有力武器」〔註40〕觀點。第二章「廣播稿件的編輯工作」，分「廣播電臺工作人員的編制」、「廣播電臺編輯的組成」、「廣播稿件的處理」、「節目的安排」、「聯繫群眾、組織群眾收聽」、「播音員工作相配合」、「大力開展廣播事業」等七節展示出廣播稿件編輯工作的流程，尤其詳細地介紹了廣播稿件的處理過程，包括「廣播內容的來源」、「稿件的處理」、「稿件的送審」、「最後的通知和聯絡」、「播音」、「音質的控制」。第三章「廣播稿件的寫作」，分「廣播新聞多種形式報導的不同」、「基於新聞的時間、地點、聽眾對象、背景及性質有不同的寫法」、「廣播稿件的生動和親切性」、「廣播新聞的迅速及真實」、「會議新聞和新聞紀錄的報導」、「廣播稿件寫作注意事項」等六節敘述了廣播稿件的寫作事宜，特別詳細地介紹了廣播稿件寫作的具體注意事項：口語化、語句、用字和標點符號、數字問題、詞類、頭子和導語、字體清晰。

五、燕大新聞學系廣播研究畢業論文的特點和意義

畢業論文是高等院校畢業生提交的一份具有一定學術價值的文章。它是大學生從事科學研究的最初嘗試，是在教師指導下所取得的科研成果的文字記錄，也是檢驗學生掌握知識的程度、分析問題和解決問題基本能力的一份綜

〔註40〕庚賡：《廣播電臺的編輯工作》，燕京大學文學院學士畢業論文，1951 年。

合考卷。《中國廣播無線電事業》（1939）、《廣播》（1946）、《廣播事業研究》（1949）、《廣播電臺的編輯工作》（1951）等四篇燕大新聞學系廣播研究畢業論文，選題重大，富有學術意義。當時廣播研究處於「緩慢發展時期的中國廣播研究階段」，研究呈現出：「主流研究群體由無線電專家向政府及各廣播電臺管理者者以及新聞學、文學方面的專家學諸轉變，研究的內容由此前的綜合性研究向細分化專題研究方向發展以及研究規模增長緩慢三大特點」〔註41〕。這四篇廣播研究畢業論文，突破當時人文社會學者的廣播研究模式，大大豐富了該階段的廣播研究內容，反映出廣播學學科研究發展的基本規律。

　　首先，他們選擇「廣播」作為畢業論文的研究選題，反映出他們敏銳的學術意識和寬廣的學術視野。當時，廣播事業的研究處於低水平的學術階段，「研究性質的廣播專文數量並不多，也沒有出現較快的增長。對於廣播的系統性研究較少，目前資料顯示僅有《廣播事業》一本相關專著，從國外譯介過來的專著也僅有《廣播戰》（彭樂善，1934）、《無線電播音》（徐卓呆，1937）、《無線電宣傳戰》（國民黨中央宣傳部，1942）、《廣播常識》（徐學鎧，1947）等少量幾本。總的說來，這些專著的系統性、學理性與研究深度均不夠強，因而無法體現一定的理論層次。」〔註42〕他們從事廣播研究面臨資料少，學術根底淺的不利局面，但他們有感於廣播事業的迅速發展以及在戰爭危急時期的靚麗表現，他們充分認識到廣播事業對國家、社會、民眾生活的重要性，選擇了這一學術根底淺薄、新聞業界前沿的選題，而且在研究中緊抓時代脈搏，研究廣播宣傳（輿論）戰的新課題，自覺地加入廣播研究的隊伍，突破了當時人文社會學者廣播研究的模式，體現出他們敏銳的學術眼光和寬廣的學術視野。

　　其次，這四篇「廣播研究」畢業論文，篇幅長，寫作嚴謹規範，質量高，富有創見。按照當時燕大畢業論文的規定畢業論文的寫作僅需4000字，這四篇論文篇幅在3～5萬字之間，大大超出了學校的篇幅要求，從這一側面也反映出他們對學術研究的志趣和追求。同時，這些論文結構嚴謹，表述嚴密，條理分明，邏輯性強，語言通順流利，表達精確無誤，符合燕大既定格式要求，寫作嚴謹規範。這些論文注釋較多，在文末均附有中外參考文獻。如殷增芳的

〔註41〕申啟武、安治民：《中國廣播研究90年》，暨南大學出版社2010年，第78、81頁。

〔註42〕申啟武、安治民：《中國廣播研究90年》，暨南大學出版社2010年，第78、81頁。

《中國廣播無線電事業》，全文注釋多達 135 處；參考書籍中有八本英文書籍，僅一本中文書籍王崇植惲震合著的《無線電與中國》；參考的雜誌，英文六種，中文八種；參考的報紙，西文四種，如《紐約時報》、《京津泰晤士報》、《華北明星報》、路透電稿等，中文五種，如申報、大美晚報、大公報等。另外，這些論文質量高，內容真實可靠，材料充實，富有學術創見。如殷增芳在《中國廣播無線電事業》（1939）中對當時正在進行得中日廣播輿論戰的研究以及「結論」部分對中國廣播事業發展的四點建議，如趙澤隆在《廣播》「提要」部分中提出自己論文研究的四大創新點，如王存鎏在《廣播事業研究》中對廣播對報紙功能、發行、廣告等各方面影響的分析，如庚賡在《廣播電臺的編輯工作》中對廣播電臺編輯工作流程以及廣播稿件的寫作規範等，均富有學術價值，極大豐富了當時廣播研究的內容，為後人的學術研究提供了豐富的史料，推動了中國廣播研究的學術發展。

再次，這四篇「廣播研究」的畢業論文反映了中國廣播學學科研究發展的基本路徑。四篇「廣播研究」的畢業論分屬 20 世紀 30、40、50 年代，從歷史的視角系統梳理了中外廣播事業的發展歷史出發，描述它們所處時代的廣播事業的發展現狀，以及世界範圍內方興未艾的廣播宣傳（輿論）戰，探討廣播對報紙等新聞事業的影響，進而具體研究廣播電臺的編輯工作和廣播稿件的寫作流程。總之，從史出發，推動理論思考，歸落到具體業務的研究，廣播史論業務三路進發，推動廣播學術研究，反映出中國廣播學研究的基本路徑。

最後，這四篇「廣播研究」的畢業論文是對燕大新聞學系殷增芳、趙澤隆、王存鎏、庚賡四名畢業生掌握的新聞學專業知識情況、分析問題和解決問題的基本能力的一次全面考核，既鍛鍊了他們的寫作能力，增進了他們的邏輯思維能力，培養了他們的讀書習慣以及從事科學研究的能力促進了他們成才。如趙澤隆 1946 年畢業後在重慶參加大公報社工作，被聘任《大公報》重慶版國際新聞編輯。不久，他被委任為重慶《大公晚報》總編輯，他揭露國民黨腐敗，與國民黨政權相抵，於 1949 年 5 月 1 日抵達香港，開始為香港大公報工作，歷任要聞主任、編輯主任。1977 年，被委任為《大公報》副總編輯，1984 年調任《香港晚報》總編輯，自 1992 年退休，總計為大公報社服務了 47 年。他退而不休，繼續出任香港《大公報》、《新晚報》特約主筆，撰寫專欄。著有《東翻西看集》（共 13 集）、《國際問題十二講》（共六冊）、《美國大企業內幕》、《美國黑人的覺醒》等。翻譯有史沫特萊著的《偉大的道路》、西

園寺公一著的《北京十二年》、本多勝一著的《中國之旅》、《美國紀行》、《加拿大的愛斯基摩人》等。他在大公報社取得新聞業績與燕大新聞學系的培養和畢業論文的寫作訓練密不可分。

　　總之，通過上述對燕大新聞學系「廣播研究」畢業論文的考察，從一個側面體現出燕京大學新聞學系注重學生學術能力的培養，反映出該系新聞教育的優良成果，培養出具有良好學術研究能力的優秀畢業生，它成為建國前中國新聞教育和研究重鎮名不虛傳。燕大新聞學系的四篇「廣播研究」畢業論文，也反映出學術薪火相傳。殷增芳借鑒當時廣播學界的研究成果進行學術研究，撰寫畢業論文《中國廣播無線電事業》（1939）；趙澤隆則在殷增芳的廣播研究的基礎上，進行了畢業論文《廣播》（1946）的研究工作，將廣播學術研究推進一步；王存鋆明確地將趙澤隆的畢業論文《廣播》列入自己畢業論文《廣播事業研究》（1949）參考文獻名單，學術薪火，相傳永遠。

第六章 燕大新聞學系畢業論文的 歷史影響和價值

　　燕京大學新聞學系現存的 163 餘篇畢業論文中，大部分論文雖長期被束之高閣，但仍有少量佳作被當時著名的報刊雜誌收錄，甚至得以出版發行，這是對作者學術研究能力的肯定，給予了他們學術研究的信心，取得了一定的學術成就，為他們的學術道路和職業道路打下了堅實的基礎，奠定了歷史地位，具有了歷史影響和價值。

第一節 燕大新聞學系畢業論文對作者及社會的影響

　　燕京大學新聞學系畢業生通過發表論文和出版著作，或提供新聞研究新視角，或提出可供探討的爭議話題，或填補當時中國新聞研究的空白，或針對報業問題提出可行性建議，或為後續研究建立素材庫，這是他們為當時的學術界做出的研究貢獻，被學術界所認知，為作者個人帶來一定的學術地位和影響，也為當時的社會文化注入了新鮮血液，有利於社會文化的良性發展，繼而影響當代學術研究的發展方向，成為當代學術研究不可或缺的基石。有的畢業論文在當時雖未曾發表或出版，卻被當代學術界挖掘出來，成為學術研究的重要素材，鞏固當代社會文化發展的基礎，為社會帶來廣泛影響。

　　其中，1935 年畢業生蕭乾的畢業論文《書評研究》在同年由商務印書館作為「百科小叢書」系列刊印發行，內容增加了《創作界的瞻顧》《小說》《欣賞的距離》《文字的繪畫》等 4 篇附錄，共 184 頁。當時的售價是三角，價格

親民。在 1936 年第 5 期的《圖書展望》雜誌的「新書提要」欄目中，對蕭幹的《書評研究》一書進行推介：「書評在我國尚在萌芽之中，實有待於推進。本書供給撰述書評種種的方法和評衡所應持之態度。其內容多取資於歐美的出版界和書評界，間及我國已有書評之分析與探討，參互審議，指示途徑，殊為明晰。欲從事書評者，得此必可於提高學術有所推進也。」〔註1〕《圖書展望》是當時頗具影響力的圖書期刊，對《書評研究》的傳播具有一定推動作用。蕭幹的《書評研究》的出版在當時中國文化界掀起了一場寫書評、論書評的熱潮，蕭幹可以說是這一熱潮的直接發起者和推動者，為中國書評研究奠定了基石。《書評研究》是 20 世紀以來我國書評研究的集大成之作，成為後來的書評研究者不可繞過的界碑。由此可見蕭幹的畢業論文《書評研究》的影響之廣之大。

同時，1935 年畢業生蔣蔭恩的畢業論文《中國畫報的研究》改以《中國畫報的檢討》〔註2〕為題全文發表在了同年的《報學季刊》上，有意思的是在此文之後就附有一篇《寫在〈中國畫報的檢討〉後面》的文章，文中就蔣蔭恩的文章提醒讀者在收集材料和研究問題方面要特別注意，克服困難，釐清概念，並指出蔣蔭恩忽略了一些重要畫報材料的收集，希望蔣能在完善材料方面多多留意。在當代關於中國畫報的研究中，不少學術論文仍會提及蔣蔭恩的《中國畫報的檢討》，如 2007 年吳果中發表在《新聞與傳播研究》第 14 卷第 2 期中的《中國近代畫報的歷史考略——以上海為中心》，2012 年王鵬惠發表在《臺灣史研究》第 19 卷第 4 期中的《「異族」新聞與俗議——視：〈點石齋畫報〉的帝國南方》，上海師範大學 2014 屆碩士方吟在其畢業論文《20 世紀 30 年代上海女性畫報研究——以〈婦人畫報〉為例》，湖南師範大學 2015 屆碩士朱燦飛在其畢業論文《〈北洋畫報〉的新聞傳播研究》等論文中均有對蔣論文的引用和評論，可見蔣蔭恩的畢業論文對當代中國畫報研究的影響，成為中國畫報研究的重要代表作。

燕大新聞學系畢業論文在早期新聞資料索引方面取得了重要成就。1936年畢業生高向杲的畢業論文《中國新聞學文字索引》曾發表在 1937 年第 11 卷第 1 期、第 2 期的《圖書館學季刊》上，其中第 1 期刊登了論文的「緒論」和

〔註1〕浙江省立圖書館圖書展望編輯部，圖書展望〔J〕，1936（5），杭州：浙江省立圖書館編印。
〔註2〕蔣蔭恩，中國畫報的檢討〔J〕，報學季刊，1935，1（4）：17～42。

「第二編」的內容〔註3〕，第 2 期刊登了第三至第五編的內容〔註4〕，作者最後的「編餘散記」則未刊登。《圖書館學季刊》是中華圖書館協會創辦的第一份全國性圖書館專業期刊，是民國時期最具代表性和學術性的圖書館專業期刊，具有廣泛的知名度和影響力，高向杲的畢業論文能發表在這份刊物上，其影響力不容小覷。新世紀以來，高向杲的論文作為民國時期新聞學的重要「工具」逐漸被研究者看到，2001 年，由戴元光等主編，童兵、林涵著的《20 世紀中國新聞學與傳播學·理論新聞學卷》將其論文列入中國第一批新聞傳播類「參考工具書」一欄〔註5〕；2009 年，《圖書館學季刊》（共 11 冊）得以影印出版，為當今關於資料索引研究提供更大的便利，高向杲的論文再次以這種方式走入研究者的視線；2013 年由辜軍、葛豔聰主編、國家圖書館出版社出版的《民國時期圖書館學三種期刊分類索引》也將高向杲的論文作為「文摘索引」的一個條目收錄其中〔註6〕，進一步將其影響力擴大，此外還有不少研究都提到過或以高向杲的論文作為研究的重要基礎。高向杲的論文同時也是他的同系學弟、燕京大學新聞學系 1937 畢業生湯健文的畢業論文的基礎，湯的論文《新聞學文字書目引得》正是在高的論文的基礎上寫就的。湯健文的論文據說曾在北平印發過單行本〔註7〕，但目前基本找不到。胡道靜認為：「合這三部索引（筆者注：包括羅文達的《關於中國報學之西文文字索引》和高向杲、湯健文兩人的論文），關於我國新聞學的中西論文，才有一個完美的檢查目錄」〔註8〕。這一評價一定程度上肯定了這兩篇論文的重要地位；1967 年，由王雲五主編的《報人·報史·報學》一書收錄的《中國新聞事業研究導論》提到這兩篇論文，亦將其看做是中國早期新聞資料索引的重要成果〔註9〕；2010 年祝

〔註3〕 高向杲，中國新聞學文字索引〔J〕//圖書館學季刊，上海：商務印書館，1937，
　　　　11（1）：79～102。

〔註4〕 高向杲，中國新聞學文字索引〔J〕//圖書館學季刊，上海：商務印書館，1937，
　　　　11（2）：227～245。

〔註5〕 戴元光等主編，童兵，林涵著，20 世紀中國新聞學與傳播學·理論新聞學卷
　　　　〔M〕，上海：復旦大學出版社，2001：153。

〔註6〕 辜軍，葛豔聰主編，民國時期圖書館學三種期刊分類索引〔G〕，北京：國家圖
　　　　書館出版社，2013：159。

〔註7〕 方漢奇主編，中國新聞事業編年史（中冊）〔M〕，福州：福建人民出版社，2000：
　　　　1376。

〔註8〕 胡道靜，新聞史上的新時代·報壇逸話〔M〕，上海：世界書局，1946：65。

〔註9〕 王雲五主編，中國新聞事業研究導論〔G〕//報人·報史·報學，臺北：臺灣商
　　　　務印書館，1967：258。

帥的《心理學、經濟學與早期中國廣告學的發生》在查找 20 世紀 30 年代之後出版的各種體系性廣告學著作時也提到了這兩篇索引論文〔註 10〕，可見這兩篇論文作為早期「新聞工具書」對當代新聞學術研究的重要性。

此外，燕大新聞學系英文畢業論文也有一定的影響。1936 年畢業生古廷昌（*Xu T'ing Chang*）將其英文畢業論文《*The Protestant Periodical Press in China*》全文陸續刊載在《真理與生命》雜誌的「英文著作」欄目上，目錄中翻譯的中文題目是《中國基督教抗羅系出版之期刊的研究》。古廷昌的論文從 1936 年《真理與生命》第 10 卷第 5 期開始刊載，一直到 1937 年第 11 卷第 4 期，共連續刊登了 8 期雜誌〔註 11〕，可見對古廷昌論文的重視。《真理與生命》是一本基督教刊物，1926 年，為求北京地區基督教出版物的統一，基督教團體真理社與生命社成員將《真理週刊》與《生命》月刊合併，正式出版《真理與生命》雜誌，於 1926 年至 1941 年間在北京、上海等地發行，存續 16 年。這是由吳雷川、劉廷芳、徐寶謙等著名華人基督教知識分子創辦的刊物，在中國教會界具有重要影響力。

除在當時及時出版或發表的畢業論文外，有的畢業論文在當年並沒有刊印發行或在報刊雜誌上發表，卻在當代獲得不少學者的關注，從而獲得一定的學術地位。如 1946 年畢業生唐振常的畢業論文《論新聞自由》，於 2014 年由上海社會科學院出版社出版的《唐振常文集》（第七卷）一書收錄。此外，近些年來關於新聞自由的學術文章也不斷談及唐振常的這篇畢業論文。如鄧紹根先生的學術論文《時代與學術交光互影：唐振常〈論新聞自由〉研究》一文於 2014 年被《民國新聞史研究（2014）》一書收錄。文中詳細論述了唐振常從論文選題到論文寫作的經過，並對其論文內容條分縷析，評價此論文是「一篇優秀的畢業論文，是當時研究新聞自由文章的集大成者，同當時發表的諸多研究新聞自由的文章相比，具有系統性、全面性和現實性；哪怕放在今天，也不失是一篇範本。」〔註 12〕

〔註 10〕祝帥，心理學、經濟學與早期中國廣告學的發生〔J〕，廣告大觀（理論版），2010（05）：79～86。

〔註 11〕Ku Ting Chang. The Protestant Periodical Press in China〔J〕//真理與生命，北京：青年協會書局，1936，10（05）：1～6／10（06）：7～12／10（07）：13～20／10（08）：15～20／1937，11（01）：26～30／11（02）：31～35／11（03）：36～40／11（04）：41～43。

〔註 12〕倪延年主編，民國新聞史研究（2014）〔G〕，南京：南京師範大學出版社，2014：83。

可以說，燕京大學新聞學系畢業論文的發表和出版，從民國到今天為止都在學界或社會上產生過深遠持久的影響，具有重要的社會意義。

燕大新聞學系現存畢業論文對民國新聞教育界和新聞業界同樣具有重要的影響力。燕大新聞學系學生進行畢業論文寫作，在一定程度上奠定他們新聞學術道路的方向。這些畢業論文對於絕大多數燕大新聞學子來說是他們學術之路的起點，對這些畢業生的職業選擇產生過或深或淺的影響，不少人在畢業後堅定地走上了新聞實踐或新聞學術的道路。這些畢業論文是燕京大學新聞學系教學成績的重要體現，反映出燕大新聞學系注重學生學術能力培養的教學特色。他們取得的學術成就也是燕大新聞學系的教學成就，擴大了燕大新聞學系在學術界和社會上的影響力。

從整體水平來看，燕大學子的畢業論文研究雖然稱不上博大精深，但也異彩紛呈，它們在一定程度上填補了燕大新聞教育的空白，展示了燕大新聞教育的重要成果，反映出燕大新聞教育注重學生學術能力培養的特色，豐富了民國時期新聞教育的研究成果。同時，給當代新聞學教育以重要啟示，提供重要借鑒。

雖然在發展過程中，燕大新聞學系歷經艱辛，但它依然為中國新聞界培養出一大批優秀的新聞人才，在中國新聞發展史上形成了一個引人注目的「燕大群體」。在 20 世紀 30 年代以後的半個世紀中，中國各條新聞戰線上都活躍著燕大人，他們大多數是新聞學系校友。自抗日戰爭期間至解放戰爭期間，不論國內或是海外，每當有重大新聞事件發生時，往往可以看到燕京校友匯聚在一起採訪〔註13〕。

1991 年出版的《中國大百科全書·新聞出版》，收有人物詞條 108 人，其中有成都燕大新聞系主任蔣蔭恩以及學生劉克林、唐振常、嚴慶澍、譚文瑞等人。

據 1950 年燕京新聞學系的校友調查：本系歷屆畢業生，總計約二百人，其就業情況，過去曾有調查。現在因為篇幅關係，不能詳細分析，但大致來說，可分下列幾個階段，每一階段中畢業生在新聞界服務的百分比約如圖 29 所示：

〔註13〕部分校友座談燕大新聞學系〔M〕//燕大文史資料，北京：北京大學出版社，1995：129。

圖 29　各階段燕大新聞學系畢業生在新聞界服務百分比走勢圖〔註14〕

　　由此可見，燕大新聞學系畢業生從事新聞工作的比例一直在不斷增加，這表明學生願意從事新聞工作的人越來越多，該系在新聞業界的地位日益提高，其畢業生越來越受到新聞界的歡迎。

　　下面對燕大新聞學系畢業生的畢業去向及職業成就情況進行簡要介紹：

　　周科徵（1931）：1937 年 9 月 1 日，周科徵按照周恩來的指示，在太原創建了全民通訊社。1940 年 3 月被國民黨特務關進重慶白公館，後轉到息烽集中營。負責獄中《復活月刊》和《養正週報》的編輯工作，1961 年，周科徵調回中共中央調查部，擔任中調部四局西歐研究所副處長。

　　沈劍虹（1932）：著名外交家，曾任英文《大陸報》《中國郵報》記者、「臺灣新聞主管部門」局長和「駐美大使」。

　　黎秀石（1935）：《大公報》記者，曾參加 1945 年 9 月 2 日在東京灣密蘇里號軍艦上舉行的日本投降簽字儀式報導。

　　蕭幹（1935）：著名學者和翻譯家，如曾任《大公報》文藝副刊主編、長

〔註14〕燕京大學新聞學系，燕京大學新聞學系概況〔G〕，北京：北京大學新聞學系，1950：20。

駐歐洲特派記者，後來擔任中央文史館館長。

蔣蔭恩（1935）：曾任《大公報》桂林版主編，燕大新聞系主任，北大中文系新聞專業和人大新聞系教授、副系主任。

王繼樸（1941）：畢業後先後進入重慶《中央日報》、《國民公報》工作。抗戰勝利後，輾轉擔任臺灣《新生報》編輯、中央通訊社臺北分社編輯組長、中央社南京總社編輯、《民族報》編輯主任，後長期擔任臺灣《聯合報》總編輯、美國《世界日報》社長兼總編輯。

余夢燕（1943）：畢業後入美國哥倫比亞大學新聞學院攻讀碩士學位，1952年與夫婿黃遹霈在臺北共同創辦英文《中國郵報》，是臺灣的第一家英文日報。她在經營報紙的同時，曾在臺灣政治大學及文化大學新聞學系任教，在聯合國任職，一度當選世界女記者及作家協會總會會長。余夢燕成為臺灣報業的第一女強人，也是國際知名報刊界的女性發行人之一

陳瓊惠（1944）：畢業後前往美國密蘇里大學深造，獲新聞系碩士學位，後成為中央通訊社芝加哥分社任負責人。

錢家瑞（1945）：又名錢辛波，曾任上海、重慶《新民報》記者、副總編輯，中國社會科學院新聞研究所副所長。

鄒震（1945）：畢業後先後在成都、北平和南京的《新民報》擔任編輯，後又在《益世報》、《英文參考消息》工作，1951年調新華社對外部工作，後在文革中被打壓，1979年平反覆職，創辦《對外宣傳參考》、《世界新聞》附刊。

張學孔（1945）：畢業後先後成為香港《大公報》外勤記者、成都《新民報》記者。

劉克林（1945）：畢業後即入重慶《大公報》，抗美援朝時任新聞主筆，新中國成立後調入中宣部，曾是寫作《九評蘇共中央的公開信》的主筆。

譚人瑞（1945）：歷任《大公報》編輯、記者，《人民日報》總編輯，曾以「池北偶」的筆名發表過大量評論文。

吳亦蘭（1946）：畢業後成為成都《新民報》記者。

唐振常（1946）：名記者，後來潛心史學研究，成為學者、歷史學家。畢業後一直從事新聞工作，在《大公報》當記者和編輯。1946～1948年，在上海《大公報》；1948～1949年轉香港《大公報》；1949～1952年回上海《大公報》；1952～1953年在天津《大公報》；1958年～1966年，在上海《文匯報》工作，曾任文藝部主任。

將這些畢業生畢業去向與其畢業論文的內容進行比照，發現不少畢業生的新聞職業生涯與他們的畢業論文選題有著一脈相承的關係。如 1945 年畢業生鄒震，他的論文題目是《開羅會議前後中國國際宣傳政策之改變及其成就》，他的新聞從業崗位也幾乎都與國際新聞、中國對外新聞等內容相關。

總體上，燕大新聞學系人才培養是成功的，是得到社會認可的，從這個層面來看，當時燕大新聞學教育的經驗和辦學傳統對於今天我們的新聞學教育很強的借鑒意義。

第二節　燕大新聞學系畢業論文的歷史價值

研究歷史就是從過去的事物中尋找有利於當下的東西，並進行良好表述，形成價值思考。燕大新聞學系現存畢業論文是民國歷史的見證者和收藏者，具有重要的歷史價值。筆者從現存燕大新聞學系畢業論文對該系最早畢業生和培養第一位碩士研究生考證的視角，管窺其歷史價值。

一、燕京大學新聞學系最早畢業生考

目前關於燕京大學新聞學系最早畢業生的說法卻莫衷一是，眾說紛紜。因此，考察燕京大學新聞學系最早畢業生，不僅能夠填補燕京大學新聞學系歷史的研究空白，而且可以豐富中國新聞教育發展史的研究。

（一）三種說法並存

誰是燕京大學新聞學系最早畢業生？他們當年的狀況如何？最近，筆者在閱讀燕京大學有關史料時，卻發現關於新聞學系最早畢業生的說法主要有三種。

第一種說法，1926 年的饒世芬。

1932 年，燕京大學新聞學系主任黃憲昭在《燕京大學新聞學系概況》一文中寫到：「新聞學系畢業生：1926 年，畢業生饒世芬君，任職於北平國聞通訊社英文部多年。現為英文《平西報》經理。1930 年，畢業生趙思源君任職天津大公報館。〔註15〕

第二種說法，1930 年的趙恩源（元）。

〔註15〕黃憲昭：《燕京大學新聞學系概況》〔G〕，《新聞學研究》，燕大新聞學系編 1932 年版，第 8 頁。

1933 年 12 月，燕京大學新聞學系主辦的《燕大報務之聲》，發表文章《燕大新聞學系畢業生多服務於報界　前後十四人內研究生一人》，「燕京大學新聞學系自一九二九年重辦，迄今將近五載，畢業生共十四人，內一人為研究院畢業生。茲將歷年畢業生狀況略述如下：一九三 0 年，畢業生趙恩源，現任職」天津大公報編輯。〔註16〕

1934 年 11 月，燕京大學新聞學系主辦的《燕京新聞》，刊登文章《新聞學系畢業生的總帳》，記載：「自 1929 年新聞學系開班以來，到現在已有五年。在這五年之中，共畢業十九人，第一班是 1930 年，僅有趙恩源一人，他離了學校以後，就到天津《大公報》服務，直到現在，並在今年夏天已經結婚。」〔註17〕

1937 年，據《燕京大學新聞學會年冊》記載：「本系自民十八（1929）得美國米蘇里大學新聞學院之助，由聶士芬先生重辦，十九年（1930）有正式畢業生一人，至今八載，共畢業 40 餘人，今將其服務狀況約略介紹於下：1930 年班，趙恩元，初在大公報任外勤記者，次編輯國〔註18〕際新聞、通訊，及擔任翻譯，繼續升遷，今為北平《大公報》辦事處主任。

1991 年 6 月 11 日，據燕京大學新聞學系 1931 屆畢業生湯德臣回憶：「燕大新聞系成立於 1929 年秋，當時主修新聞學，一共五人，大四一人（趙恩源），大三四人（吳椿、王成瑚、周科徵、湯德臣）。1930 年夏，趙恩源是新聞系第一屆畢業生。我們四個屬第二屆。趙畢業後一直在大公報服務。」〔註19〕

1992 年 8 月，《燕大文史資料》編輯部特邀部分新聞學系校友進行座談，共憶新聞學系的辦學方針、教學方法等問題。據整理的《部分校友座談會談燕大新聞學系》記載：「燕大新聞系建立之初，學生寥寥無幾，首屆畢業生僅趙恩源一人。由於畢業生離校後的出色表現，新聞系的盛譽日隆，逐漸發展成為全校學生最多的學系之一。」〔註20〕

〔註16〕《燕大報務之聲》〔G〕第六號，12-28-1933，第四版；第五號，1931 年 12 月，第三版。

〔註17〕《新聞學系畢業生的總帳》〔G〕，《燕京新聞》第一卷特刊第一期，11-10-1934，第四版。

〔註18〕《新聞學會會員》〔G〕，《燕京大學新聞學會年冊》，燕大新聞學系編 1937 年版，第 8 頁。

〔註19〕湯德臣：《燕大新聞系雜憶》〔G〕，《燕大文史資料》第七輯，北大出版社 1993 年版，第 106 頁。

〔註20〕《部分校友座談會談燕大新聞學系》〔G〕，《燕大文史資料》第七輯，第 129 頁。

第三種說法，1927 年的邵毓靈和李連科。

2001 年，中國人民大學新聞學院碩士生李欣人撰寫碩士論文《燕京大學新聞教育研究》。他在論文中指出：「新聞系停辦於 1927 年，而目前有記載可查的燕大新聞系最早的兩名畢業生也在是年畢業。在《燕大 1927 年班同班錄》中，記載了兩名新聞學系的畢業生邵毓靈和李連科。」〔註21〕

以上關於燕京大學新聞學系最早畢業生的三種說法，誰是誰非，需要我們詳細的考訂。所以，筆者深入人大新聞資料室，圖書館、北大圖書館、國家圖書館，查閱了大量書籍報刊，進行考證，力求返原歷史的原貌。

（二）釐清史料，還原真相

首先看第一種說法：燕京大學新聞學系最早畢業生是 1926 年的饒世芬。這僅有黃憲昭一人提及。雖然，黃憲昭曾擔任燕京大學新聞學系主任，應為權威人士。但是，他並不是 1926 年的系主任；他到燕京大學新聞學系出任系主任時間是 1932～1933 年。因此，並非權威說法，且為孤證，按照孤證不立的原理，該說法不足信。

饒世芬是否在 1926 年畢業於燕京大學其他系呢？我們求證於《燕大一九二六年班同學錄》（燕京大學畢業生每年都自編自撰一本同學錄，後改為《燕大年刊》），我們發現了關於饒世芬的記載。「饒世芬，廣東，英文系，上海山東路二○二號國聞通訊社。」〔註22〕從《同學錄》中，我們得知饒世芬是 1926 年燕京大學英文學系畢業生。另外在北京大學圖書館現存的《燕京大學圖書館館藏本校畢業生論文 1923～1934》也有關於饒世芬畢業於英文學系的記載，在英文學系學士論文下有「*Yao Shih Fen* 饒世芬 *The Recent Student Movement B820.26Y18*S」條目。〔註23〕

為什麼他會同燕京新聞學系扯上關係，主要是他畢業後供職於新聞界，先後出任北平國聞通訊社英文部副編輯和《平西報》經理，後來為燕京大學新聞學系教職員。因此，誤認為他畢業於燕京大學新聞學系不足為怪。

其次，第二種說法：燕京大學新聞學系最早畢業生是 1930 年的趙恩源

〔註21〕 李欣人：中國人民大學碩士論文《燕京大學新聞教育研究》〔M〕2001 年，第9頁。

〔註22〕 《燕大一九二六年班同學錄》〔M〕，北大圖書館藏，無頁碼。

〔註23〕 《燕京大學圖書館館藏本校畢業生論 1923～1934》〔M〕，燕京大學圖書館編，第 17、31 頁。

（元）。導致這種說法的可能原因是，持論者認為燕京大學新聞學系於 1929 年9 月才正式建系。所以，1930 年畢業的趙恩源，自然而然是首屆畢業生了。

關於燕京大學新聞學系首屆畢業生時間是 1930 年，這是從上世紀三十年代以來學界的主流認識。除了從前面關於燕京大學新聞學系最早畢業生是1930 年的趙恩源（元）的六則史料外，目前仍屢見於書籍。

1933 年，燕京大學新聞學系刊行《中國報界交通錄》。在附錄二《北平燕京大學新聞學系一覽》的「畢業生」中，提到：「本系自民國十八年重辦，十九年有正式畢業生一人。迄今三年友畢業生九人，內有研究院畢業生一人，係美國米蘇里大學新聞學院派讀之交換研究生，亦美人在中國大學領得碩士學位之第一人。」〔註 24〕

1999 年 12 月，北京大學校友校史編寫委員會編輯出版的《燕京大學史稿》記載到：「燕大新聞系創辦時間不長，1930 年始有畢業生一人，到 1937 年──也只有歷屆畢業生六十二人，在校生五十人，莘莘學子的出色表現使新聞系聲譽日隆，洵為偶然。」〔註 25〕，同見蕭東發於 2006 年主編的《新聞學在北大》一書。

至於到底是趙恩源，還是趙恩元，還是趙思源，我想這是當時記錄者的筆誤。根據多重歷史資料互證的原理，應為趙恩源。

關於燕京大學新聞學系最早畢業生是 1930 年的趙恩源，關鍵問題在於對燕京大學新聞學系在初創艱難（1924～1928）階段有無學生畢業問題上。

燕京大學新聞學系創立於 1924 年 8 月，當時新聞學系建制、設備均不完備，僅在文學院開設了新聞學課程。但是，新聞學課程受到學生歡迎。所以，我們並不能排除部分高年級學生選修新聞學課程後取得畢業學位可能。

另外，根據 1927 年戈公振撰寫的《中國報學史》記載：「北京燕京大學，於民國十三年設立報學系，分為兩級。最初僅有學生九人，內有女子一人，專習者只二三人，亦有僅選讀課程之一二種。然無論專習或選習，均須三年或四年級學生。」〔註 26〕我們分析可知：燕京大學新聞學系成立後，有二三位其他學系的三年級或四年級學生專修了新聞學課程，那麼他們很可能在新聞學系

〔註 24〕《中國報界交通錄》〔M〕，燕京大學新聞學系刊行 1933 年版，第 207 頁。

〔註 25〕燕京大學校友校史編寫委員會：《燕京大學史稿》〔M〕，人民中國出版社 1999年版，第 126 頁。同見蕭東發：《新聞學在北大》〔M〕，北京大學出版社 2006年版，第 70 頁。

〔註 26〕戈公振：《中國報學史》〔M〕，中國新聞出版社 1985 年版，第 211 頁。

初創艱難（1924～1928）階段畢業。

1931 年 12 月，燕京大學新聞學系主辦《燕大報務之聲》在文章《實習之機會與效果　燕大新聞學系畢業生　服務報界者大不乏人》的「舊生工作」中，記載完 1931 年畢業生湯德臣和 1930 年畢業生趙思源情況後，提到「以前畢業生……黃錦棠年來在東北擔任宣傳工作，並為南洋報社任通訊。黃君現居北平。」〔註27〕這說明，當時燕京新聞學系的師生準確地知道在 1930 年前有畢業生。

其實，上面提及的早期多數史料，都設定了一個前提：1929 年燕京大學新聞學系恢復重建。只是後來一些論者，疏忽了這個時間前提，沒有查證在新聞學系初創艱難（1924～1928）階段有無畢業生，就誤以為燕京大學新聞學系畢業生應從 1930 年算起。

因此，雖然從 1929 年燕京大學新聞學系恢復建系來說，1930 年的趙恩源是最早的畢業生。但從燕京大學新聞學系整個新聞教育的角度，首屆畢業生不應是 1930 年的趙恩源。當然關於第三種說法的論證也是對第二種說法的有力駁證。

最後，第三種說法：燕京大學新聞學系最早畢業生是 1927 年的邵毓靈和李連科。論者的有力證據有二：一是《燕大 1927 年班同班錄》，二是曾任燕京大學新聞學系主任劉豁軒在所著的《燕大的報學教育》中統計燕大報學系畢業人數時也以 1927 年畢業的兩名男生為開始。

筆者也查閱了這兩份史料。《燕大 1927 年班同班錄》的確記載了這兩位新聞學系畢業生。該書以圖文表的形式記載了每個畢業生的情況。在書末的表格統計中，也分別記載了每個畢業生的姓名、年齡、籍貫、畢業學系、聯繫地址。「邵毓靈，二十四，山東泰安，新聞系，山東泰安公胡同二號；李連科，步庭，二十五，直隸玉田，新聞學系，直隸玉田縣黃家莊。」〔註28〕在圖文形式的記載中，不僅刊登了李連科的照片，而且在照片下還有一段文學院歷史系 1928 級學生田繼綜為李連科寫的一段介紹文字：「李連科，步庭，直隸玉田人。中樂超手就來，吹笙可謂拿手好戲。熱心團體公益之事，從不知怎麼出「風頭」。讀書之殷實，與人之誠，與打網球之「汗」，我是深知道的他以為中國報界太

〔註27〕《燕大報務之聲》第六號，12-28-1933，第四版；第五號，1931 年 12 月，第三版。

〔註28〕《燕大 1927 年班同班錄》北大圖書館藏，無頁碼。

丟臉，因專新聞。將來中國一「清白」記者無疑。」〔註29〕但是筆者並沒有見到邵毓靈的照片，也沒有文字記載，卻有「鄒玉靈」的照片。但「鄒玉靈」簡體應為「鄒玉靈」，而非「邵毓靈」。難道邵毓靈是該書編者的筆誤，我們無從查證。

　　1946 年，燕京大學新聞學系主任劉豁軒在論文《燕大的報學教育》中，列表顯示燕大報學系畢業人數：「1927 年，2 男；1928 年，1 男……」。〔註30〕另外，1950 年 1 月，北京燕京大學新聞學系編印了小冊子《燕京大學新聞學系概況》，在「校友調查」中，也是從 1927 年統計畢業生的。「本系歷屆畢業生，總計約二百人，其就業情況，……大致來說，可分下列階段，每一階段中畢業生在新聞界服務的百分比約略如此：一九二七年——一九三四年，百分之四十五……」〔註31〕

　　從以上史料分析，和《燕大一九二六年班同學錄》並沒有新聞學系畢業生的記載，我們可以初步斷定：燕京大學新聞學系最早培養出畢業生的年份應該是 1927 年，而且是兩位。其中一位叫李連科，另一位是「邵毓靈」還是「鄒毓靈」？還有待考證。

　　北大圖書館現存的《燕京大學圖書館館藏本校畢業生論文 1923～1934》，提供了旁證。該書按年份記載了燕京大學新聞學系的畢業生論文情況，包括英文姓論文標題，藏書號。其中本科畢業生論文中，首先記載了：「1927 年，Li, Lien Ko, 《Source-material concerning the journalism of China》，B070／1927／L612L；Tsou Yu Ling，鄒毓靈，《我國報紙文的研究》，B070／1927／T789Y2。」從該史料看，「邵毓靈」應該是「鄒毓靈」（簡體為『鄒毓靈』）。〔註32〕

　　但是，《燕京大學圖書館館藏本校畢業生論文 1923～1934》和《燕大 1927 年班同班錄》同為當時編者根據當時資料整理的二手史料，而且都是孤證，「邵毓靈」是「鄒毓靈」還有待更有力的證據。

　　最近，筆者在中國人民大學圖書館整理燕京大學新聞學系學士論文時，欣喜地發現 1927 年兩名新聞學系的畢業生學士論文。這為我們考證提供最為有

〔註29〕《燕大 1927 年班同班錄》北大圖書館藏，無頁碼。
〔註30〕劉豁軒：《燕大的報學教育》〔M〕，《報學論叢》1946 年，第 97 頁。
〔註31〕《燕京大學新聞學系概況》〔M〕，北京燕京大學新聞學系編印 1950 年版，第 39 頁。
〔註32〕《燕京大學圖書館館藏本校畢業生論 1923～1934》〔M〕，燕京大學圖書館編，第 17、31 頁。

力的第一手資料。因為前面提到的史料，都不是畢業生的本人親手的第一手資料。燕京大學新聞學系學士論文的發現，為該難題提供了解決的機會。

鄒毓靈的學士畢業論文是《我國報紙文的研究》；李連科（Li，Lien Ko）的學士論文（英文）是《Source-material concerning the journalism of China》。在論文封面上，有論文作者姓名「鄒毓靈」（簡體為『鄒毓靈』）和「李連科」，此外還有論文標題、「准予畢業」（學校蓋章）正楷字樣、「學號」。鄒毓靈的學號是「293」，李連科的學號為「156」。

鄒毓靈的學士畢業論文《我國報紙文的研究》，全文22頁，約5000～6000字。從其目錄可窺其大致內容。目錄：（一）緒言；（二）萌芽時期之報紙文；（三）外報時期之報紙文；（四）民國初年後之報紙文；（五）現時通行之報紙文，1、標題、2、記事文、3、論說文、4、特殊文、5、雜纂部；（六）結論。主要內容是分析和敘述了中國報紙的文體發展史。

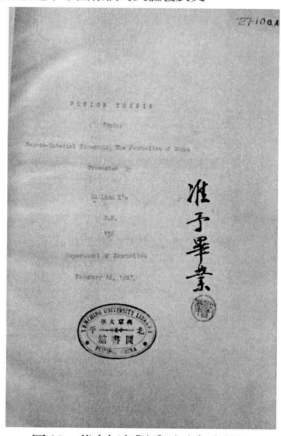

圖30　英文打印版扉頁（李連科）

　　李連科的學士畢業論文《Source-material concerning the journalism of China》，全文 24 頁，其中序言 1，目錄 1，正文 22 頁。我們也可從其目錄中閱讀到其大致內容，目錄為：1. *Materials Concerning the History of Chinese Journalism*；2. *Materials Concerning the influence and Power of Chinese Journalism*；3. *Materials Concerning the Freedom of the Press*；4. *Books, Lectures, Articles, ect. on Journalism*；5. *Miecellany*。主要內容記載了中國新聞事業的研究資料情況。

　　綜上所述，不僅有史料記載，而且有他們畢業論文的實物證據，兩者相互應證。因此，根據新近可信的史料表明：燕京大學新聞學系最早畢業生應該是 1927 年的鄒毓靈和李連科。

二、中國新聞傳播學科第一位碩士研究生考論

　　改革開放 45 年來，中國新聞傳播學的碩士研究生教育取得了長足進步，數量不斷增加。1978 年，全國招收新聞學碩士研究生 97 人，1997 年已達 241 人。進入 21 世紀後，新聞傳播學研究生達到數千人的培養規模，人才面臨過剩危機。德國哲學家杜勒魯奇所言「從起源中理解事物，就是從本質上理解事物。」從中國新聞傳播學科碩士研究生的教育源頭探尋真相，發現歷史的本來面目在歲月灰塵的遮蔽下給予了人們模糊爭辯的印記。正本清源，考察中國新聞傳播學科碩士教育的最初面貌如何？中國新聞傳播學科第一位碩士研究生是誰？給予爭辯的歷史事實恰如其分的歷史定位？不僅反映出中國新聞傳播學科研究生教育的曲折發展歷程，而且能為中國新聞傳播學科的研究生教育夯實歷史的根基。

（一）眾說紛紜的新聞傳播學研究生教育歷史

　　中國新聞傳播學科的研究生教育歷史，目前學術界眾說紛紜，論著記載「亂花漸迷行人眼」，主要論斷有以下五種：

　　第一，1978 年中國開始新聞傳播學研究生教育。如 1983 年 6 月，社科院新聞研究所盧惠民同志在論文《學習新聞學》中說：1978 年，經胡喬木同志創議，建立了中國社會科學院新聞研究所。……同年，在全國通過考試招收了我國新聞史上第一批新聞學研究生〔註33〕。1992 年 6 月，著作《中華

〔註33〕何光先、盧惠民、張宗厚著：《新聞學再探》〔M〕，人民日報出版社 1983 年，第 282 頁。

人民共和國新聞史》認為：「1978 年，這三家大學（中國人民大學、復旦大學、中國社會科學院研究生院）首次招收了一批新聞學碩士研究生。1982 年，他們獲得碩士學位。這是我國歷史上第一批自己培養的高層次的新聞教育人材。」〔註 34〕

　　第二，1961 年復旦大學新聞系招收了兩名研究生。1983 年 12 月，新聞前輩溫濟澤先生在文章《我國新聞研究生教育發展概況》中提出：「1961 年，復旦大學新聞系招收了兩名研究生，學制三年，因為參加『四清』一年，到 1965 年畢業。在新中國成立以後到『文化大革命』以前的十七年間，復旦大學是我國唯一培養過新聞研究生的大學。」〔註 35〕該觀點得到諸多論著的徵引，如著作《中國新聞事業通史》、論文《中國新聞學教育和研究八十年》等；但有些論著給予不同的歷史定位。如著作《中國當代新聞事業史，1949～1988》記載道：「復旦大學新聞系 1961 年招收過兩名新聞史專業的研究生。在『文化大革命』以前，復旦大學是我國唯一培養過新聞研究生的大學。」〔註 36〕去掉了「新中國成立以後」的前限。1999 年，論文《中國大陸新聞學研究生教育的產生及發展》認為：「這是我國首次招收的由國家納入招生計劃的正規的新聞學研究生。」〔註 37〕著作《中國新聞事業編年史》則敘述道：「1961 年 9 月，上海復旦大學招收兩名新聞史專業研究生，成為中國第一所培養新聞史研究生的大學。」〔註 38〕著作《中國新聞教育史論》認為「這是（復旦大學）新聞系首次培養研究生。」〔註 39〕工具書《中國新聞學之最》記載為：「這是中國第一次招收新聞學研究生。復旦大學第一次招收新聞學研究生，開了我國新聞學研究生教育的先河。」〔註 40〕著作《中國新聞史新修》評價為：「這是我國高校新聞系首次培養研究生。」〔註 41〕上述有些論斷定位過於狹窄，僅限於復

〔註 34〕 張濤：《中華人民共和國新聞史》〔M〕，經濟日報出版社 1992 年，第 375 頁。

〔註 35〕 溫濟澤：《我國新聞研究生教育發展概況》〔G〕，《中國新聞年鑒》(1984)，第 48、48 頁。

〔註 36〕 方漢奇、陳業劭：《中國當代新聞事業史 1949～1988》〔M〕，新華出版社 1992 年，第 152 頁。

〔註 37〕 張玲、金洪海：《中國大陸新聞學研究生教育的產生及發展》〔G〕，《現代傳播》1999 年第 5 期，第 108、108 頁。

〔註 38〕 方漢奇主編：《中國新聞事業編年史》〔M〕中卷，福建人民出版社 2000 年版，第 1785～1786 頁。

〔註 39〕 李建新：《中國新聞教育史論》〔M〕，新華出版社 2003 年，第 187、353 頁。

〔註 40〕 方漢奇、李矗主編：《中國新聞學之最》〔M〕，新華出版社 2005 年，第 531 頁。

〔註 41〕 吳廷俊：《中國新聞史新修》〔M〕，復旦大學出版社 2008 年，第 510 頁。

旦大學，沒有指出它在中國新聞教育史的歷史地位；有些論斷沒有時限或不清晰，顯得不夠嚴謹。

　　第三，解放前中國沒有培養過新聞研究生。據新聞學工具書《中國新聞紀錄大全》記載：「過去中國沒有自己培養的新聞學研究生。」〔註42〕論文《我國新聞與傳播學研究生教育歷史與現狀》認為：從20年代至40年代末，中國國內自己培養的正規的或具有碩士學位的新聞學研究生還未出現。〔註43〕

　　第四，解放前中國極少數學校培養過新聞傳播學科研究生。如新聞前輩溫濟澤先生指出：「全國解放以前，只有個別大學培養過研究生。1943年中美合作在重慶辦過一個新聞學院，招收大學新聞系本科畢業生學習一年半後畢業，不授學位。解放前，我國僅有的幾個新聞學碩士，大都是在國外培養的。」〔註44〕論文《中國大陸新聞學研究生教育的產生及發展》認為：1918年至1949年是我國新聞學研究生教育的萌芽時期，主要體現在以下兩個重要史實中：1.1941年7月，中國共產黨創辦的延安中央研究院內設九個研究室（包括中國新聞研究室），曾設特別研究員、研究員、研究生。2.1943年10月，中美合辦的重慶新聞學院招收過以本科為起點的大學生，進行了為期一年半的培養。〔註45〕

　　第五，燕京大學培養過新聞傳播學科研究生。據《燕京大學史稿》記載：「各研究所、系，歷屆畢業研究生，由1922年至1937年總計人數為218人，其中女生27人，計（1）國文30人，其中女7人；（2）歷史四人，其中女4人；（3）哲學6人，（4）心理4人，其中女1人；（5）教育14人，其中女4人；（6）新聞1人；（7）物理25人，其中女2人；（8）化學33人，其中女4人；（9）生物24人，其中女1人；（10）政治23人；（11）經濟9人；（12）社會20，其中女4人。」〔註46〕

　　上述五種論斷，第一種和第二種主要是在中國新聞教育史上的歷史定位

〔註42〕劉聖清：《中國新聞紀錄大全》〔M〕，廣州出版社1998年，第371頁。

〔註43〕劉衛東：《新世紀地方高校研究生教育規律探究》〔M〕，天津教育出版社2006年，第52頁。

〔註44〕溫濟澤：《我國新聞研究生教育發展概況》〔G〕，《中國新聞年鑒》（1984），第48、48頁。

〔註45〕張玲、金洪海：《中國大陸新聞學研究生教育的產生及發展》〔G〕，《現代傳播》1999年第5期，第108、108頁。

〔註46〕張瑋瑛、王百強等主編：《燕京大學史稿》〔M〕，人民中國出版社1999年，第18頁。

問題，給予它們恰如其分的歷史地位，就能消除歷史爭辯的疑雲。如 1978 年中國人民大學、復旦大學、中國社會科學院研究生院招收了新聞傳播學研究生，標誌著中國新聞傳播學研究生教育進入持續性的正常軌道。如 1961 年復旦大學新聞系招收了兩名研究生是新中國第一次招收新聞學研究生；從新中國成立以後到「文化大革命」以前的十七年間，復旦大學是我國唯一培養過新聞研究生的大學。爭論最為關鍵的問題是：在民國新聞學研究生教育的萌芽時期，除了上述延安中央研究院和重慶新聞學院進行過新聞研究生教育嘗試（未授予學位）外，還有哪個大學進行過正規的新聞傳播學科的碩士研究生教育，培養過碩士研究生，授予碩士學位？特別考證燕京大學培養的新聞傳播學科研究生是誰，後三者爭論則煙消雲散。筆者經過仔細的調查研究，根據大量的第一檔案史料表明：燕京大學研究院新聞部和新聞學系共同進行過新聞傳播學科研究生教育，培養過中國第一位新聞傳播學科碩士研究生。

（二）燕大研究院葛魯甫獲得碩士學位

燕京大學研究院成立於 1918 年，是國內最早開展研究生教育的高校之一。據《燕京大學研究院之沿革》記載：「本大學自民國七年成立之時，即注意於研究課程之設立，自民國七年至民國十五年，每年均由校務會議推選教授若干人，組織研究委員會，專事處理關於研究院學科之事務。在此期間，選讀研究課程之學生，為數甚少。」〔註47〕1922 年 6 月，哲學部瞿世英通過了碩士畢業學位論文《西洋哲學史》，成為燕京大學研究院第一位獲得碩士學位的研究生〔註48〕。

1926 年，燕大遷址海淀燕園（今北京大學）後，培養研究生的學系增至 8 個，研究生培養正式步入正軌。1927 學年就有研究生 41 人，7 人獲得碩士學位。此後每年不斷增加。1929 年，研究院文科研究所在新聞學系增設了新聞部，開始了新聞傳播學科碩士研究生教育。同年 6 月，密蘇里新聞學院新聞學學士葛魯甫（Samuel D. Groff），根據密蘇里新聞學院和燕京大學達成的互換教授和研究生協議，被選為第一位密蘇里—燕京交換研究員（Missouri-Yenching Fellowship〔註49〕，前往燕京大學研究院文科研究所新聞部開始二年的研究生

〔註47〕《燕京大學研究院概況》〔M〕，北京大學檔案館卷案編號：YJ36016。

〔註48〕《燕大研究院畢業生名錄 1922～1934》〔M〕，燕京大學檔案，北京大學檔案館卷案編號：YJ35008。

〔註49〕First Yenching Fellowship is Won by Groff. Columbia Missourian. May, 25th, 1929.

生涯；同時擔任新聞學系廣告學講師，承擔了繁重的教學任務。據燕京大學檔案記載，1929～1930 學年，獨立承擔了廣告原理、廣告繕寫法、廣告推銷法三門課程，並協助聶士芬、黃憲昭上選修課「新聞學導言」。在 1930～1931 學年，除了作為聶士芬的助教，負責報紙參考資料、報紙圖畫兩門課程外，自己還獨立開設了廣告原理、廣告製作法、廣告推銷法、營業及印刷法、新聞學史等五門課程〔註50〕。

　　1931 年 6 月，葛魯甫撰寫的碩士學位論文《Advertising in China》通過了答辯，獲得了「文碩士」學位。這一史實得到了當時檔案報刊資料的多方記載。據 1931 年《燕京大學畢業同學錄》對新聞學系畢業生記載為：1931 年文學士有 4 人，分別是周科徵、湯德臣、王成瑚、吳椿；文碩士 1 人，Samuel D. Groff（葛魯甫）。〔註51〕在同年燕京大學文學院報告中，記載當年新聞學系畢業生，碩士 1 人，學士 4 人。〔註52〕1932 年 3 月，葛魯甫返美工作。《燕京新聞》刊登消息《新聞學系教員葛魯甫返美》，報導說：「燕大新聞學系教員葛魯甫君，竊於去年秋季返美，因該學系師生之挽留，又任職一年。已定於本年暑假，繞道檀香山返美。聞該系員生籌備歡送，將為其踐行雲。按葛君於一九二九年夏季，畢業於美國米蘇里大學新聞學院，當年秋季，受該院獎學金來燕大繼續攻讀。來燕大後，即擔任教授廣告學科。去年夏季，領得碩士學位，其論文題目為《中國之廣告》。」〔註53〕同年 5 月，燕京大學新聞學系出版學術刊物《新聞學研究》，刊登文章《燕京大學新聞學系概況》，介紹了葛魯甫情況，「學系助教葛魯甫，美國人，1929 年來校，為密蘇利大學選送來華之第一新聞學研究生。葛氏於 1929 年畢業於密蘇利大學新聞學院，得新聞學學士學位。1931年，在燕京大學領取文學碩士學位，為外國學生在華領取碩士學位之第一人。葛氏在研究期間，曾在學系擔任教授廣告學。本年度秋季，留校任教廣告學助教及學系員生主辦之《平西報》及《新中國月刊》之營業部指導。葛氏並為燕京大學教職員之體育幹事，1932 年 5 月 30 日回國。」〔註54〕

　　回國後，燕京大學新聞學系師生並沒有忘記葛魯甫。1934 年 12 月底，新

〔註50〕《燕京大學一覽 1930～1931》〔M〕，北京大學檔案館卷案編號：YJ1930025。
〔註51〕《燕京大學一覽 1930～1931》〔M〕，北京大學檔案館卷案編號：YJ1930025。
〔註52〕College of Arts and letters summary of the report 1931. 北京大學檔案館卷案編號：YJ1931002。
〔註53〕《新聞學系教員葛魯甫返美》〔A〕，《燕京新聞》第 81 號，1932 年 3 月 29 日。
〔註54〕黃憲昭：《燕京大學新聞學系概況》〔G〕，《新聞學研究》1932 年。

聞學系報紙《燕大報務之聲》第六號發表文章《中美新聞學教育之溝通》說：
「一九二九年美國米蘇里大學選送來華之第一屆新聞學研究員，為葛魯甫先
生，葛君於一九二九年畢業於米蘇里新聞學院，得新聞學士學位，一九三一年
在燕大領得文學碩士，為外國學生在華得碩士學位之第一人。」〔註55〕1935
年，燕京大學研究生院編輯出版的《燕大研究院畢業生名錄 1922～1934》記載：
1922 年至 1934 年，燕京大學研究院各部系共畢業碩士研究生 142 人，男生 124，
女生 18 人；其中文科研究所新聞部碩士畢業生 1 人，編號「2931」，姓名「葛
魯甫」，碩士論文「*Advertising in China*」，並注明「葛魯甫」1934 年美國聯繫地
址：「*Groff, S. D. 903W. Erumons Street Mexico Missouri, USA.*」〔註56〕

（三）葛魯甫碩士學位論文「Advertising in China」

當時燕京大學研究院各部和學校各學系師資基本重合，研究院導師必須
在大學本科承擔一定的課程。研究生的研究項目，多是導師正在探索的問題。
因此，許多研究生的畢業論文和研究成果，反映出相當的高水平和實用性。
〔註57〕葛魯甫碩士學位論文「*Advertising in China*」就是其中代表之一。

葛魯甫，伊利諾伊州格雷維爾（*Grayville Ill.*）人。他具有豐富的新聞工作
經歷，曾經在家鄉報刊 *Linotype Operator* 和 *The Mercury-Independen* 等工作三
年時間。1928 年暑假，他曾出任 *The Mercury-Independen* 廣告部經理，後進入
密蘇里新聞學院學習。1929 年 6 月，到燕京大學新聞學系攻讀碩士學位，並
從事廣告教學。他既有廣告工作的實踐經驗，又有廣告教學經歷，自然決定選
擇「廣告」方向作為碩士論文的研究選題，最終撰寫出英文碩士學位論文
「*Advertising in China*」（《中國的廣告》）。筆者經友人幫忙從密蘇里新聞學院
獲覽該論文，為本文論證提供了紮實有力的實物證據。

葛魯甫碩士學位論文「Advertising in China」（《中國的廣告》），封面就寫
有如下字樣：「Advertising in China, By Samuel D. Groff. This thesis is submitted
in partial fulfillment of the requirement for a master's Degree from Yenching
University Peking, China」，清楚地表明這是他為獲得燕京大學碩士學位撰寫的

〔註55〕《中美新聞學教育之溝通》〔A〕，《燕大報務之聲》第六號，1934 年 12 月 28
　　　　日。
〔註56〕《燕大研究院畢業生名錄 1922～1934》〔G〕，燕京大學檔案，北京大學檔案館
　　　　卷案編號：YJ35008。
〔註57〕張瑋瑛、王百強等主編：《燕京大學史稿》〔M〕，人民中國出版社 1999 年，第
　　　　18 頁。

學位論文。封二是目錄，論文分四大部分：前言、正文九章、參考書目和附錄。

第一部分「*Foreword*」（前言），篇幅 3 頁，交代了選題原因，困難和感謝幫助過他的燕大新聞學系師生，最後注明論文完成時間：1931 年 5 月 1 日。

第二部分正文九章，長達 205 頁。*Chapter I The Chart, Paper and Printing*（第一章　圖標、紙張和印刷）、*Chapter II The Invention of Printing in China*（第二章　中國印刷術的發明）、*Chapter III The Advertising Mediums in China*（中國的廣告媒介）、*Chapter IV Advertising Agencies*（第四章　廣告機構）、*Chapter V Customs which affect Advertising*（第五章　影響廣告的風俗習慣）、*Chapter VI Finding of a Questionnaire Survey*（第六章　問卷調查）、*Chapter VII The Trend of Oriental Advertising*（東方廣告的發展趨勢）、*Chapter VIII Trade Marks*（第八章　商標）、*Chapter IX Advertising Tomorrow*（第九章未來的廣告）。

第三部分「*Bibliography*」（參考書目），1 頁篇幅，列出了 24 本中外參考文獻。

第四部分是「*Appendix*」（附錄）總 23 頁，包括兩部分：第一部分是長達 17 頁的「*The Possible Uses of Royal Baking Powder In China*」，這是上海克勞廣告公司進行為「*Royal Baking Powder*」公司進行的市場調查成果；第二部分是長達 6 頁的「*Advertising Research Questionnaire*」（廣告調查問卷）。

葛魯甫碩士學位論文「*Advertising in China*」總篇幅長達 224 頁，全英文寫作，遠遠超出了燕京大學研究院碩士畢業論文五千以上的要求；論文規範，結構完整，並採用了西方流行的實證研究的問卷調查新方法；內容新穎，全面系統梳理了中國廣告業的產生發展過程和影響因素，並指出了中國廣告業的發展趨勢，具有很強的學術性和實用性，在當時廣告研究還處在學術起初階段的中國，不失為一篇創新性強、質量高的碩士學位論文。

經過上述大量的第一檔案史料論證表明：燕京大學研究院新聞部和新聞學系共同在 1929 年招收了第一位新聞傳播學科碩士研究生葛魯甫；1931 年 5 月，他順利完成碩士學位論文「*Advertising in China*」，獲得文碩士學位。因此，葛魯甫成為中國新聞傳播學領域第一位獲得碩士學位的研究生，也是「外國學生在華得碩士學位之第一人」。

葛魯甫成功獲得燕京大學授予的新聞傳播學科文碩士，這不僅是中美新聞教育交流的碩果，而且是密蘇里新聞學院與燕大新聞學系密切合作的結晶，更是葛魯甫在燕京大學新聞學系教學相長的研究成果。世界上第一個授予新

聞傳播學科碩士學位的高校就是同燕大新聞學系建立密切交流合作關係的密蘇里新聞學院。它是世界上第一個新聞學院，是世界新聞教育的搖籃。1921 年，密蘇里新聞學院授予武道先生（*Maurice Votaw*）該學院第一個文碩士學位（*Master of Arts*）〔註 58〕。密蘇里新聞學院院長威廉先後於 1914、1919、1921、1927、1928 年五次訪問中國，傳播新聞教育理念，鼓勵中國開展新聞教育，並於 1928 年同燕大新聞學系達成互派教授和交換研究生的交流合作協定。葛魯甫就是第一位密蘇里—燕京交換研究員。1929 年 6 月葛魯甫的到來，使燕京大學借鑒和引入密蘇里新聞學院研究生培養模式，設立新聞部在新聞學系培養正規的新聞傳播學碩士研究生；葛魯甫在燕大新聞學系進行廣告學教學並從事廣告學研究，順利畢業並獲得燕大頒發的中國新聞傳播學科第一個文碩士學位。這表明中國進行新聞傳播學科碩士教育僅比世界新聞教育最發達的美國晚十年，與世界新聞傳播學科的研究生教育基本同步。

　　1930 年代，燕大研究院文科研究所新聞部招收的研究生不止葛魯甫一人。據燕大研究院（1930～1931）報告顯示，該學年新聞學系招收了 3 名新聞學研究生（*Journalism* 3）〔註 59〕。據是年文學院報告，新聞學系學生總數 16 人，大二學生 9 名，大四學生 4 名，研究生 3 名〔註 60〕。據歷年研究院報告，1932 年新聞部沒有招收新聞研究生，1933 年新聞部再次招收了 4 名研究生。但均沒有畢業，未獲得碩士學位。原來最有可能獲得碩士學位的第二位密蘇里—燕京交換研究員——1932 年密蘇里新聞學院新聞學學士白雅各（*James D.White*），因政策的變化未能順利畢業獲得碩士學位。1934 年，民國政府教育部頒布大學研究院暫行組織規程，燕大研究院實施改組，限制設立研究生課程的學系，並呈准教育部立案。1935 年，經教育部正式認可的燕京大學研究院僅有歷史、化學、生物與政治學等四部，原來已經開設的國文、教育、哲學、物理、心理、社會、新聞等各部未得到批准〔註 61〕。於此，燕京大學研究院新聞部的研究生教育戛然而止，總計招收培養 8 名研究生，但僅有葛魯甫一人順

〔註 58〕 Earl English. Journalism Education at the University of Missouri-Columbia, Walsworth Publishing Company Marceline, Missouri, 1988. p22.

〔註 59〕 Committee for Graduate Division-Annual Report 1930~31. 北京大學檔案館卷案編號：YJ1931002。

〔註 60〕 College of Arts and letters summary of the report 1931. 北京大學檔案館卷案編號：YJ1931002。

〔註 61〕 《燕京大學研究院概況》〔M〕，北京大學檔案館卷案編號：YJ36016。

利畢業獲得文碩士學位。因此，葛魯甫不僅是燕京大學授予新聞傳播學科的第一位文碩士，而且是唯一的一位文碩士；燕京大學成為民國期間進行正規新聞傳播學科研究生教育的首個高校。

　　燕京大學停止新聞傳播學科研究生教育後，延安中央研究院和重慶新聞學院先後進行過嘗試，但未授予學位。這段歷史反映出民國新聞傳播學研究生教育萌芽探索的艱辛歷程。直到 1961 年 9 月，復旦大學新聞系招收兩名研究生，開啟了新中國新聞學研究生教育之門，但旋又停止。1978 年，中國人民大學、復旦大學、中國社會科學院研究生院招收 97 名新聞學研究生，標誌著中國新聞傳播學研究生教育正式進入持續發展的正常軌道。

三、燕大新聞學系畢業論文歷史價值

　　研究歷史就是從過去的事物中尋找有利於當下的東西，並進行良好表述，形成價值思考。燕大新聞學系現存畢業論文是民國歷史的見證者和收藏者，具有重要的歷史價值。

　　首先，他們都是以當時的歷史進程為依託開展學術研究的，他們的許多畢業論文客觀地反映了他們所處時代的歷史發展現狀，包括社會、經濟、文化、教育、科技等各方面的信息，比如經濟方面，《報業會計》《報紙之財政政策》《如何經營小型報紙》《報業管理》等對報館經營、新聞從業者收入、民眾消費能力等內容均有涉及；文化方面，《戰時報紙副刊研究》《九一八以後中國報紙之文藝副刊》《中國報紙的文藝副刊》等對中國詩歌、散文、小說等內容均有涉及。這些都是我們研究民國時期中國的社會發展和國際形勢的重要文獻。

　　其次，燕大新聞學系大學生畢業論文作為一種獨特的文獻類型開始進入研究者的視野，它充實了民國新聞學研究的文獻資料庫，豐富了民國新聞學研究的視角，填補了民國新聞學研究學士學位方面的空白，具有重要的學術價值和文獻價值。這一批燕京大學新聞系的本科畢業論文，和清華大學保存的陳寅恪當年指導的本科學生的畢業論文，屬於同一時代的同一個級別的學習成果，是研究我國高等教育歷史的和教學研究發展狀況的一批活化石和參照物，具有重要的歷史文獻價值。

　　此外，對燕大新聞學系大學生畢業論文進行研究，豐富了新聞學研究的內容。比如，以戰時新聞學的專題研究來看，燕大新聞學系戰時新聞學畢業論文是戰時新聞學研究的重要組成部分。從目前的研究成果來看，我國新聞傳播學界在

對戰時新聞學的研究中，關注的研究對象主要是抗戰時期的新聞團體、報人、新聞學者等，幾乎不涉及學生群體的研究者；在研究材料的運用上，主要是選用出版發行的重要著作、報刊雜誌文章、檔案材料等文獻資料，將民國時期新聞系畢業論文納入研究文獻的極少。燕大新聞學生的學術研究對戰時新聞學理論，尤其是戰時新聞傳播理論、戰時業務操作理論、戰時新聞統制和新聞自由理論、戰時宣傳模式和技術、戰時報紙工具理性理論等具有重要的參考價值，為後人提供了不可多得的文獻史料，推動了戰時新聞學研究的發展。他們的研究能幫助我們看到，在解放全民族的抗日戰爭中，不同年齡、不同身份背景的新聞人拿起手中的武器與全國人民共赴國難，挖掘歷史真相，還原新聞人的努力與拼搏歷史，展望中國未來新聞事業的美好前景。因此，本文從民國時期新聞系學生的角度探討戰時新聞學，以燕京大學新聞系畢業論文為研究文本，分析燕大新聞系戰時新聞學畢業論文的內容、特點及其影響等，呈現民國時期學生群體對戰時新聞學研究的焦點內容和思想路徑，豐富戰時新聞學的研究成果。

最後，燕大新聞學系是密蘇里新聞教育模式本土化的重要實踐成果，燕大新聞學系在正式設系時得到密蘇里新聞學院極大的支持和幫助，但燕大新聞學系並沒有生搬硬套密蘇里新聞教育模式，而是結合中國國情，實現本土化發展，畢業論文的內容也多是針對中國本土新聞事業發展中存在的問題進行探討，也注重比較中美國新聞事業、中美新聞教育存在的異同，積極汲取美國新聞事業的有益成果，助推中國新聞事業的健康發展。

第三節　燕大新聞學系畢業論文的現實意義

燕大新聞學系現存畢業論文最重要的現實意義就是觀照當代大學生畢業論文寫作，指出當代大學生論文寫作的不足，為當代大學生論文寫作樹立榜樣，為當代中國新聞教育改革提供思路和借鑒。

首先，在學術規範方面，當代大學生有時存在著問題意識薄弱、學理性不強、抄襲嚴重、數據造假等問題。隨著互聯網使用的普及，學術不端行為頻頻出現，敗壞學術風氣，造成了極度惡劣的影響。燕京大學本科學生的畢業論文，反映了 20 世紀 20 年代至 50 年代大學生們的學術水平和學術操守。這些畢業生們大多具備嚴謹治學的基本品質。他們多能從自身的新聞實踐出發，感應時代脈搏，抓住亟待解決的新聞問題和新聞現象，注重問題意識，在導師的幫助

下選定畢業論文的選題，體現出他們的學術敏銳性，他們視野開闊，多能縱論古今中外，運用學習的新聞學基本理論，搜集整理資料，綜合分析社會熱點新聞現象，鍛鍊自身的科學研究能力，提高自身綜合運用所學知識分析問題、解決問題的能力。尤其是他們在論文中體現的精神風貌，他們滿懷信心展望未來，熱情表達，忠於自我，能給當代大學生以精神洗滌。當代大學生的應當多學習「前輩」們一絲不苟的嚴謹治學態度。

其次，在選題方面，當代大學生論文選題經常出現扎堆現象，只選熱門而不管該選題是否具有研究意義和現實意義，對選題範圍把控不足，隔靴搔癢，甚至毫無研究意義。燕大新聞學系畢業論文選題聚焦時局和國際形勢，視野開闊，不偏限於一時一地，積極回應社會現實問題，有的放矢，針砭時弊，具有較強的操作性和實用性。此外，燕京大學新聞學系畢業生的英文整體水平高，部分人能直接用英文寫作。他們的中文根底也不錯，至少毛筆的恭楷書寫水平遠高於今天的大學生，分析研究和邏輯思維的能力也未見遜色。除了外文有教會大學的這一特殊的背景外，其他的方面，和今天的大學生都有可比性。當代大學生應當以「前輩」們聚焦問題意識的選題方向加以改進。

再次，當代大學生的英文水平有待加強。當代大學生在廣泛閱讀和利用英文文獻方面存在不足，甚至在撰寫最基本的英文摘要上也存在不少問題。燕大新聞學系本科學生畢業論文中有 27 篇英文論文，他們能熟練地閱讀和使用英文文獻，在英文寫作方面也具有較高的水準，為當代大學生提供了很好的榜樣。

最後，從筆者對民國時期燕大新聞學系畢業論文的 163 畢業論文的閱讀感受和近年來對學術論文的閱讀體驗出發，在此提出一個可供討論的話題，即在學術用語方面，當代大學生的學術用語應該向更專業化、更晦澀的學術用語發展，還是應該向更有趣味性和可讀性的寫作方向發展？民國時期的論文寫作更為「隨心」，甚至不講究，但讀者可以從他們的文字中讀出情感和美，也並不影響學術觀點的清晰表達。這主要是當時尚處於新聞學研究的起步階段，學界也尚未形成規範的學術標準。而當代大學生在大學時代並沒有進行過較為系統的學術規範訓練，可以說學術規範的獲得主要是靠自身自覺的學術積累，但並不是人人都有這樣的自覺性。因此在畢業論文寫作時大多數人並不能熟練使用學術用語，卻要在較短的時間內完成符合學術規範的畢業論文，導致不少論文呈現出「半生不熟」的觀感，無學術規範性也無趣味性和可讀性。我認為這是值得當代大學教育去思考和改進的地方。

結　語

　　本文以燕京大學新聞學系現存畢業論文為研究對象，用新史料、新視角來探究民國時期新聞教育的發展水平和新聞學研究水平。這批民國畢業論文雖長期未進入新聞學研究視野，但其歷史文獻價值、學術價值和藝術價值越來越得到社會認可。這批畢業論文反映了民國時期大學生們的學術能力及寫作水平。他們的畢業論文相對而言稍顯稚嫩，有些觀點有待完善，在資料的使用、研究方法的運用、理論的構建和體系的建造等方面存在許多不足，提出的部分論斷值得推敲，部分論據稍顯薄弱，有些內容情感色彩過於濃厚，口語化用詞較多，嚴謹性不夠。但考慮到當時經濟、物資、交通、技術等條件的限制，可供參考的研究資料難尋，信息查找遠不如現在方便，他們的侷限性值得理解。但他們的論文具有較強的規範性，體現了較高的學術性水平。在選題上，這些論文具有很強的時代性，能與社會、時代密切結合，回應社會熱點問題，注重操作性和實用性，視野開闊，選材豐富，注重實地調查；在學術規範上，注重問題意識，有的放矢，針砭時弊，注重創新性，重視一手材料的獲得，研究方法多樣，且能堅守自己的研究立場。尤其值得稱道的是他們的英文寫作水平和毛筆書寫能力，這些都是值得當代大學生學習的地方。

　　關於燕大新聞學生的畢業論文的研究，能填補燕京大學新聞學系的研究空白，豐富和補充中國新聞教育史的研究內容，充實名家研究，繼承中國新聞教育的優良傳統，為當前我國新聞教育改革提供借鑒，為大學本科學生畢業論文寫作提供良好的學習參照。

參考文獻

一、著作和報告

1. 燕京大學，燕京大學文理科男校學生須知〔M〕，北京：燕京大學編印，1925。

2. 陶良鶴，最新應用新聞學·謝序〔M〕，上海：復旦大學新聞學會，1930。

3. 杜紹文，新聞政策〔M〕，上海：復旦大學新聞學會，1931。

4. 趙敏恒，外人在華的新聞事業〔M〕，上海：中國太平洋國際學會，1932。

5. 燕京大學新聞學系，新聞學研究〔J〕，北平：燕京大學新聞學系，1932。

6. 北平私立燕京大學文學院新聞系課程一覽〔G〕，北京：首都圖書館，1935。

7. 新聞事業與國難〔M〕，北京：燕京大學新聞學系刊印，1936。

8. 燕京大學新聞學系，今日中國報界的使命〔M〕，燕京大學新聞學系第六屆新聞學討論會，北京，1937。

9. 劉豁軒，燕大的報學教育〔M〕，報學論叢，益世報社，1946。

10. 胡道靜，新聞史上的新時代·報壇逸話〔M〕，上海：世界書局，1946。

11. 燕京大學新聞學系，燕京大學新聞學系概況〔G〕，北京：北京大學新聞學系，1950。

12. 燕京大學，燕京大學修學規程（1949～1950）〔M〕，北京：燕京大學編印，1950。

13. 王雲五主編，中國新聞事業研究導論〔G〕//報人·報史·報學，臺北：臺灣商務印書館，1967。

14. 戈公振，中國報學史〔M〕，臺北：臺灣學生書局，1982。

15. 司徒雷登著，程宗家譯，在華五十年──司徒雷登回憶錄〔M〕，北京：北京出版社，1982。

16. 沈雲龍，各省教育總會聯合會議決案〔C〕，近代中國史料叢刊續編（66 輯），臺北：文海出版社，1983。

17. 陳學恂，田正平，留學教育〔M〕，上海：上海教育出版社，1991。

18. 燕大文史資料編委會，燕大文史資料（第3、7輯）〔G〕，北京：北京大學出版社，1993。

19. 部分校友座談燕大新聞學系〔M〕//燕大文史資料，北京：北京大學出版社，1995。

20. 方漢奇，中國新聞事業通史（第 2 卷）〔M〕，北京：中國人民大學出版社，1996。

21. 燕京大學校友會燕大校史籌備組，燕京大學史料選編〔M〕，北京：燕大校友會編印，1996。

22. 方漢奇主編，中國新聞事業通史（第1卷）〔M〕，北京：中國人民大學出版社，1999。

23. 燕京大學校友校史編寫委員會，燕京大學史稿〔M〕，北京：人民中國出版社，1999。

24. 方漢奇主編，中國新聞事業編年史（中冊）〔M〕，福州：福建人民出版社，2000。

25. 燕京研究院，燕京大學人物志〔M〕，北京：北京大學出版社，2001。

26. 戴元光等主編，童兵，林涵著，20世紀中國新聞學與傳播學‧理論新聞學卷〔M〕，上海：復旦大學出版社，2001。

27. 韋軍，葛豔聰主編，民國時期圖書館學三種期刊分類索引〔G〕，北京：國家圖書館出版社，2013。

28. 殷海光，中國文化的展望〔M〕，上海：上海三聯書店，2002。

29. 李建新，中國新聞教育史論〔M〕，北京：新華出版社，2003。

30. 蕭東發，楊虎等，風物：燕園景觀與人文底蘊〔M〕，北京：北京圖書館出版社，2003。

31. 北京高等教育文獻資料選編（1861～1948）〔G〕，北京：首都師範大學出版社，2004。

32. 方漢奇，李矗主編，中國新聞學之最〔M〕，北京：新華出版社，2005。

33. 陳昌鳳，中美新聞教育傳承與流變〔M〕，北京：中國廣播電視出版社，2006。

34. 李彬，涂明華主編，百年中國新聞人〔M〕，福州：福建人民出版社，2007。

35. 謝鼎新，中國當代新聞學研究的演變——學術環境與思路的考察〔M〕，北京：中國傳媒大學出版社，2007。

36. 蕭東發主編，鄧紹根等增訂，新聞學在北大〔M〕，北京：北京大學出版社，2011。

37. 方漢奇主編，民國時期新聞史料彙編〔G〕，北京：國家圖書館出版社，2011。

38. 曹立新，在統制與自由之間：戰時重慶新聞史研究（1937～1945）〔M〕，桂林：廣西師範大學出版社，2012。

39. 方漢奇，王潤澤，中國人民大學新聞學院藏稀見民國新聞史料彙編（第23冊），北京：國家圖書館出版社，2012。

40. 陳遠，燕京大學（1019～1952）〔M〕，杭州：浙江人民出版社，2013。

41. 岱峻，風過華西壩——戰時教會五大學紀〔M〕，南京：江蘇文藝出版社，2013。

42. 方漢奇，王潤澤主編，中國人民大學圖書館藏燕京大學新聞系畢業論文彙編（全34冊），北京：國家圖書館出版社，2014。

43. 倪延年主編，民國新聞史研究（2014）〔G〕，南京：南京師範大學出版社，2014。

44. 劉民鋼，蔡迎春主編，民國文獻整理與研究發展報告（2015）〔R〕，北京：國家圖書館出版社，2015。

45. 劉民鋼，蔡迎春主編，民國文獻整理與研究發展報告（2016）〔R〕，北京：國家圖書館出版社，2016。

二、論文和期刊

1. 王成瑚，中日新聞事業之比較研究〔D〕，北京：北京大學圖書館藏，1931。

2. 浙江省立圖書館圖書展望編輯部，圖書展望〔J〕，杭州：浙江省立圖書館編印，1936（5）。

3. Ku Ting Chang. The Protestant Periodical Press in China〔J〕//真理與生命，北京：青年協會書局，1936，10（05）～1937，11（04）。

4. 高向杲，中國新聞學文字索引〔M〕//圖書館學季刊，上海：商務印書館，
   1937，11（1）：79～102。

5. 高向杲，中國新聞學文字索引〔M〕//圖書館學季刊，上海：商務印書館，
   1937，11（2）：249～267。

6. 蔣蔭恩，新聞教育感想〔J〕，北京：中國新聞學會年刊，1944（02）。

7. 羅列，十年來的我國新聞教育〔J〕，新聞戰線，1959，（18）：18～20。

8. 徐培汀，中國早期的新聞教育〔J〕，新聞大學，1981，（01）：118～120。

9. 燕京大學校友會，燕京大學成都復校五十週年紀念刊〔J〕，北京：燕京大
   學校友會編，1992。

10. 李欣人，燕京大學新聞教育研究〔D〕，北京：中國人民大學，2001。

11. 倪寧，試析我國新聞教育的流變及其啟示〔J〕，新聞大學，2002，（02）：
    90～94。

12. 趙長海，新善本研究〔J〕，圖書館建設，2004，（03）：110～113。

13. 劉方儀，中國化新聞教育的濫觴——從 20 世紀 20 年代燕大新聞系談起
    〔J〕，北京社會科學，2004，（02）：153～159。

14. 肖朗，費迎曉，燕京大學新聞學系人才培養目標及改革實踐〔J〕，高等教
    育研究，2007，（06）：92～97。

15. 李春雷，20 世紀二三十年代中國新聞學學科的建立〔J〕，河北大學學報
    （哲學社會科學版），2007，（01）：64～68。

16. 李俊恒，蘇程，淺談民國時期大學生畢業論文的史料價值——從吉林省
    圖書館館藏「上海私立滬江大學畢業生論文」談起〔J〕，山東圖書館季
    刊，2008，（01）：78～79＋88。

17. 陳家順，中國近代新聞教育思想本土化的範例——燕京大學新聞教育述
    評〔J〕，河北師範大學學報（教育科學版），2008，（07）：42～45。

18. 武慧芳，劉豁軒新聞思想研究〔D〕，天津師範大學，2008。

19. 程曼麗，中國新聞史研究 60 年回眸〔N〕，社會科學報，2009-10-08（005）。

20. 胡正強，郭箴一與媒介批評史研究〔J〕，新聞前哨，2009，（10）：82～83。

21. 鄧紹根，燕京大學新聞學系最早畢業生考〔J〕，國際新聞界，2009，（02）：
    120～123。

22. 武志勇，李由，密蘇里大學新聞學院的教育理念與教學模式〔J〕，新聞大
    學，2009，（04）：12～21。

23. 齊輝，王翠榮，燕京大學新聞教育的理念與實踐〔J〕，教育評論，2010，（01）：139～142。

24. 齊輝，王翠榮，試論民國初年中國新聞人才的培養特色——以燕京大學新聞系為中心〔J〕，國際新聞界，2010，（01）：82～86。

25. 王運輝，燕京大學辦學理念及其實踐研究〔D〕，河北大學，2010。

26. 祝帥，心理學、經濟學與早期中國廣告學的發生〔J〕，廣告大觀（理論版），2010，（05）：79～86。

27. 張麗靜，燕京大學學位論文的印本收藏與特色庫建設〔J〕，圖書館建設，2011，（06）：39～40＋56。

28. 鄧紹根，燕京大學新聞學系廣播學術研究探析——學士學位論文的視角〔J〕，現代傳播（中國傳媒大學學報），2012，34（11）：43～47。

29. 林牧茵，移植與流變—密蘇里大學新聞教育模式在中國（1921～1952）〔D〕，復旦大學，2012。

30. 鄧紹根，中美新聞教育交流的歷史友誼——密蘇里新聞學院支持燕大新聞學系建設的過程和措施探析〔J〕，國際新聞界，2012，34（06）：57～65。

31. 肖珊，燕京大學「新聞學討論週」考述〔J〕，新聞知識，2013，（12）：75～76＋53。

32. 肖朗，費迎曉，中美高等教育交流與中國大學新聞學教育——以沃爾特·威廉和燕京大學新聞學系為考察中心〔J〕，蘇州大學學報（教育科學版），2013，1（01）：77～85＋127。

33. 王媛，民國時期新聞學課程設置的研究（1912～1949）〔D〕，陝西師範大學，2013。

34. 王萍，蔣蔭恩的新聞教育理念與實踐研究〔D〕，上海大學，2013。

35. 孫晶，民國時期大學生畢業論文的整理與研究——以遼寧省圖書館為例〔J〕，圖書館學刊，2014，36（06）：38～41。

36. 鄧紹根，論哥倫比亞大學新聞學院與民國新聞界的交流合作及其影響〔J〕，新聞與傳播研究，2014，21（12）：80～89＋121。

37. 鄧麗琴，民國新聞教育思想研究〔D〕，湖南師範大學，2014。

38. 尹昕，蔣耘中，袁欣，劉聰明，清華大學圖書館收藏的民國畢業論文的整理與研究〔J〕，大學圖書館學報，2015，33（06）：93～100。

39. 王敏，「廣人文，重實務」：民國新聞教育的實踐性考察〔J〕，新聞春秋，2015，（04）：38～44。

40. 羅映純，近代中國新聞職業化的建構〔D〕，暨南大學，2015。

41. 胡玲，劉豁軒新聞教育思想研究〔J〕，青年記者，2015，（10）：90～91。

42. 李秀雲，試析杜紹文的新聞學理論建構〔J〕，新聞春秋，2016，（02）：26～31。

43. 龍丹，館藏民國時期本科畢業論文手稿的統計分析〔J〕，內蒙古科技與經濟 2016，（17）：141～143。

44. 李建新，民國時期新聞教育思想的多元呈現〔J〕，學術交流，2016，（05）：195～199。

45. 肖愛麗，《報人世界》與《報學》的理論取向研究〔J〕，新聞研究導刊，2016，7（20）：110。

46. 高明勇，言論史上的「評論課」──以燕京大學新聞學系為例（1924～1952 年）〔J〕，青年記者，2016，（30）：100～103。

三、報導和網站

1. 應妮，中國大陸圖書館界籲實施「民國時期文獻保護計劃」〔OL〕中國新聞網，2011-5-17、2017-11-7，http://www.chinanews.com/cul/2011/05-17/3044695.shtml。

2. 復旦大學新聞學院大事記，復旦大學新聞學院官網‧歷史沿革，2017-11-8，http://gov.eastday.com/node2/fdxwxy/gywm/node916/index.html。

附錄一 燕大新聞學系系友名錄

資料來源:《燕京大學校友通訊錄》(1919～1952)、中國人民大學新聞學院編印《同學錄》(1955～1995)、《燕京大學 1945～1951 年級校友紀念刊》、《燕京大學畢業生論文目錄》、歷年《燕大年刊》、《燕大同學錄》等,但由於當時學生存在轉系或中途退學工作等情況,以及筆者能力有限,這一統計,仍不夠精確,希望拋磚引玉,同仁指正。

1927 屆	2 人	
	鄒毓靈、李連科	
1928 屆	1 人	
	黃錦棠	
1929 屆	0 人	
	無	
1930 屆	1 人	
	趙恩源	
1931 屆	4 人	
	湯德臣、吳椿、王成瑚、周科徵	
1932 屆	3 人	
	高青孝、蘇良克、沈劍虹	
1933 屆	5 人	
	鄒毓秀、李亦、費思、湯佩珍、高克毅	
1934 屆	6 人	

趙敏求、宋德和、劉志遠、張德生、馬建唐（紹強）、袁平

1935 屆　　　15 人

孫明信、譚邦傑、蔣蔭恩、李相峰、區儲、蕭幹、柯武韶、嚴承
蔭、郭維鴻、歐陽頤、黎秀石、李衡宇、柯士添、陳先澤、張斿

注：曾恩波、伍乾滋

1936 年屆　　12 人

儲益謙、方紀、瞿超男、鄭茂根、高問杲、吳明琨、古廷昌、梁
嘉惠、王玨、陳翰伯、李宜培、張兆麟

注：王裕平

1937 年級　　14 人

劉琴、湯健文、王若蘭、崔聯蔚、趙佩珊、麥攜曾、石家駒、張
大綱、梁允彝、陳梓祥、祁敏、陸錫麟、王遵侗、宋磊

注：陳繼明、宋獻彝、楊富森（1943 年畢業）

1938 年級　　14 人

張福、孫家駒、朱祥麟、陳鼎文、程紹經、謝善才、侯啟明、胡
啟寅、白汝瑗、王九如、許邦興、李承蔭、林秀川、楊曾慶

注：張興鉑、陳嘉祥、李忠漪、劉益璽、徐仲華、許韜（弢）、丁
龍寶、穆崇栻

1939 年級　　劉漢緒、安世祥、張振淮、張師賢、汪煥鼎、張英林、馮玉麟（王
向立）、夏得齊、康錫珠、谷士堯、劉克讓、陸錦春、丁秉仁、王
兆震、王永琪（明遠）、顏福廷、羅意宗、周紀怡、王觀琪

注：殷增芳、李宜琰、錢家駿、熊天森、饒欽和、苗公秉（九如）、
于效謙、秦晉

1940 年級　　張炳元、陳金璧、陳霖、陳澤泰、傅明璟、何士鑾、何文龍、高
宏佐、桂邦傑、李嘉樹、李錫智、宋學廣、田國彬、王愛雲

注：鄭文（鄧釗）、章蟾華、張辛明（新民）、續麗卿、趙澤隆、
余理明、劉洪昇、戈原（王秀山）、姚詩夏、韓學林

1941 年級　　張鷥（米孜）、張大中（張垿）、任叔（金寶培）、趙維剛、錢辛波
（家瑞）、周慶基、安笑蘭、盧念高、譚文瑞、曹增祥、衛占亨

1942 年級　　劉侃如、張定（富培）、徐茂蘭、胡駿美、黃代昌、高成祥、唐振
常、吳才獨、葉春凱、蔣孟樸、譚宗文、吳亦蘭、丁鎧海、鄒震、

李原（岳克）

1943 年級　于明（張占元）、陳其慧、張玉衍、鄭錫安、金光德、羅宗明（躍福）、袁錦華、曹德謙、文官常、康力

1944 年級　張文政（政弟）、蘇予（張瑀）、張瑤、陳堯光、江康、周子東、范敬一（范柱）、夏澤、管寬、陶涵、丁好德、汪家樺、吳傑（貫之）、張全聰、楊昌鳳、曲方明（慎齋）、賴德濃、李誠、孫儒、于谷（楊錫璠）、吳敬瑜、周文雄、艾繩武、高潔、李章騏、錢伯純（蒲書）、毛綠嘉

1945 年級　舒芸芳（繼若）、趙蓉、張培晉、鄭峨嵋、齊曙霖、張永經、趙子輔、朱良沄、李春美、馮黃（述仁）、胡昌緒、劉名一、牟緒平（蘋）、李聯模、李耄年、潘憲繼（宗一）、林傑（李英傑）、金慶瀛、劉曉州（元賓）、馬恩成、牛澤渝、沈廷杲、石著龍、鄧立（致造）、曹百龍、崔華（起鑫）、董敏增、王伯強（百強）、惲小園（筱園）、趙彥青（樹榮）、張炳富

1946 年級　張楠（若男）、常愈超、鄭小葉（企瓊）、馮軍（趙如山）、黃過（敏琪）、鄭天增、劉保瑞、周寶恩、湯小薇、丁立本、陳維平、李伯康、李正修（李普）、李道和、沈善齊、吳光燦、沉沉（姚慈受）、晏蘇民、徐庚蔭、譚德明（翁博炎）、鄭元珂、何寶星、容正昌、盧粹持、吳學昭、鈕友翁、鮑敬三、何藍（宋知難）、左辛（王迪新）、申德詒、李嘉熙、石方禹（美浩）、謝道淵

1947 年級　陳素、朱珊霞、徐鞠如、渠川（瓚）、馬玫麗、何廉、洪一龍、阮有光、關迪謙、李郁蓀（荃昌）、林道州、婁彰後、洪奇（汪家轂）、吳炳文、葉祖孚、張立剛、洪嘉（龔理康）、秦珪、楊正彥、周若予（周真）、宋鵬運

注：1951 年畢業生有李毓熊、庚賡

1948 年級　石小媛、張濤（浴濤）、周希敏、周寧霞、陳振海（民族）、陳用儀、許惠宛、胡衡（澄亞）、賈觀、周晶、劉文蘭、朱一農、謝昌逵、王梅、楊念（正鈞）、李佑（佑民）、劉孔朝、陸欽儀、盧存學、彭寶生、吳經燦、伍愉凝、韓勃、葛景智、徐在初、鄧琳、梁秉銚、林放

注：徐芙庚、張和笙（新聞學系招生，開學後轉入化工系）

1949 年級　　按《燕京大學校友通訊錄》（1919～1952）名單 23 人如下：

常耀華、高鍇、李海瑞、李禹興、馬銳、蘇志中、馬清健、張楨祥、何梓華、羅徵敬、張繼堯、張大釗、趙宏慶、李佳若、張世溶、鄭介初、陳暉光、劉達臨、謝蔚英、朱玲、郭素良、孫陽生

按中國人民大學新聞學院編印的《同學錄》（1955～1995），1949 年燕大入學，1953 年北大畢業的名單為 36 人：

常耀華、高鍇、李海瑞、李禹興、呂光天、馬銳、蘇志中、郁正汶、馬清健、孫以鑑、張楨祥、何梓華、羅徵敬、張繼堯、張大釗、趙宏慶、王士芳、伊鐵士、楊美蓉、孫陽生、田良耕、閻瑾文、李佳若、張世鎔、鄭介初、闞甸義、廖壽衍、劉秉荃、陳暉光、劉達臨、楊良豐、林敦賜、王本頊、韓莉莉、張麗珍、黎秉寧

1950 年級　　按《燕京大學校友通訊錄》（1919～1952）名單 45 人如下：

常守誠、陳嘩、陳俊、鄭時敏、賈翠珍、陳紹礎、錢爾梅、陳業劭、朱敏之、屈月英、姜克安、蕭緒珊、許綺娥、榮蓮秀、顧也是、向景潔、梁秀芳、薛養玉、沈桓、葉湘筠、曹云云、王敦和、王佳（貽文）、毋立珍、于韻嫣、樓宇棟、盧學誌、梅挺秀、白崇義、鄧歷耕、王恩善、王弋（明）王聲嚴、伍福強、吳明生、伍文煦、陳佩珍、王明蕃、傅元朔、徐玫（美珍）、廖壽衍、王士芳、吳桂林、伊鐵士、楊美蓉

按中國人民大學新聞學院編印的《同學錄》（1955～1995），1950 年燕大入學，1954 年北大畢業的名單為 37 人：

陳俊、錢爾梅、向景潔、白崇義、姜克安、蕭緒珊、陳業劭、王雪明、于韻嫣、鄧歷耕、伍福強、陳紹楚、王元敬、屈月英、榮蓮秀、盧學誌、譚傲霜、王戈（原名王明）、吳明生、梅挺秀、盧錚、甘耀永、顧也是、沈桓、王敦和、毋立珍、徐玫（原名徐美珍）、林帆、王聲嚴、賈翠珍、曹云云、葉湘筠、梁秀芳、許綺嫦、陳嘩、王貽文（現名王佳）、孟金梅。

1951 年級　　按《燕京大學校友通訊錄》（1919～1952）名單 21 人如下：

胡允信、于善之、趙琳琳、張步州、錢欣聲、高哲、祝錫英、顧德華、郭萃、李肇芬、李崇文、盧璐、宋誠、鄧元惠、高慶鴻、

李正傑、羅寶健、樓瀘光、馬運增、潘俊桐、郭福來

按中國人民大學新聞學院編印的《同學錄》(1955～1995)，1951
年燕大入學，1955 年北大畢業的名單為 31 人：

胡允信、于善芝（之）、張步洲、錢欣聲、高哲、祝錫英、郭萃、
李肇芬、李崇文、盧璐、宋誠、鄧元惠、高慶鴻、李正傑、羅寶
健、樓滬光、潘俊桐、郭福來、鄭元珂、張冰、王景汶、景在（現
名景寬，已故）、劉穎、劉漢光、李耀培、高煥揚、沈亮華、王明
蕃、傅繼馥、姚淑貞

附錄二　燕京大學新聞學系現存畢業論文目錄表

中國人民大學圖書館 149 冊（中文 122 冊，英文 27 冊），新聞學院 68 冊（中文 50，英文 18），北大 9 本，總計 226 冊，共 170 人 161 種論文。其中，圖書館和新聞學院重合冊數中文 41 冊，英文相同 16 種 18 冊，新聞學院有兩冊英文論文有兩本。另外，1948 年、丁好德、張群基兩人合寫論文《報紙公意測驗》、鄧致造《如何瞭解新聞》、曹百龍《美國新聞教育》合訂成一本、英文論文 1946 年《*Newspaper policy of the Chinese commucist-five translations from editorials of the Liberation daily news*》和 1949 年《*Press photography*》合訂成一本。申德詒《中央社對歷次學運報導之正確性》和王存鎣《廣播事業研究》合訂成一本。北大圖書館館藏 9 本，其中 2 本於人大圖書館同，據《燕大報務之聲》1930 年趙恩源論文 *Journalism in China*。據目前不完全統計，燕京大學新聞學系現存畢業論文總 226 本。

1927：2　　1928：1　　1929：0

1930：1　　1931：4　　1932：3　　1933：5　　1934：5　　1935：14

1936：12　1937：12　1938：3　　1939：5

1940：7　　1941：9　　1942：0　　1943：5　　1944：4　　1945：15

1946：16　1947：15　1948：14　1949：15

1950：1　　1951：2

20 世紀 20 年代 3 本，30 年代 64 本；40 年代 100 本；50 年代 3 本

序號	論文標題	作　者	年份
1	我國報紙文的研究	鄒毓靈	1927
2	Source-material concerning the journalism of China	Li, Lien. Ko. 李連科	1927
3	The historical development of the Chinese govement gazette	Huang, Chin. Tang 黃錦棠	1928
4	Journalism in China	趙恩源	1930
5	The foreign press in China	T'ang, Te. Chen. 湯德臣	1931
6	中國之政治與新聞事業	吳椿	1931
7	中日新聞事業之比較研究	王成瑚	1931
8	中國日報的索引法	周科徵	1933
9	中國報館圖書室之設計	高青孝	1932
10	報紙管理法	蘇良克	1932
11	An international publicity program for China	Shen, Chien. Hung. 沈劍虹	1932
12	鄉村報紙之建設	鄒毓秀	1933
13	中國小型報紙之研究	李亦	1933
14	Instances of the effects of a controlled news policy in the Peiping Chrinicle	Fisher, F. M. 費思	1933
15	The history of the foreign press in Peiping & Tientsin	T'ang, Pei. Chen. 湯佩珍	1933
16	中國雜誌與定期刊物	高克毅	1933
17	Types of journalist organizations	Chao, Min. Chiu. 趙敏求	1934
18	English language journals of opinion in China	Sung, T.H. 宋德和	1934
19	中國新聞紙廣告之研究	劉志遠	1934
20	北京晨報過去與現在	張德生	1934
21	社論的研究	馬建唐（紹強）	1934
22	報人手冊	孫明信	1935
23	中國報紙體育版之研究	譚邦傑	1935
24	中國畫報的研究	蔣蔭恩	1935
25	新聞紙編排的研究	李相峰	1935

26	中國婦女與新聞事業	區儲	1935
27	書評研究	蕭幹	1935
28	中國新聞紙標題之研究	柯武韶	1935
29	河南新聞事業	嚴承陰	1935
30	Education for the profession of journalism in China	Kuo, Wei. Hung. 郭維鴻	1935
31	Chinese newspaper circulation methods	OU-Yang, Yi. 歐陽頤	1935
32	Chinese news in the New York Times during an abnormal period	Li, Hsiu Shin 黎秀石	1935
33	Chinese news in the London Times in 1933	Li, Heng. Yu. 李衡宇	1935
34	A study of the Chinese Journalists' conditions of work & life in Peiping	K'e, Shih. Tien. 柯士添	1935
35	報紙檢查法	陳先澤	1935
36	中國國內大規模之通訊社計劃	儲益謙	1936
37	中文日報婦女頁的研究	方紀	1936
38	平津報紙上的音樂和戲劇材料	瞿超男	1936
39	北平晨實兩報之比較研究	鄭茂根	1936
40	中國新聞學文字索引	高問杲	1936
41	爪哇華僑新聞事業	吳明琨	1936
42	The protestant periodical press in China	Ku, Ting. Chang. 古廷昌	1936
43	教會的漢文報業	梁嘉惠	1936
44	日本在華之新聞事業	王珏	1936
45	非常時日本新聞事業	陳翰伯	1936
46	近五年來我國日報之國外新聞欄	李宜培	1936
47	報紙雜誌中學生運動	張兆麟	1936
48	中國報紙問題及文字之研究	劉琴	1937
49	新聞學文字書目引得	湯健文	1937
50	農民報紙的理論與實施	王若蘭	1937
51	報紙與社會服務	崔聯蔚	1937
52	德意日三國新聞事業	趙佩珊	1937
53	中國報紙廣告	麥攜曾	1937

54	蘇聯的新聞事業	石家駒	1937
55	四時事雜誌的檢討	張大綱	1937
56	Buddhist periodical press in China	Lianc. Yun. I. 梁允彝	1937
59 57	The English-language daily press in China	Ch'en, Tzu. Hsing. 陳梓祥	1937
58	A Study of some great personalities in journalism	Ch'i, Min 祁敏	1937
59	復刊十年來之大公報內容研究	陸錫麟	1937
60	中國報紙的家庭副刊	王遵侗	1938
61	中國報紙經濟版新聞之研究	程紹經	1938
62	Press photography in china	Hsich, Shan. Tsao. 謝善才	1938
63	中國廣播無線電事業	殷增芳	1939
64	大公報社論與中日問題	汪煥鼎	1939
65	六年來平津泰晤士報對華之言論	楊曾慶	1939
66	中國印刷史略	張師賢	1939
67	中日事變期中同盟通訊社之對華宣傳	張振淮	1939
68	中國報紙之法令	胡啟寅	1940
69	羅隆基之言論	劉漢緒	1940
70	新民報社論的研究	李錫智	1940
71	一九三八年英文北京時事日報所棄置路透社新聞之研究	宋磊	1940
72	燕國社區現時讀報的分析	王觀琪	1940
73	A study of some American newspaper	Wu, Chien. Tzu. 伍乾滋	1940
74	German and British propaganda in the present world war	Tseng, E.P. 曾恩波	1940
75	罪惡新聞的研究	周明鈞	1941
76	九一八以後中國報紙之文藝副刊	王繼樸	1941
77	中國報紙的文字	宋學廣	1941
78	北京商業廣告概況	馮傳鄂	1941
79	宣傳之研究	李壽彭	1941

80	Some important features in press photography	Sung, Hsien. Yi. 宋學義	1941
81	Development of Chinese revolutionary propaganda	Hsü, Pang. Hsing. 徐旁星	1941
82	由路透社與海洋社所見之英德兩國空戰宣傳	王兆榮	1941
83	《東方雜誌》之研究	陳繼明	1941
84	英國戰時宣傳	楊富森	1943
85	重慶報紙新聞版之分析	余夢燕	1943
86	中國戰時新聞檢查制度研究	劉益璽	1943
87	戰時報紙副刊研究	丁龍寶	1943
88	眾意	陳嘉祥	1943
89	中國戰時宣傳	陳瓊惠	1944
90	後方六大城市報紙之分析	姚世光	1944
91	三十年來的四川報業	林啟芳	1944
92	戰前與戰時報紙廣告比較	李忠漪	1944
93	新聞真確性之研究	譚文瑞	1945
94	國際新聞自由運動	譚宗文	1945
95	開羅會議前後中國國際宣傳政策之改變及其成就	鄒震	1945
96	報業管理	丁涪海	1945
97	新聞學原理	曹德謙	1945
98	中國通訊社事業之檢討	程佳因	1945
99	三年來英美在我國宣傳之比較	錢家瑞	1945
100	報館資料室之研究	劉洪昇	1945
101	社論政策	韓洪厚	1945
102	中國戰時報業之特色	余理明	1945
103	報業會計	葉楚英	1945
104	報業管理	劉克林	1945
105	新聞教育	張如彥	1945
106	新聞學原理	謝寶珠	1945
107	戰時中國新聞政策	張學孔	1945
108	地方報紙之經管	薛熙農	1946
109	淪陷期間敵偽在華北之宣傳	徐仲華	1946
110	日本報業發達史	許韜	1946

111	淪陷時期北平之報業	高景霖	1946
112	婦女與新聞事業	徐茂蘭	1946
113	中國戰時新聞檢查制度概論	曹增祥	1946
114	如何經營小型報紙	葉春鍾	1946
115	論新聞自由	唐振常	1946
116	報業人事管理之研究	黃代昌	1946
117	美國的報業	李肇基	1946
118	抗戰時期大後方的報紙	吳亦蘭	1946
119	報紙新聞採訪	王雲琛	1946
120	報紙與廣告	張馨保	1946
121	偽新民報社論之檢討	穆崇栻	1946
122	中國戰時後方報業	梅世德	1946
123	廣播	趙澤隆	1946
124	試論特寫	駱惠敏	1947
125	中國報紙廣告研究	盧祺芳	1947
126	特寫研究	唐振禕	1947
127	報紙的獨立	戴永福	1947
128	華北淪陷時期日人宣傳活動之研究	張雲笙	1947
129	報紙之財政政策	高成祥	1947
130	報紙之新聞傳遞	周文雄	1947
131	報紙工廠管理	陳其慧	1947
132	這次大戰初期中美德雙方在海戰方面的宣傳	張福駢	1947
133	靈食季刊研究	張錫煥	1947
134	中國報紙的文藝副刊	衛占亨	1947
135	言論自由研究	張占元	1947
136	新聞採訪的研究	張興鉑	1947
137	中央社與我國報業	張玉珩	1947
138	A Comparative study of industrial and newspaper management	Wang, CHing. San. 王慶三	1947
139	我國報紙的新聞寫作	文官常	1948
140	報紙分類廣告	艾繩武	1948
141	廣告與報紙	張瑤	1948
142	報紙公意測驗	丁好德張群基	1948

143	自北伐完成至抗戰前夕北平	鄭錫安	1948
144	十九世紀前中國的報紙及報業	戚觀光	1948
145	中國的電信交通與文字改革	盧毅	1948
146	報紙發行研究	劉桂梁	1948
147	地方報紙之經營	金光德	1948
148	新聞寫作研究	陳堯光	1948
149	民國以前中國報業的演變	管寬	1948
150	中國報紙的新聞通訊	高潔	1948
151	時事分析論	陶函	1948
152	Press photography	Ling, Tao. Hsin. 林濤新	1948
153	如何瞭解時事	梁志寶	1949
154	天津日報與進步日報的嘗試研究	江康	1949
155	報告文學	張培晉	1949
156	報業之發行管理	惲筱園	1949
157	報紙與現代文明	楊昌鳳	1949
158	報館社會服務部的研究	李耄年	1949
159	如何瞭解新聞	鄧致造	1949
160	美國新聞教育	曹百龍	1949
161	美國報紙實況	胡睿思	1949
162	中國新聞通訊事業發展史	朱良澄	1949
163	中央社對歷次學運報導之正確性	申德詒	1949
164	廣播事業研究	王存鎏	1949
165	Newspaper policy of the Chinese commucist-five translations from editorials of the Liberation daily news.	Lu, Nien. Kao. 盧念高	1949
166	AP——the story of news	Lu, Min. Ju. 盧民鞠	1949
167	Analysis of post Second World War propaganda between United States and Soviet Russia	Ch'I, SHiu. Lin. 祁秀林	1949
168	生活週刊的研究	董敏增	1950
169	中國近代報紙的淵源	李毓熊	1951
170	廣播電臺的編輯工作	庚賡	1951

附錄三　敬業育人：蔣蔭恩的新聞教育及其教學研究〔註1〕

　　蔣蔭恩是我國著名新聞教育家。他秉承新聞理論與實踐相實的原則，復辦燕京大學新聞學系，創辦實習報紙《燕京新聞》，為新聞界培養了大批優秀新聞學生。他先後在燕大、清華、北大和人大從事新聞教育工作 26 年。他發表文章《新聞教育感想》，全面闡釋新聞教育思想；而《如何提高講課藝術的幾點意見》則集中闡述自己的新聞教學理論。1968 年 4 月，蔣蔭恩受到迫害，不幸逝世，永遠地離開了他為之熱愛的新聞教育崗位。他曾經二十年年如一日在新聞教育領域辛勤耕耘，成為一名卓有貢獻的新聞教育家。歷史學家唐振常說：「先生對於新聞事業的貢獻，尤其對於新聞教育事業的獻身精神和巨大貢獻，人或忘之。」〔註2〕新聞學界認為：「1990 年我國出版的《中國大百科全書》新聞出版卷中收錄的「中國新聞界人物」僅 105 人，其中集記者、報刊主編、新聞教育家於一身的更是寥若晨星。蔣蔭恩是這些佼佼者中的一位。」〔註3〕因此，在紀念中國新聞教育誕生 100 週年之際，緬懷蔣蔭恩先生的新聞教育業績，學習他的新聞教育思想和新聞教學經驗，具有重要的學術和現實意義。

〔註 1〕該文發表於《傳媒觀察》2019（01）：96～104。
〔註 2〕唐振常：《懷念蔣蔭恩先生》〔M〕，《唐振常文集》第四卷，上海社會科學院出版社 2013 年版，第 157 頁。
〔註 3〕燕京研究院編：《燕京大學人物志》第 1 輯〔M〕，北京大學出版社 2001 年版，第 375 頁。

一、蔣蔭恩的新聞教育業績

蔣蔭恩，祖籍浙江慈谿，1910 年 8 月 14 日出生於江蘇淮安。小時候，姐姐經常帶他去美國教堂和學校玩耍，使他對教會學校心生好感。小學畢業時，他向父親提出報考上海教會中學的想法。父親鼓勵他在教會學校學好英文。於是，他前往上海，考入東吳二中。三年高中畢業時，他報考了三個教會大學，被燕京大學社會學系錄取。1931 年，蔣蔭恩進入燕京大學社會學系學習。

1932 年 9 月，他抱著新聞救國理想，轉至新聞學系攻讀新聞專業。當時燕京大學進入全盛時期，在美麗的未名湖畔建立新校園。新聞學系隸屬於文學院，被認為是當時「遠東方面最新式而設備最完全的新聞學校」，素有「小密蘇里」之稱。密蘇里大學新聞學院通過承認燕大學分、募集資金、交換研究生、互派師資、提供圖書資料等五項措施，給予燕大新聞學系「學術和行政上的指導」，極大地支持和幫助了燕大新聞學系崛起發展。〔註4〕

在燕大讀書期間，蔣蔭恩成為燕大新聞學系崛起的見證者和受益人。他認真學習新聞學知識同時，積極投身新聞實踐。1932 年 7 月，他向《生活週刊》投稿《開什麼把戲》，鍛鍊文筆，提高寫作水平；他翻譯新聞學英文論文《美國的新聞道德規律》，發表在《報學季刊》第 1 卷第 3 期介紹美國新聞倫理道德發展歷史，為國內新聞界研究者提供了國外學術資料。他積極參加新聞學系其他活動，如《平西報》新聞工作和新聞學討論週等。1935 年 5 月，蔣蔭恩撰寫完成學士論文《中國畫報研究》，順利畢業。因其成績優異，被新聞學系留校任助理。

1936 年 4 月 1 日，《大公報》上海版創刊，急需擴充人員。蔣蔭恩為追求新聞救國的理想，辭去燕大新聞學系助教工作，前往上海大公報社，負責《大公報》滬版的外事採訪和編輯本市新聞。1937 年 12 月 13 日，日軍佔領上海後，實行嚴格新聞檢查。14 日，《大公報》滬版發表社論《暫別上海讀者》宣布停刊。蔣蔭恩隨後任上海《大美晚報》新聞翻譯兼文藝副刊編輯。1938 年 8 月 13 日，《大公報》創辦香港版，胡政之電邀蔣蔭恩等舊部赴港工作。他負責編輯《大公報》港版要聞版。1941 年 1 月，胡政之抽調蔣蔭恩等人前往桂林開闢新戰場。3 月 15 日，桂林《大公報》正式出版，蔣蔭恩任編輯主任，全權負責把握桂林版言論和版面。他撰寫的社論膾炙人口，深受讀者的青睞。有

〔註4〕鄧紹根：《中美新聞教育交流的歷史友誼——密蘇里新聞學院支持燕大新聞學系建設的過程和措施探析》〔G〕，《國際新聞界》2012 年第 6 期，第 57 頁。

不少文章成為推動時代進步的著名評論和社評，不僅蜚聲於時，而且在國際上也有一定影響。蔣蔭恩由此成為出色的大公報人。

1941 年 12 月 8 日，太平洋戰爭爆發，燕大遭日軍封閉，新聞學系停辦。1942 年 4 月，燕大校董會決定在成都復校。8 月，燕大在成都和重慶兩地招生，報考新聞學系學生非常踴躍。但北平燕大新聞學系原有的老師沒有一人來到成都參與復校，燕京大學積極物色新聞學系主任人選。蔣蔭恩成為不二人選，他不僅是燕大新聞學系畢業生，也擔任過新聞學系助理，熟悉新聞教育熟悉；而且他是當時出色的大公報人，在戰時大後方具有廣泛的社會影響。於是，燕京大學召喚他回歸母校，主持新聞學系工作。9 月，蔣蔭恩抵達成都燕京大學，正式出任新聞學系主任，開始從一名在新聞前線衝鋒陷陣的戰士，向新聞教育家轉型，新聞教育成為他為之奮鬥的終身事業。他自己曾說：他脫離報館進入新聞教育崗位後，立即為此新的工作所吸引，熱望終身從事之。第 157、158、159、158、161 頁。

蔣蔭恩重返燕京大學，年僅 32 歲，是當時燕京大學最年輕的系主任。他的到來，立即給燕大新聞學系帶了生命力和活力。他抵達成都後，立即和學生打成一片，和學生同住文廟，同吃於食堂，獨立承擔起恢復燕京大學新聞學系的重任。「先生初來，即著西裝，衣雖舊而仍挺括，一塵不染，頭髮一絲不亂，看得出他是愛清潔整齊的。一如其人，辦事有條不紊。後來學校領到一批美國救濟物資毛藍布，時稱為『羅斯福』布，先生有時改著『羅斯福布』夾克衫，打領帶，依然整齊合身。先生一人唱獨腳戲，恢復了新聞系。新聞系本為燕京大系，負盛名，學生多。復校後，新聞系學生人數，仍居校中第一。以先生一人之力，要把這個學系辦起來，又不失原有的水平，確乎不易。」〔註5〕

蔣蔭恩主張：新聞教育以培育人才為主旨，秉承民主自由的校風，兼容學生各種政治傾向。他認為新聞教育既是研究工作，又是實驗工作，並強調對新聞道德的訓練和培養，對學生實行通才教育，把理論與實踐結合起來。〔註6〕根據新聞教育的經歷和六年豐富的新聞業界經驗，他對教會新聞教育進行了實事求是地分析，認為過去的燕京大學新聞教育是完全脫離現實的，

〔註5〕唐振常：《懷念蔣蔭恩先生》〔M〕，《唐振常文集》第四卷，上海社會科學院出版社 2013 年版，第 158 頁。

〔註6〕蕭東發、鄧紹根：《新聞學在北大》（增訂版）〔M〕，北京大學出版社 2011 年，第 162 頁。

學生們所得到的知識和技能，對當時中國的實際需要並沒有什麼大用處。他後來說：「我是學新聞的。當我二十年前入燕大讀書的時候，那時的新聞學系可以說是徹頭徹尾的美國化。教員大部分是美國人，多數中國教員也都是不大會說中國話的。」〔註7〕於是，他從選聘本土師資和學生新聞實踐兩方面入手做好燕大新聞教育工作。

首先，他選聘本土化師資，搭建起較為完整的師資隊伍。他邀請成都《中央日報》總編輯張琴南來校講授《報刊編輯》《社論》《中國報業史》等課程；再請南洋資深報人馮列山講授《時事分析》，成都《中央日報》總經理張明煒負責《報業管理》教學；聘任新聞學系畢業生陳嘉祥為助教。自己負責新聞學概論、新聞採訪與寫作等課程教學。10 月 2 日，成都燕京大學開學，新聞學系師資隊伍基本搭建起來，使得新聞學系正常有序地運轉起來。復課後的成都燕大，辦學條件極為艱難。新聞學系只一個房間充作系辦公室、教員備課室。經費極為困難，蔣蔭恩利用自己大公報社會關係，由大公報社發動募捐十萬元作「季鸞獎學基金」，中央日報社也捐贈了兩萬元資助出版《新聞學叢書》，保證了新聞學系的順利運轉。

其次，復辦《燕京新聞》。為了是自己的對通才教育主張落到實處，實現理論與實踐相結合。1945 年 10 月 3 日，他經過多方籌備，克服資金等重重困難，《燕京新聞》正式在成都復刊出版，他認為《燕京新聞》既是燕大被敵人摧毀之後三又挺立起來的象徵，也是新聞學系今後的辦學方向（即重視理論聯繫實踐）的標誌。為此，他親自撰寫發刊詞，並自任發行人。《燕京新聞》為四開報紙，中文版六版，英文版兩版，共為兩紙八版。該週刊每週一期，以報導成都學校新聞為主，兼及時局大事，逐步面向社會。1943 年 3 月 6 日，《燕京新聞》英文版復刊，仍為 8 開兩版，報導教育新聞，向國際友人宣傳中國的抗戰，為學界所歡迎。報紙由最初發行 300 份增至一學年終了時的 600 份，1945 年增加到 3500 份。

蔣蔭恩採取民主和公開辦刊的方針，召集全系學生舉行大會討論，選舉出《燕京新聞》的領導班子和報紙負責人，學生編發新聞，撰寫言論，他自己仍然一絲不苟審閱修改，作技術處理。《燕京新聞》作為學生實習的報紙，其業務工作全部由學生在教師的指導下，結合所學《新聞採訪與寫作》《新聞編輯》等專業課程分擔。一、二年級主要作採訪、發行，三年級主要作編輯，四年級

〔註7〕 蔣蔭恩：《一個燕京人的自由》〔A〕，《光明日報》1951 年 2 月 1 日。

學生可以作採訪、編輯，但是主要須擔任報紙評論的撰寫，包括報紙社論、短評、時論及雜文。校對一般由低年級同學承擔。新聞系學生從校對做起，然後採訪，寫稿，編稿，寫評論。還要學會做管理工作，理部廣告、會計、發行等工作，也由學生承擔。學生可以根據自己的長處，決定主要參加中文或英文版工作，但對兩種版式，都要求參與不同程度的實踐。新聞學系的學生普遍地能夠作記者、編輯、校對，也可以翻譯外電稿。當年參加《燕京新聞》的該系學生唐振常認為：「燕京新聞系對於學生的培養鍛鍊，收最大之功者，在於有一張供全系學生實習的鉛印報紙《燕京新聞》。蔭恩先生從事新聞教育的最大功績，也在於他於復校一年之間就重辦了這張報紙，並以極為開明的作風辦理和領導這張報紙。這張報紙不但培養和鍛鍊了學生，同時，在大後方的民主運動和學生運動中，起了很重要的作用。」〔註8〕1945年底，由於抗戰勝利後準備遷校回北平，《燕京新聞》成都版出到總第12卷停刊。

　　在蔣蔭恩苦心經營下，新聞學系蓬勃發展，教學質量不斷提高。據記載，成都時期新聞學系入學人數平穩增長，1942年20餘人，1943年14人，1944年32人，1945年20餘人，四年約近90人，加上淪陷區轉學以及來蓉復課的學生，此時新聞學系學生在110人以上。〔註9〕新聞學系的學生也受到新聞業界人士的好評，趙超構認為：「燕大新聞系學生一畢業就能用。」戰爭時期就業難，但燕大新聞系畢業生卻被各大報社爭相聘用。僅到《大公報》滬、渝、津、港各版就業的有14人之多，如劉克林、趙澤隆、張學孔、嚴慶澍等皆為業務骨幹。〔註10〕1946年，燕京大學新聞學系重返北京，蔣蔭恩仍任系主任，但他獨撐新聞學系工作，擔任新聞學概論、新聞採訪與寫作、編輯三門主幹課程教學。在他的指導下，1946年11月18日，《燕京新聞》復刊後，獨放異彩。他仍為該報發行人，又是參加《燕京新聞》實習同學的導師；不僅在業務上給學生們悉心指導，而且負責將《燕京新聞》內容送檢。為了保護學生，他強調新聞的客觀公正，只要事實準確，敘述客觀，就可以刊登。著要成為文化教育界喉舌的宗旨，這一階段的《燕京新聞》以較大幅報迫丁同學們的愛國民主運

〔註8〕　唐振常：《懷念蔣蔭恩先生》〔M〕，《唐振常文集》第四卷，上海社會科學院出版社2013年版，第159頁。

〔註9〕　燕京大學校友史編寫委員會：《燕京大學史稿》〔M〕，人民中國出版社1999年，第130頁。

〔註10〕　蕭東發、鄧紹根：《新聞學在北大》（增訂版）〔M〕，北京大學出版社2011年，第141頁。

動。復刊不久，就遇到了「沈崇事件」，《燕京新聞》作了有始有終的詳細報導和及時評論。此後，無論是反飢餓、反內戰、反對迫害保障人權、搶救教育危機、保衛華北學聯，還是反對美帝國主義扶植日本等運動，《燕京新聞》都有詳盡報導。它成為大學生們反內戰、爭民主的陣地，是整個進步學生運動的喉舌。在革命鬥爭洗禮中，燕大新聞學系在蔣蔭恩領導下，不斷發展壯大。1946～1947年，新聞學系共有學生81人，次於經濟系97人居全校第二位，在1947～1948學年，人數達到110人，成為燕大第一大系。〔註11〕

二、蔣蔭恩的新聞教育思想形成

在《教育大辭典》中，教育家是指在教育思想、理論或實踐上有創見、有貢獻、有影響的傑出人物。〔註12〕蔣蔭恩不僅復辦燕京大學新聞學系並親力親為的新聞教育實踐創造出重大教育業績，而且積極從事新聞教育的學術研究，發表了《報紙與人生》（1943年）、《新聞的產生與衡量》（1947）等新聞學術論文。他對中國新聞教育問題有了深入的思考，形成了自己較為系統的新聞教育思想，對當時中國的新聞教育思想和實踐產生過重要而積極的影響。蔣蔭恩新聞教育思想集中體現在他於1944年11月發表在《中國新聞學會年刊》第2期發表的《新聞教育感想》一文中。

第一，要認識新聞教育重要性，主張在學校大力開展新聞教育。

蔣蔭恩認為：新聞教育的重要，今天已為多數人所認識，然而少數報界人士的偏見，還未能完全去除。他歷數社會對新聞教育的三種錯誤認識：有人認為報館實際工作與新聞學校課程截然不同，所以學生在校所學，入報館後全然無用，當其正式從事新聞工作時，必須忘卻若干在校學得的東西。有人以為新聞學校太重理論忽實際，學生出校就業後，對工作的無認識與經驗，而須從頭學起。更有人以為新聞記者工作簡單，技術平常，中學畢業學生而文字根底佳者，經過相當時期訓練，亦可勝任愉快，初不必非羅致大學生不可，更無須受過新聞教育之大學生。〔註13〕他批駁說：以上三種意見，或失之過偏，或只窺一面，或所見太淺，俱非正確公允之論。他以中外新聞教育的歷史發展為例說明：新聞教育無論遭受

〔註11〕 蕭東發、鄧紹根：《新聞學在北大》（增訂版）〔M〕，北京大學出版社2011年，第146頁。

〔註12〕 顧明遠主編：《教育大辭典》〔M〕，上海教育出版社1998年，第755頁。

〔註13〕 蔣蔭恩：《新聞教育感想》〔G〕，《中國新聞學會年刊》1944年第2期，第106頁。

何種批評，但其本身的存在價值與重要性，已無疑為一般所承認。他對中國新聞教育現狀和前景表示樂觀，「五花八門，熱鬧之至」，「蓬勃氣象，為新聞教育前途著想，應該表示慶幸」，「再增設若干，亦不嫌其多」。

第二，要深刻認識新聞教育目的：為國家造就德智體群全面發展的人才。

蔣蔭恩認為：新聞教育的目的，在授予一般有志於新聞事業的青年以各科基本知識、新聞學原理及職業上應有的技術與修養。他主張：凡是經過大學新聞學系專門訓練的學生，在他職業的理論、技術、修養諸方面，至少已有相當的認識與學習，自可獲得若干便利。他認為：大學教育不僅在傳授知識，而且在指導青年如何做人，所謂「德」「智」「體」「群」，必須同等注意，平均發展，始能為國家造就真正有用人才。〔註14〕他批駁新聞教育僅為業界培養「可用」人才的觀點，「失之膚淺」，是「學徒制」即可解決人的問題。

第三，要認清新聞教育的兩種教育內容和三大使命。

蔣蔭恩說：所謂新聞教育，我認為至少須包括兩方面，一為知識教育，一為精神教育。知識教育即各科學術的傳授，凡大學學生應選讀者，均包括在內（新聞學當然亦在其中）……。他重視精神教育，認為其內容至少包括三點：其一，事業抱負。新聞教育的重要使命之一，即為培養有志新聞事業的青年此種事業上的抱負。我認為新聞職業學校只重技術的傳授，而大學新聞學系除技術及理論的傳授外，尚應培養事業上的胸襟、眼光與抱負，然後方能負起繼往開來的重任。他說：吾人理想中的大學新聞教育，一面使學生切實認識其本身能力與報業現狀，一面使其徹底明瞭其未來責任與所負使命。其二，事業興趣。新聞教育使命之一，即在選擇有志有為之青年，而培養其興趣，堅定其信念，使其成為終身不貳之新聞界鬥士。其三，職業道德。報紙有指導社會，監督政府的功能，為人民喉舌，為輿論先鋒，使命之大責任之重，莫可言喻。他認為報人職業道德修養，應該養成於其求學時代，換言之，大學新聞學系對於培養學生的良好職業道德，應該是責無旁貸。其有效方法，除課程講授外，最重要者莫如教授之以身作則，使學生於耳濡目染之餘，在不知不覺間已受其薰陶而潛移默化。〔註15〕

〔註14〕蔣蔭恩：《新聞教育感想》〔G〕，《中國新聞學會年刊》1944 年第 2 期，第 107 頁。

〔註15〕蔣蔭恩：《新聞教育感想》〔G〕，《中國新聞學會年刊》1944 年第 2 期，第 108 頁。

第四，「先博後專」，注重新聞課程建設。

蔣蔭恩認為：大學新聞學系課程應「先博後專」。他認為大學新聞學生除新聞學本身課程外，尚有若干基本工具與知識，包括文學修養與寫作能力，歷史，政治，經濟，倫理學等。除此以外，其他社會科學與自然科學亦均有一窺門徑的必要。他主張大學新聞學系的新聞學本身課程，除必要者外，應該儘量減少，以便學生能多讀新聞學以外的課程，充實他職業上所需的基本知識。他主持燕大新聞學系後，僅保留了十三門新聞學課程，其中半為必修，半為選修。新聞系主修學生四年中只須讀滿三十二學分，計算修畢新聞學課程學分（全部畢業學分共計一百四十六），此外尚有二十學分為副系學分，其餘除教育部大學共同必修課程外，即可自由選擇。但是，他強調新聞學校學生最起碼條件，必須文字清通，辭能達意。因此，燕大新聞系學生讀完一年級課程正式升二年級為主修生時，須先經過一種純粹文字方面之嚴格測驗，以視其國文或英文程度是否合於標準。若在標準以下，即不得進入新聞學系。

他對新聞課程內容提出了嚴格要求：各種新聞學課程內容，力求理論正確，並適合中國新聞界之需要，不尚空泛誇張，不求標新立異，使學生於選讀一課以後，能把握正確觀念，而為未來致用之準繩。〔註16〕

第五，新聞教育要理論與實際兼重，須創辦實驗週報，解決好新聞實習問題。

蔣蔭恩主張新聞教育要理論聯繫實際，解決好新聞學生實習問題。他提出了自己的方案。其一，創辦實驗週報。他從中外國新聞教育發展經驗出發，認為欲求新聞教育切合實際，盡符理想，必須大學新聞學系自己辦有大規模之日報，並自有完備之排印及製版設備，以便學生有充分實習機會。他主張：大學新聞學系在未有理想的實習設備以前，辦一小型週報，以供學生練習。該實驗報紙嚴格收支預算，以純粹營業立場，經濟自給自足。因此，他在燕京大學新聞學系大力支持創辦《燕京新聞》。其二，改變現有學制，新聞教育實行五年制。他說：抗戰以前，燕大新聞學系曾一度實行類似五年製辦法，即凡新聞系畢業生獲得文學士學位後，若再留系研究一年，即可另獲新聞學士（B.J.）學位。惜此第五年課程偏重新聞學理論研究，而非做報之實地練習，故成效不彰。因此，他主張實行五年制，即大學新聞系學生，最初兩年讀普通科目，三四年

〔註16〕蔣蔭恩：《新聞教育感想》〔G〕，《中國新聞學會年刊》1944 年第 2 期，第 110～111 頁。

級讀新聞科目，第五年則在導師監督下，入學系自辦之日報實習一年，如符合標準，始能畢業。這樣新聞學生就如醫學及法學學生一樣，「經過較長之學理與技術訓練，然後出而問世，自能勝任愉快。」〔註17〕

第六，要加強新聞師資隊伍建設。

蔣蔭恩認為：中國新聞教育尚有一個嚴重問題亟須補救，即師資之十分缺乏。

他對新聞師資提出了高標準。他主張：新聞教師是以研究新聞學與教育新聞人才為終身職志的人。因此大學新聞系教授，絕不能以傳授「經驗談」為已足，而必須對新聞學理有深刻研究，對經營報業有獨到見解，然後以之教導學生，方能造就有眼光有抱負之新聞事業人才。他認為師資培養有三種方法：其一，鼓勵原有大學新聞系講師教授作高深研究，其二選擇現役有成就新聞記者之有志於學術研究者，予以深造機會；其三聘請國外第一流新聞學教授來華講學，提高新聞學研究水準。〔註18〕

第七，新聞教育要加強新聞學界與業界密切合作，互惠發展。

蔣蔭恩認為新聞教育與新聞事業是相互依存，不能分離。對新聞業界來說，新聞教育機關是它的人才供應與技術合作所；對新聞教育機關言，應將新聞業界視為理論實驗與學生就業的對象。兩者應該維持極密切的關係，然後才能相生相養，在合作互助共同發展。首先，雙方重視學生新聞實習工作，加強指導，引導青年新聞學子走上新聞工作崗位。其次，大學新聞學系應與少數接近報紙訂立合作關係。最好校方能訂定辦法，使報館每年能保送若干本館編經兩部同人入校進修，借求深造。雙方合作互惠，權利義務均衡，才能臻於圓滿地步。再次，每年新聞學界和業界舉辦「新聞周」。全國報業領袖與新聞學院師生共聚一堂，討論問題，交換意見，增進瞭解，推進合作。〔註19〕

蔣蔭恩作為新聞教育家對當時中外新聞教育歷史和現狀、問題和解決措施所進行深入研究，強調本土化，具有現實性；其新聞思想內容豐富全面，既有新聞教育重要性的認識問題、新聞教育目的、內容和使命、課程教授、師資

〔註17〕蔣蔭恩：《新聞教育感想》〔G〕，《中國新聞學會年刊》1944 年第 2 期，第 112 頁。

〔註18〕蔣蔭恩：《新聞教育感想》〔G〕，《中國新聞學會年刊》1944 年第 2 期，第 113 頁。

〔註19〕蔣蔭恩：《新聞教育感想》〔G〕，《中國新聞學會年刊》1944 年第 2 期，第 109 ～110 頁。

隊伍、新聞實習和業界合作，思考深刻，充分體現了他作為新聞教育家的敏銳性和前瞻性。

三、蔣蔭恩的新聞教學理論探索

著名模範教育家阿蘭·瓊斯主張：身為教育家，必須隨時隨地教與學。教育家時刻都在考慮該如何組織學校，如何教學才能讓所有學生都能夠學習。蔣蔭恩就是踐行者。在成都燕京大學期間，蔣蔭恩還在四川大學從事新聞教育兼職工作。1945 年下半年，四川大學夜校「為便利教師進修，適應社會需要及培植實施憲政後的新聞人才起見，本期特增設教育選科、英語選科及新聞學講座，招收了 73 名學生，聘請了燕京大學新聞學系蔣蔭恩講授《新聞學概論》，馮列山教授講授《新聞寫作》。〔註20〕1946 年 9 月，燕京大學重返北平後，蔣蔭恩也接受了清華大學聘請了出任新聞講師，講授「新聞學概論」。1948 年 9 月，蔣蔭恩受學校委派，前往美國密蘇里新聞學院，進修學習，考察研究美國新聞事業。北平解放後，他毅然中斷新聞研究，啟程回國報效祖國。1949 年 9 月 30 日，抵達天津。

10 月 1 日，蔣蔭恩重返北京，出任燕京大學新聞學系教授兼系主任。他積極爭取黨和國家新聞宣傳領導部門的指導和幫助，大力振興和改革新聞系的工作與教學。他自己負責新聞學概論、新聞採訪課程外，嚴格要求學生，如新聞寫作要求報導真人真事，必須寫出自己採寫的東西，否則不給成績。他力薦時任北京新聞學校校長的陳翰伯校友來系任教，依靠他安排新聞系的業務課程，邀聘專題講座的教師、講員，都是多年馳騁在新聞戰線的老新聞工作者和新中國新聞廣播、通訊事業的領導人。這對提高新聞系同學對黨和人民的新聞事業、政策法令的認識和理解，加強新聞工作者的政治敏感、業務素質與品格修養各方面的鍛鍊，都是書本裏學不到的。五一級林帆校友（後復旦大學新聞學院教授）認為：「那會兒新聞專業課程，既豐富，又務實。」〔註21〕他在已停刊的《燕京新聞》的基礎上，於 1949 年 10 月 31 日創辦了《新燕京》，並成立燕京通訊社、學校廣播臺等，作為學生的校內實習園地。在他領導下，新聞學系創造了一個新局面。當時新聞學系入學人數最多。1949 年 30 餘人，

〔註20〕曹順慶、熊蘭主編：《三十而立：四川大學新聞傳播教育三十年》〔M〕，巴蜀書社 2011 年，第 30 頁。

〔註21〕蕭東發、鄧紹根：《新聞學在北大》（增訂版）〔M〕，北京大學出版社 2011 年，第 147 頁。

1950 年 52 人，1951 年 71 人，加上解放前入校的同學，號稱「第一大系」。
〔註22〕回國後，他繼續在清華大學講授新聞學概論課程。1950 年 1 月 13 日，
清華大學召開第 38 次校務委員會會議，議決：1）中國文學系擬聘請燕京大學
新聞學系主任蔣蔭恩為該系兼任副教授，於下學期每週講授「新聞學」三小時。
〔註23〕1951 年 2 月 1 日，他在《光明日報》上發表《一個燕京人的自白》反
思燕大新聞教育。他認識到燕大新聞教育的美國化，但是「一九四二年我在成
都恢復燕京新聞系的時候，決定改變方針，把新聞系變成完全為中國新聞事業
服務的教育機構，可是當初我在思想上所受的美國式教育的影響，並未能完全
擺脫掉。」〔註24〕同月 12 日，燕京大學被中央教育部正式接收，改為公立大
學。「接受美國津貼三十二年的燕京大學，已於十二日由中央人民政府教育部
接收。該校全體師生熱烈地集會慶祝。」〔註25〕3 月 8 日，他出任燕京大學全
校師生員工控訴大會主席，致辭說：「我們要控訴美帝國主義怎樣用文化侵略
的手段，使我們在不知不覺中喪失了愛國心、自信心，養成了『美國第一、中
國第二』的思想。我們要堅決肅清美帝國主義文化侵略的影響。」〔註26〕他積
極鼓動教授、學生、工友悲憤地訴述了美帝國主義文化侵略給他們的毒害。11
月 13 日，他在《人民日報》發表文章積極反思自己在燕大新聞教育的思想問
題。他說：「聽了周總理關於知識分子思想改造問題的報告，感到萬分的慚愧」，
認識到要克服兩種思想，「一是對於自己的學習有了自滿的心理，一是把學習
狹義地看作只是為了應付教書。」表示說：「我要徹底改造我的思想」，「做一
個新中國的人民教師！」〔註27〕同年，他加入中國民主同盟，任《中央民盟》
編委，並接替石文博出任燕京大學總務處主任，並當選為燕京大學校務委員會
十名委員之一。1952 年 7 月，高校院系調整後，燕京大學被取消，新聞學系
併入北京大學中文系為編輯專業（後改稱新聞專業）。他擔任北大總務長，後
任北大辦公室主任是當時新聞專業唯一的教授。

〔註22〕蕭東發、鄧紹根：《新聞學在北大》（增訂版）〔M〕，北京大學出版社 2011 年，
　　　　第 148 頁。

〔註23〕齊家瑩編撰：《清華人文學科年譜》〔M〕，清華大學出版社 1999 年，第 376 頁。

〔註24〕蔣蔭恩：《一個燕京人的自由》〔A〕，《光明日報》1951 年 2 月 1 日。

〔註25〕《中央教育部接收燕京大學》〔A〕，《人民日報》1951 年 2 月 13 日。

〔註26〕《燕京大學全校師生員工集會　控訴美帝國主義文化侵略》〔A〕，《人民日報》
　　　　1951 年 3 月 17 日。

〔註27〕《努力改造思想，做一個新中國的人民教師！》〔A〕，《人民日報》1951 年 11
　　　　月 13 日。

　　1958 年 6 月，北大中文系新聞專業併入中國人民大學新聞系，蔣蔭恩自願拋棄北大的領導職務和花園洋房的優越生活條件，任該系副主任和教授，重返教學崗位，給學生講授新聞理論、報紙編輯、新聞採訪與寫作、廣告學等方面的課程。他為講好報紙編輯課程，前往全國多個城市報社調研，如《遼寧日報》《瀋陽日》《鞍山日報》《大公報》《新華日報》《解放日報》《新聞日報》等，搜集了大量新聞編輯的一線資料。同時，他將教學理論和新聞教學實踐相結合，積極思考和總結自己長期以來新聞教學經驗，積極探索社會主義新聞教學理論。1962 年 1 月，他在《教學與研究》第 1 期發表教學論文《如何提高講課藝術的幾點意見》，系統闡述了他的新聞教學理念。其主要內容如下：

　　第一，講課是一種藝術。

　　蔣蔭恩認為：課堂教學質量，對提高整個教學質量是有重要的意義的。講課質量，首先決定於內容，其次是方法。他主張：講課有講課的藝術。講課是一種藝術，每個教師應該根據每門課程的具體情況，充分發揮他們的積極性和創造性，從各方面、用各種方法來不斷提高課堂講授的質量。〔註 28〕

　　第二，不惜工費，精心備課，寫好講稿。

　　他認為：課要講得好，首先要備得好，這是根本保證。他提醒老師要精心備課，注意區講義和教科書的異同。他認為：備課的中心環節是寫講稿，寫好講稿是備課的主要任務，也是提高課堂講授質量的先決條件。他認為：寫好講稿，首先要有嚴肅認真、一處不苟的態度和痛下工夫、不惜時間的決心。講稿要有鮮明觀點，精確材料；要重點突出，深入淺出；要結構嚴謹，條理分明；要有明確的目的性，每講一章一節，都是為了解決一定的問題，有的放矢。其次，教師必須堅持經常從事科學研究。教師講課，要求在講義或教科書的基礎上，重點深入，有所發揮，不斷用新的研究成果來豐富和提高自己的講稿。他認為好的講稿，要既有觀點，又有材料，虛實結合。理論觀點要準確鮮明，深入淺出，講起來一聽就能領會。實際材料不在多而在精，所謂精就是能夠最恰當地說明問題。他認為：認真鑽研馬克思列寧主義、毛澤東同志的著作，深入學習黨的路線、方針、政策，刻苦研究本門業務的理論和有關知識，是提高教師理論水平必不可少的途徑；與此同時，經常深入實際，進行調查研究，取得

〔註 28〕蔣蔭恩：《如何提高講課藝術的幾點意見》〔G〕，《教學與研究》，1962 年第 1 期第 57 頁。

具體經驗和第一手材料，以及經常注意資料累積，從各方面收集二手資料，也都是必要的。〔註29〕寫講稿是備課的主要環節，講稿要由講課教員自己寫作，要融會貫通，一氣呵成。

第三，課堂教學時，教師要心裏有講稿，嘴上無講稿。

教師在課堂上講課，必須有講稿，但又要做到心裏有講稿，嘴上無講稿。教師講課之前，對講稿再三研習，反覆推敲，做到對每章每節的內容都能充分掌握，完全消化，而決不允許自己對一章一節一句一例有含糊不明的地方。引用的每一材料和例子的出處、時間、地點、數字、歷史背景以及它們的來龍去脈等等，都必須查對清楚，完全瞭解。〔註30〕

第四，教師要瞭解對象，分別對待，因材施教。

教師要摸清楚對象的情況，然後根據具體情況決定講課的內容和方法。教師在講課時，必須根據不同對象，區別對待，而不能不分彼此，用同樣的內容和同樣的方法來講授。要瞭解對象，就必須進行一定的調查研究。教師在備課之前，可以通過查閱有關材料、開小型調查會、訪問同學、訪問講過這一班的教師等方式，對同學水平及其他情況，作具體的瞭解。在講課過程中，教師也要經常瞭解同學對講課的意見和要求以及他們的學習情況，以便隨時修正講稿內容和改進講授方法，幫助同學克服學習上的困難。〔註31〕

第五，課堂教學方法要善於引導，啟發學生思考。

教師講課，不僅要講得深透，而且在講授過程中，要引導學生思考問題，鑽研業務。這就要求教師在講課時要善於啟發，使學生能夠「舉一反三」，培養他們獨立思考、獨立分析的能力，使他們的學習面更廣一些，鑽得更深一些，收穫可能更大一些。教師在講課過程中，要替學生保留或者開闢一定的天地，讓他們的思想能有馳騁的餘地，同時要設法啟發和引導他們，使他們能夠開動腦筋，思考問題。〔註32〕

〔註29〕 蔣蔭恩：《如何提高講課藝術的幾點意見》〔G〕，《教學與研究》1962 年第 1 期，第 57～58 頁。

〔註30〕 蔣蔭恩：《如何提高講課藝術的幾點意見》〔G〕，《教學與研究》1962 年第 1 期，第 59 頁。

〔註31〕 蔣蔭恩：《如何提高講課藝術的幾點意見》〔G〕，《教學與研究》1962 年第 1 期，第 60 頁。

〔註32〕 蔣蔭恩：《如何提高講課藝術的幾點意見》〔G〕，《教學與研究》1962 年第 1 期，第 60 頁。

第六、教學風格要生動活潑，議論風生。

富有講授經驗的教師，是懂得根據課程的不同內容，去正確處理講課中的認真嚴肅與生動活潑的關係問題。教師講課，不但態度要嚴肅認真，一處不苟，而且講來還要生動活潑，趣味盎然。教師要把課講得既生動又活潑，引起學生對聽課的興趣，使學生越聽越想聽，越聽越覺得有味。要使學生精神集中、專心一意地聽課，教師的具體方法有：其一，教師要精神飽滿、熱情充沛地講課。教師的高度政治責任心和對社會主義教育事業的熱愛起著極重要的作用。其次，教師要通過語言和態度的配合，來充分表達課程內容和教師的思想感情。課要「活」講，而不能「死」講。其三，講課要注意聲音宏亮，口齒清楚，快慢得宜，使全堂學生都能字字聽得清，句句聽得懂。其四，教師在課堂上要講來議論風生，具有比較廣博的知識。教師必須經常關心政治，注意學習，既要專，又要博，不斷提高自己的政治思想水平，不斷用知識把自己武裝起來。〔註33〕

蔣蔭恩在他親身長期新聞教學實踐思考和經驗總結的基礎上，形成了自己獨特的教學理論。該理論內容豐富全面，包括思想認識、課前備課、講稿寫作、課堂教學、教學方法及風格。他將「講課視為一種藝術」，體現了其理論高度和前瞻性；他提出的教學理論對教育不斷產生社會影響。中國人民大學新聞學院鄭興東教授（他當年的助教）曾評論說：「他十分重視教學內容，也十分講究教學方法。……他自己講課正是這樣做的，因而深受學生歡迎。」〔註34〕

四、後世哀思新聞教育家蔣蔭恩先生

「文革」爆發後，蔣蔭恩受到迫害。1968年4月6日，他不幸逝世，終年58歲。1978年粉碎「四人幫」後，中國人民大學復校，校方為蔣蔭恩平反昭雪，並在八寶山舉行隆重的追悼大會。蔣蔭恩先生的一生，是新聞人的一生，更是新聞教育家的一生。蔣蔭恩是一個名副其實的新聞教育家。他是通過親力親為的新聞教育實踐創造出重大的新聞教育業績、對 1940～1960 年代的新聞教育思想和實踐產生重要影響的優秀新聞教育工作者。他 26

〔註33〕蔣蔭恩：《如何提高講課藝術的幾點意見》〔G〕，《教學與研究》1962 年第 1 期，第 61 頁。

〔註34〕燕京研究院編：《燕京大學人物志》〔M〕第 1 輯，北京大學出版社 2001 年，第 376 頁。

年全職從事新聞教育工作，具有寬厚廣博的新聞知識基礎，系統、熟練掌握新聞教育專業知識和技能，具有系統、成熟且獨特的新聞教育思想，並探索過新聞教學理論，具有新聞界廣泛認可的新聞聲譽，具有品行高潔的道德操守，堪稱社會楷模。歲月流逝五十載，時至今日，燕京大學新聞學系的學生、人大新聞學系的一些年長的教師仍然常常懷念他。

成都燕京大學新聞學系校友唐振常高度評價說：「先生從事新聞教育的時間，遠長於他的報紙生涯。二十多年，他所親手培育的弟子，多達千人以上。全國各地包括香港、臺灣主要報紙多有他的學生，且多為新聞與宣傳事業的主要骨幹，其中以在新華社者為最集中。」〔註35〕他說蔣先生非常關心學生，「先生為人，冷靜沉著，寡言笑，心裏卻充滿了熱情，十分關心和愛護學生。那時對於大學畢業生，可沒有什麼統一分配工作的事，都得自己找工作。燕京新聞系畢業生則不然，蔭恩先生每年都把這件事作為大事去辦，逐一為每個畢業學生覓求適當的工作。僅介紹信他就不知寫了多少。」〔註36〕當得知「敬業育人的蔣蔭恩先生」辭世的噩耗，他悲憤寫到：「就是這麼一位熱愛工作，傾心教育的可敬的人，這麼一位溫柔敦厚、心平氣和的好人，竟被折磨到了憤而棄世的下場。」〔註37〕燕大新聞學系校友丁涪海回憶說：「從 1942 年秋，蔣先生從桂林（《大公報》）回到復校後的燕大，到 1949 年 10 月底，我和蔣先生有過多次接觸。他總是那樣循循善誘、平易近人，處處凝聚著助人為樂的精神，事事閃耀著關心他人的光彩。」〔註38〕除了燕大新聞學子，清華大學的學生 40 年後還記得他上課情形。清華大學（西南聯大）校友張源潛回憶說：學校「還請燕京大學新聞系主任蔣蔭恩先生給我們開『新聞學概論』。蔣先生講課很生動，我至今還記得兩點：一是「新聞」（NEWS）是反映東（E）西（w）南（s）北（N）的事情；另一是：狗咬人不是新聞，人咬狗才是新聞。當然，這是資產階級的觀點，當時聽起來確實覺得非常有趣。」〔註39〕中國人民大學鄭興東教授說：「蔣蔭恩教授離開我們已整整 28 個年頭了，但每當想起他，他的音容笑

〔註35〕唐振常：《懷念蔣蔭恩先生》〔M〕，《唐振常文集》第四卷，上海社會科學院出版社 2013 年，第 158 頁。

〔註36〕唐振常：《懷念蔣蔭恩先生》〔M〕，《唐振常文集》第四卷，上海社會科學院出版社 2013 年，第 161 頁。

〔註37〕丁涪海：《蔣蔭恩老師印象記》〔G〕，《燕大文史資料》第 4 輯，第 111 頁。

〔註38〕丁涪海：《蔣蔭恩老師印象記》〔G〕，《燕大文史資料》第 4 輯，第 111 頁。

〔註39〕孫哲主編：《春風化雨：百名校友憶清華》〔M〕，清華大學出版社 2011 年，第 116 頁。

貌就會浮現在我眼前：他似乎依然站在講臺上講著報紙編輯學，似乎依然在跟我討論新聞界的種種事情，似乎依然在帶著我出訪……每當這個時候，我總覺得他離開我們實在太早了。」〔註40〕當年人大新聞系羅列副主任緬懷他說：「蔣蔭恩教授的死，是新聞系的一大損失。他國內外的學生聞訊後無不對這位受尊敬的師長表示悲痛和婉惜。」〔註41〕中國人民大學、中國新聞界不會忘記這位新聞教育的殉道者。

〔註40〕 中國人民大學新聞學院編：《溢金流彩四十年——人大新聞學院師生回憶錄，1955～1995》〔M〕（內部資料），1995 年，第 30 頁。

〔註41〕 中國人民大學新聞學院編：《溢金流彩四十年——人大新聞學院師生回憶錄，1955～1995》〔M〕（內部資料），1995 年，第 15 頁。